Über die Autorin:

Gertraud Sander ist Diplompädagogin und Mitbegründerin der Elterninitiative herzkranker Kinder e. V., Köln. Sie lebt heute zusammen mit ihrem Mann und ihren Kindern in Köln.

Gertraud Sander

Neun Strahlen hat die Sonne

BASTEI LÜBBE TASCHENBUCH
Band 25 591

Namen und Orte der Handlung wurden aus
persönlichkeitsrechtlichen Gründen geändert.

Hinweis:
Die wichtigsten medizinischen Begriffe
sind im Anhang erläutert

Limitierte, vollständige Taschenbuchausgabe

Bastei Lübbe Taschenbücher ist ein Imprint
der Verlagsgruppe Lübbe

Originalausgabe
© 1998 by Verlagsgruppe Lübbe GmbH & Co. KG,
Bergisch Gladbach
Umschlaggestaltung: Manfred Peters
Titelfoto und alle Abbildungen im Innenteil: Gertraud Sander
Satz: hanseatenSatz-bremen, Bremen
Druck und Verarbeitung: Cox & Wyman Ltd.
Printed in Great Britain
ISBN 3-404-25591-7

Sie finden uns im Internet unter
http://www.luebbe.de

Der Preis dieses Bandes versteht sich einschließlich
der gesetzlichen Mehrwertsteuer.

Für Charlotte und Peter

*Danke
meiner Familie,
Tina Diallo,
Christina Pax und
Dr. Sabine Schickendantz.*

*Wenn sich etwas als endgültig vorbereitet,
wollen wir nichts davon wissen.
Es soll nicht am Ende gültig sein.
Nicht so.
Nicht jetzt.
Nicht auf diese Weise.
Es kommt immer zu früh und zu plötzlich.
Das Endgültige
ist auf die vertrackteste Weise voreilig.
Es hätte viel später erst kommen sollen.
Morgen. In einem Jahr. In hundert Jahren.*

Gerhard Zwerenz
In: Eine Liebe in Schweden

1

Sabine saß neben mir auf der Bank, stumm und in sich gekehrt. Charly, unsere Jüngste, lag auf meinem Schoß, sie schlief. Wie eine Glucke suchte ich die Nähe der Kinder. Die Zeit kroch; es war Freitag vormittag. Der Flur wirkte erdrückend grau und trostlos. Die Wände trist, kein Bild, nichts. Kein Gefühl, kein Gedanke. Alles wie abgestorben.

Sabine atmete schwer. Ihr Körper war aufgeschwemmt von Ödemen, die sich unter der Haut gebildet hatten. Jede Bewegung strengte sie an.

Vor einer halben Stunde war eine Ambulanzschwester gekommen, hatte uns in das Aufnahmezimmer geführt und angefangen, Sabine zu untersuchen. Nach einigen Minuten rief sie die Oberärztin. Die nickte Sabine freundlich zu und setzte die Untersuchung fort. Später ordnete sie ein EKG an, ein Herzecho-Phonogramm, eine Röntgenuntersuchung und eine Ultraschalluntersuchung des Herzens. Immer wieder erschienen Ärzte und Schwestern, wie zufällig. Sie sahen auf den Monitor und verschwanden dann wieder. Niemand sagte etwas. Eine knisternde Spannung baute sich auf. Die Oberärztin machte ein ernstes Gesicht. Ich saß wie erstarrt auf einem Stuhl und wartete.

»Frau Sander, Ihre Tochter muß hierbleiben«, erklärte sie anschließend. Kein Wort über die Art der Erkrankung, nichts Beruhigendes. »Es ist ernst.« Ich starrte auf ihre dunklen langen Haare. Dann bat man uns, noch einmal draußen Platz zu nehmen. Dort saßen wir nun und warteten auf etwas, von dem ich nicht wußte, wie es aussehen könnte. Ich fühlte mich hilflos.

Schon am Morgen auf dem Weg zur Kinderkardiologischen Ambulanz der Universitätsklinik hatte ich damit gerechnet, daß Sabine im Krankenhaus bleiben müßte. Für mich stand fest, daß ich sie nicht allein lassen würde. Das bedeutete allerdings, daß man auch Charly aufnehmen mußte, denn Charly war erst vier Monate alt. Ich stillte sie, das Baby brauchte mich. Ich schloß die Augen. Ich wollte nach Hause, in die Sicherheit unseres gewohnten Familienlebens. Ich wollte weg; mit meinen beiden Töchtern.

Die Oberärztin kam den Flur entlang. Ich ging auf sie zu und bat sie, nicht nur Sabine, sondern auch Charly und mich aufzunehmen. Sie reagierte reserviert.

»Es ist in dieser Klinik nicht üblich, daß Eltern bei ihren Kindern bleiben.« Ihr Blick war warm, trotz der abweisenden Worte. »Ausnahmsweise könnten wir es einrichten, Sie auf unserer Station unterzubringen. Aber Ihr Baby kann auf keinen Fall da bleiben.« Ich bemerkte den energischen Zug um ihren Mund. Wir sahen einander an.

»Ich bitte Sie trotzdem, Frau Doktor, uns alle drei aufzunehmen.« Ich sank auf die Bank zurück, umarmte Sabine und hielt mich gleichzeitig an ihr fest. »Sonst muß ich mich an ein anderes Krankenhaus wenden.« Die Oberärztin sah Sabine an. Dann blickte sie zu mir.

»Warten Sie noch einen Augenblick.«

Nach einer Weile erschien eine Krankenschwester und sagte: »Kommen Sie bitte mit, ich bringe Sie auf die Station.« Ich nahm Charly, die in ihrer Tragetasche lag.

Gemeinsam mit der Schwester stützte ich Sabine auf dem kurzen Weg zum Aufzug. Die schwere Tür schloß sich, und wir fuhren eine Etage höher. Dort stand bereits eine andere Krankenschwester mit einem Stuhl, an dessen verchromten Beinen Rollen befestigt waren. Erschöpft sank Sabine auf das verschlissene Lederpolster. Ein junger Arzt nahm mir Charly ab, um sie zu untersuchen. Man wollte sichergehen, daß sie keine Infektion mitbrachte.

Wir bezogen ein Krankenzimmer. Ich stellte Charlys Tragetasche an das Fußende des Bettes. Niemand ahnte in dem Moment, daß der Platz für eine geraume Zeit ihr Zuhause sein würde. Eine Schwester brachte einen Stapel Wäsche, und ich zog Sabine einen Krankenhausschlafanzug an. Als ich sie schließlich in dem viel zu großen Bett liegen sah, fühlte ich mich auf seltsame Art getröstet.

Ein Arzt legte Sabine einen Tropf. Man schloß sie an ein Herzüberwachungsgerät an und gab ihr Medikamente. Das Krankenhauspersonal folgte einem Notprogramm, bei dem kaum geredet wurde. Ich wußte nicht, was man mit meiner Tochter tat. Ich fragte auch nicht. Das einzige, was für mich zählte, war zu sehen, daß man ihr half.

Später betraten zwei Ärzte das Zimmer. Sie stellten sich nicht vor. Nacheinander begannen sie, Sabine zu untersuchen. Schweigend hörte ich zu, wenn sie etwas sagten. Viel nahm ich nicht von ihnen wahr.

»Wir können noch keine Diagnose stellen«, sagte einer der beiden nach einer Weile. »Doch der Zustand Ihrer Tochter ist bedrohlich. Wir müssen damit rechnen, daß Sabine die nächsten ein bis zwei Tage nicht überleben wird.«

Ich hatte kein Zeitgefühl mehr. Meine Wahrnehmung war taub. Ich sah nur meine Tochter, ihr schwammiges, aufgequollenes Gesicht. Die Haut über den Wangenknochen schimmerte violett, die Lippen waren blau. Ich registrierte den Tropf, den Monitor des Herzüberwachungsgerätes, das Herzschlag, Blutdruck, Atmung und Körpertemperatur anzeigte. Grüne Kurven, rote Linien. Ein schrilles elektronisches Piepsen füllte den Raum. Sabine atmete schwer und unregelmäßig, sie rang nach Luft. Das Röcheln und Pfeifen machte mir Angst.

Ich saß in dem abgedunkelten, winzigen Raum. Saß da und wartete. Mein Kind mußte sterben. Ich war unfähig, die Situation zu begreifen. Allen Schmerz, alle drohenden Gefahren schirmte ich ab. Es war, als hätte jemand in einem Film den Ton leise gedreht.

Reglos saß ich auf dem Stuhl.

Sabine war unser erstes Kind. Wir hatten alles so gut wie möglich machen wollen. Als ich mit 29 Jahren schwanger wurde, war für meinen Mann und mich klar, daß wir unserem Kind ein liebevolles Zuhause geben wollten. Ich selbst war Einzelkind gewesen und stammte aus einer nach außen hin gutsituierten Familie; hinter der Fassade aber brodelte es. Meine Eltern verstanden sich nicht. Sie stritten. Sie lebten nebeneinander her. Meine Mutter war Alkoholikerin, und oft verstand ich ihr unberechenbares Verhalten nicht. Ich verbrachte die Tage in dem ständigen Gefühl, auf einem Vulkan zu hocken. Immer wieder hielt sie mir vor, daß sie mich niemals hatte haben wollen. Verständlicherweise wünschte ich mir für meine Zukunft ein anderes Familienleben.

Joachim und ich waren bereits seit fünf Jahren zusammen, als wir 1971 heirateten. Im Laufe der Zeit war zwischen uns eine Gemeinsamkeit und Vertrautheit entstanden, wie wir sie uns beide als Basis für ein gemeinsames Leben mit Kindern vorstellten. Ich hatte mein Studium abgeschlossen und war Diplompädagogin, Joachim arbeitete als Lehrer an einer Gesamtschule. Wir hatten in unseren Berufen Erfahrungen gesammelt und Erfüllung gefunden. Wir waren gereist und hatten die Zeit miteinander genossen. Als ich schwanger wurde, freuten wir uns auf unser »Wichtelchen«. Mit Überlegung erziehen und mit Liebe Eltern sein, das war unser Ziel.

Wie von fern bekam ich mit, daß jemand die Tür öffnete. Eine Schwester kam herein. Sie sah nach Sabine, strich über ihr Gesicht. Schweigend verließ sie wieder den Raum. Ich streichelte Sabines Füße. Sie waren kalt.

Als Sabine am 7. September 1979 geboren wurde, war sie ein gesundes Mädchen. Eine Persönlichkeit vom ersten Moment an, ein pfiffiges und energisches Kind. Da sie vier Wochen zu früh zur Welt gekommen war und mit 2.500 Gramm zu wenig wog, legte man sie die ersten drei Tage in ein Wärmebett, das neben mein Bett geschoben wurde. Ich durfte mein Baby jederzeit bei mir haben und es auch stillen. Wir waren glücklich. Besonders glücklich war Sabines Großvater. Er hatte am selben Tag Geburtstag wie seine Enkelin.

Immer wieder ging leise die Tür auf. Ein Arzt kam, eine Pflegerin. Sie umsorgten Sabine. Niemand sprach. Sabine kämpfte um ihr Leben. Jeder Atemzug war Arbeit. Ich wollte weinen. Doch ich wollte nicht, daß Sabine es mitbekam. Leise sprach ich mit ihr. Erzählte, daß Charly aufgewacht war und versuchte, ihren Daumen in den Mund zu stecken. Sie war zu schwach, um zu antworten, doch ich redete weiter. Ich bemühte mich, die Verbindung zwischen Sabine und mir nicht abreißen zu lassen. Der Klang meiner eigenen Stimme beruhigte mich.

Wenn ein Schmerz zu groß wird, verschließe ich mich.

Wir hatten immer gut für unsere Tochter gesorgt, von Anfang an. Ich hatte alle empfohlenen Vorsorgeuntersuchungen beim Kinderarzt machen lassen. Die üblichen Seh- und Hörtests, die Impfungen. Unser Kinderarzt war ein umsichtiger, gründlicher Mann. Seine Lehrmeinungen gingen über den üblichen schulmedizinischen Horizont hinaus, was ihn uns sehr sympathisch machte. Er erklärte stets alles, er wußte mit Kindern gut umzugehen, wir hatten großes Vertrauen zu ihm. Wir waren uns immer sicher gewesen, daß unsere Kleine bei ihm in sehr guten Händen war.

Die Schwestern gingen um meinen Stuhl herum und taten, was sie zu tun hatten. Ich wollte nichts anderes, als bei meinem Kind sitzen, und man ließ mich in Ruhe. Alles war ruhig, in sich gekehrt. Kein lautes Wort fiel, kein hektisches Wort, nur Flüstern. Irgendwann wurde die Tür geöffnet, und mein Mann kam herein. Ich mußte ihn angerufen haben, auch wenn ich mich nicht erinnern konnte, wann. Joachim setzte sich auf einen Hocker und griff nach meiner Hand. Abgeschirmt von der Welt saßen wir in dem engen Krankenzimmer und betrachteten wortlos unsere dämmernde Tochter. Es herrschte eine fast andächtige Stille.

Sabine hüpfte auf dem Gehweg vor mir her. Wir waren unterwegs zum Kindergeburtstag. Ausnahmsweise trug sie, die immer in Hosen herumlief, ein Kleid. Ihre Großmutter hatte es gestrickt, und weil Sabine Oma liebte, mochte sie auch dieses Kleid. Durch die Strumpfhose hindurch fiel mir auf, daß ihre Fußgelenke leicht geschwollen waren.

»Sabine, warte mal.« Sabine blieb stehen. Fragend sah sie mich an. Ich bückte mich und betastete beide Knöchel. Die Fesseln hatten ihre Form verloren. Doch das Gewebe war nicht hart, es ließ sich leicht eindrücken.

»Kannst du laufen so wie immer?«

»Ja, warum?«

»Weil deine Fußgelenke geschwollen sind. Aber gut, wenn du nichts davon merkst, laß uns weitergehen.« Ich ließ mir meine Beunruhigung nicht anmerken.

Als ich am späten Nachmittag kam, um Sabine abzuholen, hockte sie zwischen Nina, dem Geburtstagskind, und den anderen Gästen im Wohnzimmer auf dem Fußboden. Alle bastelten bunte Drachen und Windräder. Sabines Gesicht war gerötet vor Aufregung, und sie strahlte, wie immer bei Geburtstagsfeiern. Ich hatte Ninas Mutter von den geschwollenen Knöcheln erzählt und sie gebeten, ein Auge auf meine Tochter zu haben. Doch war ihr nichts Beunruhigendes aufgefallen.

»Sabine hat genauso ausgelassen gespielt wie die anderen Kinder. Ein bißchen müde wirkte sie vorhin allerdings, und kurzatmig.«

Ich machte mir Sorgen.

Sabine war damals fünfeinhalb Jahre alt. Sie war immer ein gesundes Kind gewesen, aktiv, fit und sportlich. Jeden Abend fiel sie müde ins Bett. Am nächsten Morgen wachte sie voller Tatendrang auf. Mit ihrer Energie hielt sie uns Eltern auf Trab. Manchmal konnten wir über ihre beinahe endlose Kraft nur noch staunen. Sabine war neugierig. Alles, was ihr begegnete, wollte sie erklärt bekommen. Sie war fröhlich und schien sich wohl mit uns zu fühlen. Sie war eine kleine Persönlichkeit und bestand darauf, als solche akzeptiert zu werden; selbstbewußt, zielstrebig, manchmal stur, niemals krank.

Bis sie vor einem halben Jahr plötzlich und ohne erkennbaren Grund umgefallen war. Das Ganze ging so schnell, daß wir es kaum mitbekamen. Ein winziger Augenblick, ein kurzes Straucheln, und sie fiel. Sekunden später rappelte Sabine sich auf, als wäre nichts geschehen. Sie konnte sich nicht an den Aussetzer erinnern.

Nichts hatte den Sturz angekündigt. Ihr war nicht schlecht geworden, ihr Gesicht nicht blasser als sonst, ihre Bewegungen nicht langsamer. Ganz abrupt, von einem Moment auf den anderen, schien der Körper eine Pause eingelegt zu haben, und Sabine fiel. Im nächsten Moment arbeitete das System wieder, und sie stand auf. Fröhlich, zu jedem Unfug und jeder Unternehmung bereit. Mein Mann und ich konnten uns die Situation nicht erklären. Sabine konnte auch nicht sagen, was mit ihr geschehen war.

Die Aussetzer wiederholten sich. Wir fuhren zum Kinderarzt. Dr. Hübner untersuchte Sabine. Doch auch er war ratlos.

»Rein medizinisch ist Sabine gesund.«

Dr. Hübner überwies uns an eine Kinderneurologin, sie sollte ein EEG erstellen.

Der Befund zeigte gewisse Unregelmäßigkeiten.

»Ich kann aber nicht Ungewöhnliches daran erkennen«, sagte Dr. Beisinger. Sie war eine ältere, besonnene Frau, die sich Zeit nahm und die Untersuchungsergebnisse ausführlich mit mir besprach. »EEG-Kurven sind bei Kindern häufig nicht sehr eindeutig. Sabines Werte weisen nicht zwangsläufig auf eine Krankheit hin.« Das ermutigte mich; allerdings war ich nicht klüger als zuvor und auch nicht weniger besorgt. Dr. Beisinger griff zu ihrem Rezeptblock. »Ich verschreibe Ihnen etwas. Ein Medikament, das leicht dämpfend wirkt, es wird Sabine sicher helfen.«

Zwei Tage vor Heiligabend saß Sabine abends vor dem Schlafengehen auf der Toilette. Ohne eine Vorwarnung kippte sie plötzlich zur Seite. Ich konnte sie gerade noch auffangen. Bewußtlos lag Sabine in meinen Armen. Jetzt stirbt sie, dachte ich, so ist es, wenn dein Kind stirbt. Ich starrte auf die offenen, zur Decke verdrehten Augen. Ich schrie.

»Sabine!« Erschrocken guckte mein Mann auf den Körper, der schlaff und leblos in meinen Armen hing. »Auf den Boden, schnell. Die Beine hoch, den Kopf tiefer, sie braucht Sauerstoff.« Joachim reagierte überlegt und äußerlich ruhig wie immer. Vorsichtig legten wir Sabine auf den Fußboden. Joachim hob ihre Beine und lehnte sie gegen den Rand der Badewanne. Da kam Sabine wieder zu sich.

»Meine kleine Maus, wie geht es dir? Ist dir übel? Mußt du dich übergeben?«

»Nein, Mama.« Ihre Stimme klang ein bißchen matt. »Alles in Ordnung. Was ist los?«

»Du warst einen Moment lang bewußtlos, Kleines. Papa und ich haben uns erschreckt. Du bist vom Klo gerutscht.« Die Vorstellung schien sie zu amüsieren, sie lächelte. »Wenn ich dich nicht gerade noch aufgefangen hätte, wärst du auf den Boden gefallen, kleines Äffchen.«

Ein paar Minuten später stand Sabine auf und ging hinüber in ihr Zimmer. Wir setzten uns zu ihr ans

Bett. Mir saß der Schreck in den Knochen, Joachim ebenso. Doch ich bemühte mich, ruhig zu bleiben. Sabine war ganz gelassen. Sie wirkte weder aufgeregt, noch weinte sie. Sie fühlte sich nur ein bißchen müde.

»Papa ist ins Bad gerannt wie ein geölter Blitz?« Sie kicherte. Da mußte ich ebenfalls lachen, und beide steckten wir Joachim an. »Ja – wie ein Feuerwehrmann im Einsatz.«

Eine Weile sprachen wir noch über den plötzlichen Schwächeanfall. Sabine begann, das Stückchen, das fehlte, in ihre Erinnerung einzubauen. Joachim und mir half es, zu begreifen, was überhaupt geschehen war. Dann war der Vorfall für Sabine erledigt. »Mama, liest du mir was vor?«

Ich las ihr die Geschichte von *Michel aus Lönneberga* vor. Joachim zog die Spieluhr auf und gab Sabine einen Kuß.

»Gute Nacht.«

»Gute Nacht, Papa. Gute Nacht, Mama.«

Bald war sie eingeschlafen.

Joachim und ich gingen hinunter ins Wohnzimmer. Eine Weile saßen wir schweigend auf dem Sofa, eng aneinandergeschmiegt. Nur das Geräusch der Wanduhr unterbrach die Stille. Trotzdem schien es mir, als sei die Zeit stehengeblieben.

Erst war es ein Gedankenblitz. Bald konnte ich an nichts anderes mehr denken. Ein Gehirntumor, das ergab Sinn. Das war eine Erklärung für die plötzlichen Aussetzer. Deshalb hatten die Arztbesuche nie ein greifbares Ergebnis gebracht. Niemand hatte nach so etwas gesucht, das lag außerhalb der Routine. Je länger ich darüber nachdachte, desto sicherer wurde ich. Doch traute ich mich nicht, den unheilvollen Gedanken auszusprechen. Ich wollte das Schreckliche, was ich mit Krebs assoziierte, nicht in unser geschütztes Zuhause eindringen lassen. Ich wollte Joachim beschützen. Ich wollte Sabine beschützen. So bin ich, so war ich schon als Kind. Ich bin damit aufgewachsen, Schutzmauern aufzubauen und das Böse draußenzuhalten. Schon mit neun ging ich einkaufen, versorgte meine betrunkene Mutter und paßte auf, daß die Nachbarn nichts von ihrer Trinkerei mitbekamen. Ich habe gelernt, Menschen, die ich liebe, vor Gefahr zu bewahren. Ich wußte, wie sehr mein Mann an unserer Tochter hing und wie Sabines unerwartete Aussetzer ihn erschreckten. Ich ahnte seine Angst und konnte sie nachempfinden; ich teilte sie.

Weder Joachim noch ich hatten bislang gewagt, uns unsere Furcht einzugestehen und über sie zu sprechen. Später hat das Leben uns gezeigt, daß vieles besser zu ertragen ist, wenn wir über die Dinge, die uns bewegen, miteinander reden. Damals fürchteten wir wohl beide, daß alles schlimmer würde, wenn die Worte greifbar im Raum stünden.

Irgendwann an diesem Abend brach ich das Schweigen.

»Vielleicht hat Sabine einen Gehirntumor. Sie hat in der letzten Zeit immer wieder über starke Kopfschmerzen geklagt.« Ich sah Joachim an, er bewegte keine Miene. »Ich habe solche Angst um sie.« Mein Mann ist ein zurückhaltender Mensch. Auch jetzt überlegte er eine Weile, bevor er antwortete. Er wählte seine Worte mit Bedacht, denn er wußte, daß ich mich bei der ersten falschem Bemerkung sehr aufregen würde.

»Ich bin ratlos. Ich verstehe nicht, was mit Sabine los ist. Weder der Kinderarzt noch die Neurologin konnten uns bislang etwas Genaues sagen. Und jetzt das. Ich hoffe, daß es mit den Kopfschmerzen nichts Ernstes auf sich hat. Aber wir müssen unbedingt einen neuen Termin bei Dr. Hübner machen.« Joachim neigt eher zur Untertreibung als dazu, Dinge aufzubauschen. Jetzt lag nichts Beruhigendes oder Beschwichtigendes mehr in seinen Worten. Ich spürte deutlich seine Angst.

Unmittelbar nach den Feiertagen fuhren wir zum Kinderarzt. Dr. Hübner untersuchte Sabine, hörte mit dem Stethoskop Brust und Rücken ab, ließ sie mal tief einatmen und mal die Luft anhalten. Er schaute ihr in den Hals, wog und maß sie. Wieder konnte er nichts Besorgniserregendes feststellen.

»Was können wir denn tun?« Ich war verzweifelt. »Sabine nimmt regelmäßig ihre Tabletten. Sie reagiert auch darauf, sie hat sich verändert, sie ist gedämpft und ruhiger als sonst, sie bewegt sich langsamer. Und trotzdem hat das Kind diese Aussetzer. Sie werden sogar extremer.«

»Mit diesem Mittel wird es Sabine bestimmt bald besser gehen.« Dr. Hübner war freundlich und ruhig. »Es ist ein leicht dämpfendes Präparat in einer geringen Dosierung. Ich bin sicher, daß sich die Anfälle demnächst legen.« Am Ende glaubte ich ihm. Dr. Hübner war ein erfahrener Kinderarzt. »Ich gebe Ihnen trotzdem eine Überweisung mit, die Kinderneurologin soll noch einmal ein EEG machen.«

Irgendwie fühlte ich mich sicherer nach diesem Besuch.

Ein paar Tage später stürzte Sabine erneut. Ich saß im Wohnzimmer auf dem Sofa und stillte Charly, unsere Jüngste. Unser Sohn Sebastian kurvte mit einem Müllauto, das er zu Weihnachten bekommen hatte, über den Teppich. Ich hörte Sabine die Treppe herunterkommen, hob den Kopf, und sah sie im selben Augenblick langsam zur Seite kippen.

»Sabine!«

Sebastian schreckte hoch und stieß dabei gegen den Tannenbaum. Mit der linken Hand griff ich nach dem stürzenden Baum, mit der anderen schützte ich Charly. Sabine rutschte die Stufen herunter. Ich schrie nach meinem Mann. Joachim rannte von oben die Treppe hinab. Doch Sebastian war schneller und hockte bereits neben seiner Schwester. Da rappelte Sabine sich wieder auf. Ihr war nichts geschehen. Im nächsten Moment stand sie im Wohnzimmer, als sei nichts vorgefallen. Ich holte Luft und dankte dem Himmel.

Später lachten wir alle, denn die Szene muß sich von außen betrachtet äußerst komisch ausgenommen haben. Doch bei Joachim und mir hinterließ sie Unruhe. Sabine nahm auch diesen Aussetzer hin, als gehörte so etwas selbstverständlich zum Leben.

Mitte Januar hatten wir endlich den Termin bei der Kinderneurologin. Diesmal sollte ein Schlafentzugs-EEG durchgeführt werden. Diese Form der Gehirnstrommessung würde eindeutigere Ergebnisse bringen, hatte Dr. Beisinger erklärt.

Um 4.30 Uhr klingelte Joachims Wecker. Um fünf Uhr weckte er Sabine. Leise zog sie sich an, um ihre Geschwister nicht zu wecken. Unten in der Küche machte Joachim Frühstück. Dann gingen die beiden mit dem Schlitten in den nahe gelegenen Wald. Mein Mann hatte lange überlegt, was er anstellen könnte, um Sabine so früh am Morgen wachzuhalten. Da es eine Seltenheit war, daß bei uns in der Gegend Schnee lag, hatte er schließlich eine Schlittentour vorgeschlagen. Mit der

Taschenlampe leuchteten sie in die schwarze Nacht. Das war unheimlich und spannend und hielt Sabine davon ab, wieder einzuschlafen. Später gingen beide noch in die Backstube des Bäckers bei uns im Viertel. Der zeigte Sabine, wie die Brötchen gerollt und gebacken wurden. Stolz brachte sie uns eine Tüte warmer Semmeln zum Frühstück mit. So gelang es, die Zeit zu überbrücken, bis beide um acht Uhr in die Praxis fuhren.

Während die Arzthelferin die bunten Elektroden an Sabines Kopf befestigte, erzählte unsere Tochter munter vom Besuch in der Backstube. Dann begann die Untersuchung. Sabine saß auf einem Stuhl und bekam Anweisungen, abwechselnd still zu halten, die Augen zu schließen oder die Augen zu öffnen. Manchmal mußte sie absolut ruhig sein, nicht einmal ihre Lider durften zucken. Lange Papierrollen mit bizarren schwarzen Kurvenverläufen quollen aus dem EEG-Gerät. Mein Mann staunte, wie präzise Sabine den Anweisungen folgte.

»So war das beim ersten EEG auch schon«, lachte die Arzthelferin. »Sie haben wirklich eine erstaunliche Tochter.«

Zum Schluß durfte Sabine sich zur Belohnung einen Luftballon aussuchen. Sie nahm auch einen für Sebastian und sogar einen für Charly mit.

Ein paar Tage später lag der Befund vor.

»Diesmal deuten die Kurvenverläufe auf eine Epilepsie hin.« Gleichermaßen bestürzt und erleichtert saß ich Dr. Beisinger gegenüber. Epilepsie. Die mysteriösen Anfälle hatten einen Namen; unsere schlimmsten Befürchtungen, daß Sabine unter einem Gehirntumor leiden könnte, waren falsch und umsonst gewesen. »Die kurzen Aussetzer – wir Mediziner nennen sie Absencen oder Bewußtseinspausen – sind auf die Epilepsie zurückzuführen, sie sind Teil des Krankheitsbildes. Sie entstehen, wenn das Gehirn für Sekunden nicht mit Sauerstoff versorgt wird.«

Ernst sah die Ärztin mich an.

»Leidet jemand in Ihrer Familie oder in der Ihres Mannes an Epilepsie?«

»Ja, die Schwester meines Mannes. Allerdings handelt es sich dabei um eine erworbene, keine vererbte, sagen die Ärzte.«

»So etwas gibt es, Epilepsie ist nicht immer eine Erbkrankheit. Sie kann ebenfalls durch Komplikationen während der Schwangerschaft oder auch durch Hirnverletzungen entstehen. Das sind sogar die häufigeren Ursachen.«

»Aber was genau hat es mit der Krankheit auf sich? Ich weiß nur, daß Epileptiker Krampfanfälle bekommen. In schlimmen Fällen haben sie diesen Schaum vorm Mund. Ich weiß auch, daß bei jedem Anfall Gehirnzellen zerstört werden, und daß es darum wichtig ist, die Anfälle möglichst zu verhindern.« Fragend schaute ich die Ärztin an. Sie nickte.

»Ich versuche einmal, es Ihnen so zu erklären: Grundsätzlich entsteht Epilepsie durch Störungen im Gehirn. Durch wiederholte Störungen der Impulsübertragung. Das führt zu Krämpfen, Zuckungen und Bewußtseinspausen. Was genau diese Störungen verursacht, weiß man noch nicht.«

Ich versuchte, so viel wie möglich aufzunehmen.

»Die meisten Epilepsien beginnen in der Kindheit oder Jugend. Wie häufig die Anfälle auftreten und wie stark sie sind, hängt jeweils von der Art der abnormen Impulse ab. Bei sogenannten großen Anfällen krampft die gesamte Körpermuskulatur, der Patient schreit und hat diesen oft beschriebenen Schaum vor dem Mund. Solche Anfälle dauern ein paar Minuten, dann fällt der Kranke in tiefen Schlaf. Bei den kleinen Anfällen kommt es kaum zu Krämpfen, aber der Patient verliert für zehn bis fünfzehn Minuten das Bewußtsein.« Ich fühlte mich erschlagen.

»Was für eine Form der Epilepsie haben Sie bei meiner Tochter festgestellt?«

»Sabine hat bisher nur leichte Anfälle erlebt. Die EEG-Ergebnisse sind auch nicht massiv. Ich denke, daß man mit Medikamenten gut regulierend eingreifen kann. Epilepsie läßt sich bereits erfolgreich mit Medikamenten behandeln.« Dr. Beisinger riet, die Tabletten, die Sabine bereits nahm, anders zu dosieren.

Wir begannen, uns mit der Krankheit einzurichten. Arztbesuche und Medikamente gehörten von nun an zu unserem Alltag. Peinlich genau dosiert und ebenso regelmäßig mußte Sabine ihr Epilepsiemittel einnehmen. Sie durfte sich nicht zu sehr anstrengen. Alle nahmen Rücksicht. Insgesamt war es jedoch eine Situation, mit der wir leben konnten. Wie gut wir uns mit den Veränderungen und der Tatsache, daß Sabine chronisch krank war, arrangierten, hing im wesentlichen von unserer inneren Einstellung ab. Immerhin gab es jetzt eine Diagnose und eine Medizin, von der die Ärzte sagten, sie würde unserer Tochter helfen. Wir hofften, es würde Sabine also bald besser gehen.

Statt dessen mußten wir in den folgenden Wochen zusehen, wie unsere Tochter immer stiller wurde. Ihre Augen verloren ihr Strahlen, Sabines gewohnte Lebenslust und Munterkeit verschwanden. Die plötzlichen Absencen dauerten an. Daraufhin wurde die Dosierung des Medikaments überprüft. In mehreren Labortests analysierte man, wie hoch die Konzentration der einzelnen Wirkstoffe im Blut war und berechnete die täglichen Mengen so, daß sie exakt Sabines Konstitution entsprachen. Doch die Symptome blieben. Eines Tages sprach ich mit einem Bekannten darüber, der ebenfalls Arzt war.

»Wenn du meinen Rat als Arzt hören willst: Geht mit eurer Tochter noch einmal zum Neurologen. Ich kann euch Kollegen empfehlen. Wenn ihr eine zweite fachärztliche Meinung gehört habt, könnt ihr die Situation besser einschätzen. Dann wißt ihr, ob die jetzige Behandlung gut ist oder ob eine andere Therapie besser wäre.«

Wir verabredeten also einen weiteren Arzttermin. Es war die übliche Prozedur: erst die allgemeine Untersuchung, dann ein EEG, schließlich die Auswertung der Befunde. Das Ergebnis war das gleiche; auch dieser Neurologe diagnostizierte Epilepsie.

Wir ließen Sabine nicht mehr aus den Augen. Wir informierten sämtliche Menschen, die mit ihr zu tun hatten, die Kindergärtnerinnen, die Eltern ihrer Spielkameraden, die Ballett- und Musiklehrerin. Alle waren ständig auf der Hut.

Beinahe täglich hatte unsere Tochter jetzt eine kurze Absence. Niemand konnte vorhersehen, wann es wieder so weit war, ob Sabine fallen, stürzen, sich ernsthaft verletzen würde. Sie selbst ging nach wie vor ganz selbstverständlich damit um, nahm die Anfälle, oder soll ich besser sagen: Ausfälle?, als Teil ihres Lebens hin. Sie hatte keine Angst, machte sich keine Gedanken und stellte meinem Mann und mir auch keine Fragen.

Für uns Eltern war es eine schwierige Situation. Wir hielten uns vertrauensvoll an das, was die Mediziner diagnostiziert, erklärt und verordnet hatten. Mit dem Ergebnis, daß Sabines Zustand immer schlechter wurde. Wir waren enttäuscht und ratlos und wußten uns nicht zu helfen. Wir hatten bereits mehrere Ärzte aufgesucht. Wir waren angewiesen auf das, was diese Experten uns sagten. Was bleibt Eltern übrig, die keine Ahnung haben, nicht entsprechend medizinisch gebildet sind, als sich auf das zu verlassen, was die Fachleute ihnen sagen? Es ist ein fürchterlicher Zwiespalt, eine Situation, die viel Energie und wohl auch ein gewisses Maß an Verzweiflung erfordert, wenn man als Mutter oder Vater etwas daran verändern möchte. Ich wüßte auch gar nicht, wie – man kann sein Kind nicht jeden Tag zu einem anderen Arzt schleppen. Man wägt also ab und hofft. Vielleicht morgen, dachten wir, vielleicht ist es morgen etwas besser. Oder übermorgen. Vielleicht baut sich die Heilung langsam auf. Geduld, ermahnten wir uns, nur Geduld.

Dann kam der Nachmittag, an dem ich Sabine zu Ninas Geburtstagsfeier begleitete und zum ersten Mal bemerkte, daß ihr Körper sich veränderte. Am nächsten Tag saßen wir beim Kinderarzt. Die Schwellungen hatten sich von den Fußgelenken auf die gesamten Unterschenkel ausgebreitet. Bis zu den Knien waren Sabines Beine voller Ödeme. Ich fand ihren Zustand bedrohlich. Mir war klar, daß Wasser in den Beinen kein Symptom einer Epilepsie war. Intuitiv rechnete ich mit dem Schlimmsten. Es war eine diffuse Angst, ein bedrohliches Grundgefühl, das mich umtrieb. Ich stellte mich darauf ein, daß wir ins Krankenhaus müßten.

Dr. Hübner untersuchte Sabine, fühlte den Puls, maß den Blutdruck und ordnete einen Urintest an. Sabine quälte sich, bis sie etwas Wasser lassen konnte. Dann griff er zu seinem Stethoskop und hörte ihre Brust ab. Ich sah, daß er die Stirn runzelte, nur ein wenig, doch registrierte ich die Geste. Dr. Hübner bat Sabine, tief einzuatmen.

»Da ist ein Herzgeräusch zu hören, außerhalb des normalen Rhythmus. Das ist neu. Und ungewöhnlich. Da stimmt was nicht.« Wiederholt forderte der Doktor Sabine auf, tief Luft zu holen. Er setzte das Stethoskop auf ihre linke Brust und schüttelte den Kopf. »Sie müssen sich mit der Universitätskinderklinik in Verbindung setzen. Sabine muß in der kardiologischen Ambulanz untersucht werden. Rufen Sie dort an und sagen Sie, es sei dringend.« Damit entließ er uns.

Zu Hause angekommen, telefonierte ich sofort mit dem Krankenhaus und bekam einen Termin für den nächsten Tag.

Den Rest des Tages blieben wir daheim. Normalerweise hörte man in unserem Haus nachmittags immer fröhlichen Kinderlärm. Alle Türen standen offen, und die Kinder, die die Zimmer in der mittleren Etage bewohnten, schaukelten oder kletterten an den Strickleitern, die Joachim mit dicken Haken an den Decken ihrer Zimmer montiert hatte. Im dritten Raum, den Charly eines Tages beziehen sollte, war eine Sprossenwand befestigt. Drumherum lagen dicke Schaumstoffmatten. Bis es Zeit war zum Schlafengehen, tobten und spielten die Kinder. Heute blieb es still.

Sabine lag im Bett. Ihr Körper schwoll weiter, ihr Bauch wurde dicker, sie atmete schwer und hustete. Dabei färbte sich ihr Gesicht blau. Ich versuchte, sie mit Kissen zu stützen, um ihr das Liegen, das Husten und das beschwerliche Atmen zu erleichtern.

Sie wirkte erschöpft und fühlte sich zusehends schlechter.

Als Joachim nach Hause kam, saßen wir abwechselnd oder gemeinsam an Sabines Bett, streichelten ihre Hand und versuchten, ihr ein bißchen Kraft zu geben. Anfangs hockte Sebastian auf dem Fußboden und spielte leise. Er hatte schnell verstanden, daß es seiner Schwester nicht gutging. Später sah er, daß es immer ernster wurde. Erschrocken kroch er bei seinem Vater auf den Schoß.

»Sabine, Mama und Charly fahren morgen früh ins Krankenhaus. Die Ärzte dort können Sabine helfen«, erklärte Joachim. »Und weil ich in die Schule muß, bringe ich dich zu Mamas Freundin, zu Anne. Einverstanden?« Sebastian nickte.

Nachdem der Junge eingeschlafen war, trugen wir Sabine hinauf in die oberste Etage in unser Schlafzimmer; laufen konnte sie nicht mehr. An Schlafen war jedoch nicht zu denken, Sabine hustete und rang nach Luft. Die Wasseransammlungen breiteten sich weiter aus; meine schlanke, geschmeidige Tochter war kaum wiederzuerkennen. Irgendwann telefonierten wir mit dem Kinderarzt. Er riet uns, Sabine warme Milch zu geben.

»Vielleicht beruhigt und entspannt sie das. Möglicherweise läßt dadurch auch der Husten nach. Bleiben Sie ruhig, Frau Sander. Und beruhigen Sie auch Ihr Kind. Morgen früh fahren Sie dann sofort in die Klinik. Wenn es schlimmer wird, rufen Sie mich wieder an.« Für uns war das, was sich vor unseren Augen abspielte, bereits schlimm genug.

Rückblickend staune ich, daß ich mich mit dem lapidaren Ratschlag, ein Glas heiße Milch zu reichen, zufriedengegeben habe. Ärzten zu widersprechen muß man lernen. Damals habe ich nur mein krankes Kind gesehen und war für jede Hilfe dankbar, der kleinste Tip war besser als nichts. Ich war bereit, jeden Ratschlag zu befolgen, in der Hoffnung, er würde uns helfen. Die Angst hatte meinen Mann und mich längst im Klammergriff, auch wenn wir uns bemühten, äußerlich ruhig zu bleiben, weil wir vermeiden wollten, daß die Kinder unsere Anspannung spürten.

Mit aller Kraft konzentrierten wir uns darauf, Sabine bis zum nächsten Morgen zu versorgen und Sebastian und Charly vor lauter Sorge um ihre älteste Schwester nicht zu vernachlässigen. Das war das einzige, was wir tun konnten.

An all das dachte ich, während Joachim und ich in dem schmalen Zimmer neben Sabines Krankenbett saßen. Dann klopfte es an der Tür.

»Frau Sander, Herr Sander? Kann ich Sie einen Moment sprechen?« Es war Abend geworden, und die Oberärztin hielt zwei Becher mit Kaffee in den Händen. Wir folgten ihr hinaus auf den Flur und ließen uns in zwei abgenutzte Sessel sinken. Dr. Seidel, so hieß die Ärztin, hockte sich auf einen Schemel vor uns.

»Wir haben die ersten Untersuchungsergebnisse ausgewertet. Auch wenn noch einige Fragen offen sind, müssen wir davon ausgehen, daß das Herz Ihrer Tochter nicht richtig arbeitet. Daher die Wasseransammlungen. Daher auch ihr lebensbedrohlicher Zustand.« Das Herz. In meinen Händen spürte ich die Wärme des Kaffees. »Die linke Herzkammer ist übermäßig groß. Außerdem gibt es deutliche Zeichen für eine Bronchitis. Was sonst noch zu Sabines schlechtem Zustand beiträgt, wissen wir momentan nicht. Wir müssen Sabines Körper dazu bringen, das Wasser auszuscheiden, darum geben wir ihr neben dem herzstärkenden Medikament auch noch etwas zum Entwässern. Vorläufig können wir nur abwarten, wie Ihre Tochter darauf reagiert.«

Die Ärztin sah mich an, dann meinen Mann.

»Wenn Sabine nicht auf die Präparate anspricht, ist der Zusammenbruch der Körperfunktionen und ihres Herzens nicht mehr aufzuhalten.«

Bilder jagten durch meinen Kopf. Die kleine Ausbuchtung an Sabines Brust. Erst war es eine winzige Beule in Höhe des Herzens gewesen. Mit der Zeit entwickelte sie sich zu einer leichten Erhöhung. Schließlich konnte man sie deutlich sehen und ertasten. Mehrmals hatte ich den Kinderarzt darauf hingewiesen. Dr. Hübner hatte Sabines Herz abgehört und stets das gleiche gesagt:

»Ich kann keine Unregelmäßigkeiten feststellen, Frau Sander.«

Da Sabines Absencen als Symptome einer Epilepsie erklärt wurden, hatte ich nicht auf weitergehende Untersuchungen bestanden und keinen Zusammenhang zu dieser Beule hergestellt. Ich wußte nichts über Herzkrankheiten bei Kindern. Jetzt bekam die vermeintlich harmlose Erhebung eine furchtbare Dimension. Sabines Herz war bereits so krank, daß es kaum noch arbeiten konnte und ihr gesamter Körper kurz vor dem Zusammenbruch stand.

Ich fühlte mich, als hätte jemand alles Leben aus mir herausgeprügelt. Weder Joachim noch ich waren fähig, zu begreifen, was die Worte der Oberärztin wirklich bedeuteten. Vermutlich war das auch gut so, denn die Ereignisse dieses Tages überstiegen unsere Kraft. Langsam gingen wir die wenigen Schritte zurück zum Krankenzimmer und standen schweigend neben dem Bett, in dem unsere Tochter lag und vor sich hin dämmerte. Wir warteten; Warten sollte etwas werden, was unser Leben künftig bestimmte.

Es mag eine Stunde später gewesen sein, als Joachim leise sagte: »Ich werde jetzt gehen und Sebastian abholen.« Ich nickte. Flüsternd vereinbarten wir, daß er meine Freundin Anne bitten sollte, sich auch in den nächsten Tagen um den Jungen zu kümmern. Joachim drückte meinen Arm. Dann zog er die Tür hinter sich zu, und ich war allein. Um mich herum Stille.

Als Sabine zwei Jahre alt war, bekam sie Husten. Dr. Hübner untersuchte sie und verschrieb Hustensaft. Der Husten blieb. Beim nächsten Termin erzählte ich davon. Wir bekamen ein neues Rezept.

»Alle Kinder husten mal«, sagte der Kinderarzt. Die Ursache für den Husten blieb unklar.

Wir versuchten es mit Nordseeluft und fuhren auf eine der ostfriesischen Inseln. Nach vier Wochen hatte Sabine rote Wangen und sah frisch und gesund aus – doch ihr Husten ließ nicht nach. Im Gegenteil. Sie hustete und hustete, inzwischen beinahe jeden Abend. Ungefähr zwei Stunden nachdem Sabine eingeschlafen war, setzte der Husten ein, regelmäßig und hartnäckig. Sie wachte auf und weinte und rief nach mir. Sie war aufgeregt. Ich versuchte, sie zu beruhigen. Manchmal hustete Sabine, bis sie sich erbrach. War sie nach ein bis zwei Stunden schließlich erschöpft wieder eingeschlafen, dauerte es nicht lange, und der nächste Anfall weckte sie. Das war nicht normal. Ich machte mir Sorgen. Ich sprach mit dem Kinderarzt – und bekam Hustensaft.

Nun dieser Röntgenbefund, der auf eine chronische Bronchitis hinwies. Der Husten war einer der ersten Hinweise auf Sabines Krankheit gewesen. Hätten wir uns energischer gegen Dr. Hübner durchsetzen müssen? Hätten wir Sabine früher helfen können? Hatten wir uns über eine deutliche Reaktion ihres Körpers hinweggesetzt?

Nacht für Nacht hatte ich neben Sabines Bett gesessen, sah den kleinen Körper, der sich krümmte, und hatte nichts außer beruhigenden Worten und einer Flasche Medizin. Nach einiger Zeit begann ich, meinem Kind Vorwürfe zu machen. Ich unterstellte Sabine, sie huste mit Absicht, wolle mich ganz für sich allein beanspruchen, mich ärgern. Manchmal wurde ich ungeduldig und schimpfte.

»Sie ist gut versorgt und gesund«, hatte eine Bekannte gesagt, »du mußt sie husten lassen.«

»Sie ist ein Schreikind, das war sie immer schon«, sagte eine andere, selbst Mutter von zwei älteren Kindern. »Du verwöhnst sie, wenn du immer hingehst, sobald sie weint. Bald wird sie dir auf der Nase herumtanzen.«

Ich war verunsichert.

»Kinder müssen durchschlafen. Gib ihr einen Schnuller, dann geht das schon«, hörte ich von einer dritten. »Geh aus dem Zimmer und mach die Tür hinter dir zu.«

Solche Ratschläge lösten eher Beklemmungen in mir aus.

»Ich glaube nicht, daß es richtig ist, Sabine allein vor sich hinhusten oder schreien zu lassen. Ich habe sie lieb, und allein der Gedanke, Sabine könnte sich übergeben und niemand ist bei ihr, der ihr hilft, ist schrecklich. Wie kannst du mir so etwas raten?«

Mehr als einmal stand ich mit meinen Erziehungsvorstellungen allein da, mit meiner Auffassung, daß auch kleine Kinder eigenständige Persönlichkeiten sind, die es zu akzeptieren statt zu dominieren gilt. Ich war überzeugt, daß selbst Kleinkinder in der Lage waren, zu zeigen, ob es ihnen gutging oder nicht.

»Wenn du deine Kinder so erziehst, bist du bald ihr Sklave«, sagte eine Freundin. »Sie werfen den ganzen Tagesablauf über den Haufen, machen uns zusätzliche Mühe mit ihren Extratouren – dazu haben sie kein Recht. Ich kann das nicht zulassen. Ich möchte bestimmen, wann wir dieses oder jenes machen, denn ich weiß es besser als meine Kinder.«

»Dann mußt du eben sehen, wie du zurechtkommst«, erklärte eine andere Bekannte. »Aber du wirst nicht weit kommen, wenn du immer alles anders machst. Deine Tochter wird spätestens im Kindergarten zu spüren bekommen, daß sie anders ist als andere Kinder. Und ich sage dir noch etwas: Wenn ich Sabine so anschaue, ist sie sowieso viel zu dünn.«

Sollte das heißen, ich hatte etwas Wichtiges übersehen? War ich auf dem falschen Weg? Setzte ich Sabine, Joachim und mich unter Druck? War ich eine schlechte Mutter?

Doch Joachim und ich versuchten weiter, nach unseren Vorstellungen zu leben. Trotzdem gab es diese Nächte, in denen auch ich dachte, Sabine wolle mich manipulieren. Die Bilder, die jetzt vor meinen Augen erschienen – meine zwei-, drei-, vierjährige Tochter, die hustend im Bett saß –, ich wollte sie wegwischen. Es tat weh. Wie hilflos und ungerecht ich Sabine gegenüber gewesen war.

Später klappte ich die Campingliege auf, die Joachim mitgebracht hatte. Eine der Schwestern hatte Laken bereitgelegt, und ich richtete mein Bett her. Ich wickelte Charly und gab ihr die Brust. Gierig trank sie, und ich sah ihr zärtlich zu. Ihr kleiner, warmer Körper war meine Verbindung zum Leben.

Ich war gerade eingenickt, als Sabine mich weckte.
»Mama.« Ich war sofort wach. »Ich muß mal.« Mein Herz machte einen Satz.
»Komm, Schatz, ich helfe dir. Du mußt aufpassen mit dem Tropf und dem Kabel vom Herzmonitor.« Eine Bettpfanne, die ich ihr hätte reichen können, gab es nicht. Verschlafen rutschte Sabine aus dem Bett und setzte sich auf den Topf. Danach schlief sie sofort wieder ein.

Leise legte ich mich zurück auf meine Liege. Ich lag wach und registrierte jedes Geräusch. Ich wartete, daß Sabine erneut aufwachte und nach dem Töpfchen verlangte.

Die kurze Prozedur wiederholte sich nahezu stündlich. Jedesmal maß ich die Urinmenge ab und trug das Ergebnis ins Krankenblatt ein. Jedesmal löste sich ein wenig von der Spannung, unter der ich stand. Die Medikamente schlugen an und halfen Sabine, das Wasser in ihrem Körper auszuscheiden. Mit jedem Tropfen, der ihren Körper verließ, sank die Belastung für ihr krankes Herz. Es konnte besser arbeiten, und der Körper wurde gleichmäßiger mit Sauerstoff versorgt.

Obwohl Sabine noch schwer atmete und die Situation insgesamt ernst blieb, schien sich ihr Zustand ein bißchen zu bessern. Er stabilisierte sich. Ich war dankbar und glücklich. Sabine würde überleben. Ich klammerte mich an diese Hoffnung und erledigte mechanisch, aber gründlich alles, was zu tun war. Ich reichte und leerte das Töpfchen. Wenn Sabine Durst hatte, gab ich ihr ein wenig Wasser und trug auch diese Mengen akribisch ins Krankenblatt ein. Wenn Charly aufwachte, wickelte und stillte ich sie und redete ihr sanft zu. Obwohl sie nicht begriff, was um sie herum geschah, nahm die Kleine doch die angespannte Atmosphäre um sich herum wahr. Ich wollte, daß sie sich in Sicherheit wußte.

Alle halbe Stunde kam die Nachtschwester. Sie maß den Puls, kontrollierte den Tropf und erneuerte, wenn es nötig war, die Infusionslösung. Ich wußte damals nicht, daß häufige Kontrollen üblich sind, wenn ein Kind intensivbetreut wird.

Am nächsten Morgen hatten sich die Wasseransammlungen leicht zurückgebildet, und Sabines Gesicht bekam wieder einen Hauch seiner gewohnten Farbe. Sie gewann ein wenig von ihrem verschmitzten Aussehen zurück. Die Mienen der Schwestern und Ärzte entspannten sich. Meine Tochter hatte die Nacht überlebt; niemand sprach mehr vom Sterben.

Ein Mann kam zur Tür herein, mit wehendem Kittel, offenem Hemd und einer Kette auf der behaarten Brust.

»Guten Morgen. Mein Name ist Hauser, ich bin der Stationsarzt.« Lachend sah Dr. Hauser Sabine an. »Wann hast du Geburtstag?« fragte er.

»Im September«, antwortete Sabine.

»Am siebten«, sagte ich. Ich wußte nicht recht, warum das jetzt wichtig war.

»Stimmt nicht, alles falsch.« Mit einer Handbewegung wischte Dr. Hauser unsere Antworten beiseite. »Du hast heute Geburtstag, Sabine. Herzlichen Glückwunsch!«

Ich verstand. Und Sabine lachte leise.

»Sag bitte deinen Eltern, daß du von nun an jeden Tag Geburtstag hast.« Über das Gesicht meiner Tochter huschte ein kleines Strahlen. Dann sah sie mich an.

»Wo sind meine Geschenke, Mama?«

Dr. Hauser und Sabine verstanden sich auf Anhieb und waren bald ein Herz und eine Seele. Der Mann hatte Humor, er war geistreich und temperamentvoll. Als ausgebildeter Kardiologe und Psychologe bewies er ein Geschick im Umgang mit kranken Kindern, das einige seiner Kollegen vermissen ließen. Dr. Hauser stand mit beiden Beinen auf der Erde, er war ernst, aber was immer er sagte, erdrückte einen nicht. Auch schlechte Nachrichten vermittelte er Kindern und ihren Eltern so, daß sie ertragen konnten, was sie ertragen mußten.

Im Laufe des Tages wurden Sabine, Charly und ich in ein Dreibettzimmer verlegt. Es war etwa doppelt so groß, aber dennoch recht beengt. Ein Schrank, eine Kommode, ein Waschbecken, die Kontrollgeräte und die Betten, damit war der Raum schnell ausgefüllt. Die Schwestern hatten ein paar Bilder an die kahlen Wände gepinnt, sie sollten die trübe Atmosphäre freundlicher machen. Ich schob meine Liege unter Sabines Bett und stellte Charlys Tasche ans Fußende. Vor dem Fenster rüttelte der Wind an einem kahlen, alten Baum.

Abends kam mein Mann. Sebastian durfte er nicht mitbringen. Sabine war enttäuscht, sie vermißte ihren Bruder.

»Die Ärzte sagen, Sebastian ist noch zu klein. Die Gefahr, daß er eine Infektion einschleppt, ist zu groß.« Die Station war Teil der Intensivstation, auf der frischoperierte, schwerkranke und todkranke Kinder betreut wurden. »Für die Kinder kann es lebensgefährlich werden, wenn jemand zum Beispiel Windpockenerreger mitbringt.«

Als der Tropf neu gelegt wurde, ließen wir ihn an der

linken Hand anbringen. So konnte Sabine ein Bild für Sebastian malen. Joachim nahm es mit nach Hause.

Nachdem Sabine die Nacht überlebt hatte, beschlossen wir, daß ich übers Wochenende mit Charly nach Hause zurückkehren würde. Mein Mann wollte bei Sabine im Krankenhaus bleiben. Am Montag würde ich wieder in die Klinik fahren, während Joachim arbeiten ging und sich um Sebastian kümmerte.

Als ich Sonnabend nachmittag mit dem Baby nach Hause kam, war Sebastian außer sich. Noch mehr als über mich freute er sich, seine kleine Schwester wieder bei sich zu haben. Er drückte Charly fest an sich. Wir spielten zusammen, lagen zu dritt im Bett und schmusten, wir gingen in den Garten und veranstalteten am Abend ein Badefest. Alle drei stiegen wir in die Badewanne, pusteten Schaumkronen durch die Luft und ließen Bötchen kreuzen. Sebastian genoß die Aufmerksamkeit, mit der ich mich ihm widmete. Er holte in vollen Zügen nach, was er entbehrt hatte. Auch mir tat es gut, die sterile Atmosphäre der Klinik zu verlassen. Zwar war ich insgesamt nur eineinhalb Tage und eine Nacht dort gewesen, doch hatte sich in dieser Zeit so viel ereignet, daß mein Zeitgefühl völlig durcheinandergeraten war. Es schien mir, als wäre ich mindestens eine Woche weg gewesen.

Sobald Sebastian und Charly mich einen Moment lang nicht für sich beanspruchten, wanderten meine Gedanken zu Sabine. Wie ging es ihr? Besserte sich ihr Zustand? Verschlechterte er sich? Wie würde unser Leben weitergehen, wie die Zukunft aussehen? Gab es Hoffnung? Ich begann zu erahnen, was vor uns lag.

Im Krankenhaus hatte ich von einem Augenblick zum nächsten gelebt, hatte mich auf Sabine konzentriert, ihren Atem, die Ödeme, jeden noch so kleinen Fortschritt. Nicht über die Situation nachzudenken war ein Selbstschutz gewesen, den ich gebraucht hatte, um den Schock und die Anforderungen, die an mich gestellt wurden, zu bewältigen. Um Sabine beizustehen. Mit dem räumlichem Abstand wurde mir allmählich die Schwere ihrer Krankheit klar. Fragen tauchten auf, und ich fand keine Antworten. Was konnte ich tun, wie meiner Tochter helfen? Warum hatte uns dieses Unglück heimgesucht, wer konnte helfen? Fragen, Hilflosigkeit und Ohnmacht. Verzweiflung und Elend. Schmerzlich wurde mir bewußt, daß da niemand war, der uns die Last abnehmen konnte.

So blieb nur das Warten. Verloren bewegte ich mich durch die vertrauten Räume und hätte mich am liebsten verkrochen. Ich wollte schlafen, aufwachen und feststellen, daß alles nur ein böser Traum gewesen war. Ich haderte mit dem Leben, weil es uns so übel mitspielte; ich ahnte nicht, was noch kommen würde.

Während der langen Stunden in der Klinik hatte ich mir gewünscht, zu Hause sein zu können. Nun bekam ich Angst, im entscheidenden Moment nicht bei Sabine zu sein. Ich war angewiesen darauf, daß man mich anrief, wenn ihr Zustand sich veränderte, und fühlte mich wie abgeschnitten. Ich konnte es kaum aushalten. Ich litt. Ich verbrachte das Wochenende in einem permanenten Gefühl von Zerrissenheit.

Ich begriff, wie schwierig es für die Kinder, Joachim und mich von nun an sein würde, unser Leben zu bewältigen. Ich ahnte, wie qualvoll es für denjenigen sein würde, der sich jeweils nicht bei Sabine aufhielt.

Abends, als die Kinder schliefen, öffnete ich die Terrassentür und trat in den Garten. In der Luft lag noch eine Spur von Vorfrühling, und ich atmete tief ein. Neben der Terrasse fand ich eine Kiste mit Osterglocken. Vor einigen Wochen hatten wir einen Baum für Sabine gepflanzt, eine Kastanie. Ich hockte mich vor das dünne Stämmchen und begann ein Beet anzulegen. Als ich mit der Schaufel in der Erde grub, rollten Tränen über meine Wangen. Zum ersten Mal konnte ich weinen.

Später, als das Telefon nicht stillstand, war ich gezwungen, Worte zu finden, für das, was geschehen war.

»Wir sind in ein tiefes Loch gefallen. Ich fühle mich, als säßen wir da unten im Dunkeln, es ist kein Licht zu sehen, überall nur Schwarz«, versuchte ich Freunden und Verwandten meine Gefühle zu beschreiben. Daß man mich fragte, zwang mich zu antworten; ich konnte nicht ausweichen.

Jedes Gespräch über Sabine, ihren Zustand und ihre Chancen auf Heilung, war eine massive seelische und körperliche Anstrengung. Doch halfen mir die Telefonate auch. Dadurch, daß ich gezwungen war, meine Situation in Worte zu fassen, wurde sie für mich selbst faßbarer, greifbarer, begreifbarer. Die Erlebnisse im Krankenhaus waren wie eine Dampfwalze durch mein Leben gedonnert. Es waren Stunden des völligen Aufgesogenseins gewesen, in denen ich nie einen Schritt hatte beiseite treten können, um die Dinge mit Abstand zu betrachten. Jetzt ließ das Gefühl, überrollt zu werden, etwas nach. Ich hatte ein bißchen Zeit, um nachzudenken und in meine Gefühle und Gedanken ein wenig Ordnung zu bringen, wenn man das Wort dafür benutzen möchte. Ich lag nicht mehr am Boden, sondern kam wieder auf die Beine. Über das zu sprechen, was ich erlebt hatte, war ein Schritt heraus aus dem Gefühl absoluter Ohnmacht. Ich konnte nichts daran ändern, daß Sabine schwer krank war. Aber mein Umgang mit der Situation konnte selbstbestimmter werden, weniger ausgeliefert. Das zu ändern lag an mir.

Doch ein bedrückendes und ängstliches Grundgefühl sollte von nun an immer bleiben.

Sebastian ließ mich unterdessen nicht aus den Augen. Er verfolgte die Telefonate und sah mich weinen. Er hörte vieles und verstand wenig. Er spürte, daß etwas Schlimmes mit seiner ältesten Schwester geschehen war, daß die Familie in einer bedrohlichen Situation steckte. Ich versuchte, auf eine Art, die er verstehen konnte, die ihm aber keine Angst machte, zu erklären, daß Sabine sehr krank war. Ich bemühte mich, die Wucht meiner Ängste zu verbergen. Sebastian war schließlich erst drei.

Rückblickend stelle ich fest, daß es klug war, ihm von Anfang an die Wahrheit über Sabines Krankheit zu sagen.

Montag morgen brachte ich Sebastian früh zu meiner Freundin Anne und fuhr mit Charly weiter in die Klinik. Als ich das Krankenzimmer betrat, war mein Mann bereits zur Arbeit gefahren.

Sabine fühlte sich besser. Ihr Gesicht sah rosig und zart aus, die Wangen waren kaum noch geschwollen. Die Ödeme am Körper bildeten sich jedoch erst nach und nach zurück, auch ihr Bauch war noch dick. Ich gab ihr einen Kuß zur Begrüßung.

»Du hast es dir ja richtig gemütlich gemacht.« Sabine hatte angefangen, sich häuslich einzurichten. Auf der

Fensterbank standen aufgereiht ihr Spielzeug und ihre Lieblingstiere, aus dem Kassettenrecorder tönte *Schubiduu ... uh, das Gespenst*, Papier und Malstifte lagen griffbereit. Lächelnd deutete sie zu einem Aufbau an ihrem Bett.

»Den Tisch hat Schwester Heike mir gebracht. Und Papa hat die Strippen verlegt für den Kassettenrecorder.« Sabine fühlte sich wohl in der Obhut der Schwestern und Ärzte. Neben Dr. Hauser mochte sie besonders Schwester Heike, die viele Späße mit ihr machte.

»Schau, ich habe dir etwas mitgebracht.« Weil für Sabine nun jeden Tag Geburtstag war, hatte ich ihr ein Malbuch gekauft. Sie griff sofort zu ihren Stiften.

Ein Blick ins Krankenblatt bestätigte meinen ersten Eindruck. Sabine hatte viel Wasser ausgeschieden. Sie durfte jetzt wieder trinken, soviel sie wollte. Sie blieb jedoch weiterhin an den Tropf und an das Herzüberwachungsgerät angeschlossen.

Ich sah meiner Tochter beim Malen zu, und jedesmal wenn sie innehielt und hochschaute, mit ihren dunklen, strubbeligen kurzen Haaren, der Stupsnase und den strahlenden Augen, berührte mich der Anblick tief. Ich liebte sie und spürte eine plötzliche Zuversicht. Das sichere Gefühl: Wir werden es schaffen. Ich fühlte mich stark und erleichtert. Ich atmete durch. Vorbei die Zeit, in der ich wie erstarrt zu Hause gesessen hatte. Ich war wieder bei meiner Kleinen. Ich konnte ihr nahe sein und mich nützlich machen.

Als Charly aufwachte und in ihrer Tasche strampelte und krähte, nahm ich sie heraus und legte sie neben Sabine. Sabine fing an, ihrer kleinen Schwester vom Wochenende zu erzählen. Ich setzte mich auf einen Stuhl und sah den beiden zu. Später kam Dr. Hauser. Er scherzte mit Sabine, kitzelte Charly und wandte sich dann zu mir.

»Frau Sander, wir brauchen eine lückenlose Anamnese. Was für Krankheiten hat Sabine gehabt? Welche Medikamente hat das Kind genommen? Mit welchen chemischen Stoffen ist es in Berührung gekommen?« Fragen über Fragen. »Wir müssen alles so genau wie möglich wissen. Wie verlief die Schwangerschaft? Was haben Sie gegessen, getrunken, gemacht, wo waren Sie im Urlaub – jede Kleinigkeit kann von Bedeutung sein.«

»Warum?« Ich fühlte mich von seinen vielen Fragen in die Enge getrieben.

»Es ist ungewöhnlich, daß bei einem Kind in Sabines Alter das Herz versagt, ohne daß zuvor Beschwerden festgestellt worden sind.«

Herzversagen. Er hatte Herzversagen gesagt. Ich dachte an Herztransplantationen und an meinen Großvater, der nach einem Herzanfall gestorben war. Ich dachte an sogenannte blaue Babys. Vor Jahren hatte ich einen Zeitungsartikel gelesen über Kinder, die mit einem Herzfehler geboren wurden und deren Haut, Lippen, Finger- und Zehennägel sich blau färbten. Dennoch waren Herzerkrankungen für mich etwas gewesen, was ich eher mit älteren Menschen in Verbindung brachte. Der Arzt bemerkte meine Verwirrung.

»Die wenigsten Menschen wissen, daß allein in Deutschland jedes Jahr rund 7.000 bis 8.000 Säuglinge mit einem Herzfehler zur Welt kommen. Ein Prozent aller Babys hat bereits einen angeborenen Herzfehler.« Dr. Hauser runzelte die Stirn. »Manchmal erkrankt das Herz aber auch erst später. Obwohl das seltener vorkommt.« Ich nickte. Dr. Hauser fuhr fort.

»Für die Behandlung ist es wichtig, daß wir die Gründe

kennen, die zu einer Krankheit geführt haben. Wenn wir die Ursache finden, können wir die Symptome bekämpfen. Es gibt zwei Möglichkeiten. Erstens: Sabines Herzkrankheit rührt von einem Virus her. Was man durch eine Biopsie herausfinden und durch Medikamente stoppen könnte. Zweitens: Sabines Herzfehler ist angeboren, was unter anderem daran liegen kann, daß es sich in der Zeit vor der Geburt nicht richtig entwickeln konnte. Weil bestimmte Einflüsse das verhindert haben.«

»Wollen Sie deshalb so genau wissen, wie die Schwangerschaft verlief?« Der Arzt nickte. Ich begann, Sabines Leben und die Zeit vor ihrer Geburt zu rekapitulieren. Dr. Hauser machte sich Notizen. Mehrmals hakte er nach.

»Wenn Sie sagen, Sie haben die Holzverkleidung in Ihrer alten Dachwohnung gestrichen: Wann genau haben Sie das getan? Erinnern Sie sich? Es wäre wichtig. Es könnte theoretisch sein, daß Bestandteile des Holzschutzmittels den Embryo geschädigt haben. Sie wissen, daß manche Produkte im Verdacht stehen, gesundheitsschädigend zu sein. Es laufen Prozesse von Betroffenen gegen die Hersteller.«

Seine Worte legten sich zentnerschwer auf mich. Ich hörte aus ihnen den Vorwurf heraus, fahrlässig Sabines Gesundheit gefährdet zu haben.

»Es ist eine vage Vermutung.« Dr. Hausers Stimme bekam etwas Beschwichtigendes. »Aber im Moment müssen wir jedes Detail in unsere Überlegungen einbeziehen.«

Bedrückt durchwühlte ich mein Gedächtnis weiter nach Details, die für die Diagnose wichtig sein könnten.

Am späteren Vormittag kam Schwester Anna. Sie

schob einen Rollstuhl an Sabines Bett und entfernte den Tropf aus ihrem Arm. Es waren mehrere Untersuchungen angesetzt worden. Mit Charly auf dem Arm folgte ich den beiden über den Flur.

Das Untersuchungszimmer, in dem die Sonographie stattfand, war ein kahler, kleiner Raum. Vor den Fenstern hingen graue Gardinen. Nur das Mobile an der Decke erinnerte daran, daß wir uns auf einer Kinderstation befanden. Die Oberärztin wartete bereits. Sie half Sabine, sich auf eine Liege zu legen. Seitlich davon standen ein fahrbarer Kasten mit dem Sonographiegerät und ein Beistelltisch mit einem Monitor. Dr. Seidel schob Sabines Schlafanzugjacke hoch. In der Hand hielt sie eine Tube.

»Jetzt untersuche ich gleich dein Herz, Sabine. Das tut nicht weh.« Dabei tupfte sie einen Klecks durchsichtigen Gels auf ihren Finger und verteilte es sanft auf Sabines Brust. Dann griff sie nach etwas, was aussah wie ein Scanner in einem modernen Supermarkt.

»Schau, das ist der Untersuchungskopf. Mit dem fahre ich jetzt langsam über deinen Brustkorb. Du darfst dich nur nicht bewegen, damit ich alles gut sehen kann.« Interessiert sah Sabine zu. Ich saß auf der anderen Seite der Liege und streichelte ihre Hand. Der ganze Aufbau war beeindruckend und sah kompliziert aus. Gebannt guckten wir auf den Bildschirm, auf dem Streifen in diversen Grautönen erschienen. Es war unmöglich, etwas daraus zu erkennen. Hätte meine Tochter mich gefragt, was die Oberärztin mit ihr anstellte, ich hätte es ihr nicht erklären können. Bis zu diesem Tag hatte ich nicht einmal gewußt, daß es möglich war, ein Herz auf diese Weise zu untersuchen.

Manchmal hielt Dr. Seidel kurz inne und drückte eine

Taste. Ich bemerkte, daß sie Standbilder erstellte, die anschließend ausgedruckt wurden.

»Hier bewegt sich etwas, siehst du? Hier in der Mitte. Das ist dein Herzschlag. Du kannst ihn spüren und gleichzeitig sehen.« Mit dem Finger zeigte Dr. Seidel auf eine graue Stelle auf dem Monitor. »Dieser Untersuchungskopf richtet Ultraschallwellen auf dein Herz. Sie werden als Echo von den einzelnen Schichten des Herzens zurückgeworfen. Als würdest du in den Bergen laut deinen Namen rufen und dann zuhören, wie der Berg zurückruft. Und das können wir auf dem Bildschirm sehen. Wenn ich den Untersuchungskopf ein bißchen weiterschiebe, finden wir deine Adern – schau, wie kleine Schläuche sehen sie aus.« Sabine reckte den Kopf. »Halt, nicht so doll bewegen.«

Ich staunte, mit welcher Ruhe meine quirlige Tochter die Prozedur über sich ergehen ließ. Auch Charly war friedlich, sie schlief.

Dr. Seidel fuhr weiter mit dem Untersuchungskopf über Sabines Brust. Lange Zeit sagte niemand mehr etwas. Still ging die Zeit dahin. Irgendwann merkte ich, wie mein eigenes Herz klopfte. Ich beobachtete die Ärztin. Ihre Augen verfolgten jede Bewegung auf dem Bildschirm. Sie wirkte sehr besonnen, und wenn sie mir manchmal einen kurzen Blick zuwarf, gab mir das Kraft, ruhig zu bleiben. Ich nahm mir vor, alles zu nehmen, wie es kam. Doch je länger die Untersuchung dauerte, desto gespannter waren meine Nerven. Inzwischen war fast eine Dreiviertelstunde vergangen. Die Untersuchung zog sich hin.

Dr. Seidel bewegte den Plastikgriff über Sabines Brust. Sabine guckte zu, doch ich merkte, daß ihr Interesse nachließ. Noch immer hing dieses konzentrierte Schweigen im Raum. Ich meinte, ein Stirnrunzeln in Dr. Seidels Gesicht zu sehen. Falten, eine Spur von Sorge. Ich spürte wieder den Sog, der mich bereits am ersten Tag im Krankenhaus erfaßt hatte. Ein Gefühl, abzugleiten. Der Situation ohnmächtig ausgeliefert zu sein.

Plötzlich stand Oberschwester Annemarie neben mir. Ich hatte sie nicht hereinkommen hören. Sie drückte mir eine Spieluhr und zwei kleine Aufziehfiguren in die Hand.

»Damit es Ihren beiden Mädchen nicht zu langweilig wird«, flüsterte sie.

Dann legte Dr. Seidel den Untersuchungskopf zur Seite und half Sabine, sich aufzurichten.

»Das hast du prima gemacht.«

Schwester Beate begleitete uns ins Untergeschoß. Vor einer Tür, an der ein Schild mit der Aufschrift *Röntgen – Zutritt verboten* angebracht war, blieb sie stehen.

»Röntgen – das kennst du schon, hat mir deine Mama erzählt. Deshalb wartet sie jetzt mit deiner kleinen Schwester hier draußen. Wir beide machen das allein, ja?« Sabine nickte. Sie drehte sich noch einmal um und war im nächsten Moment hinter der schweren Tür verschwunden. Ich wartete. Mit dem Baby auf dem Arm ging ich den Flur auf und ab.

»Meine Kleine«, flüsterte ich, »da drüben ist die Bine jetzt drin. Und bald kommt sie wieder raus.« Das monotone Gemurmel beruhigte mich. »Wir dürfen da nicht rein, weil da Aufnahmen vom Inneren des Körpers gemacht werden. Mit Röntgenstrahlen. Man kann in den Körper hineingucken und alles wie auf dem Negativ eines Photos sichtbar machen.« Charly gurrte leise. Sie verstand nichts, aber meine Stimme an ihrem Ohr freute sie.

Als wir auf die Station zurückkamen, durfte Sabine zum ersten Mal seit drei Tagen etwas essen. Bislang war sie über den Tropf ernährt worden. Mit dem Löffel rührte sie in einem Teller Nudelsuppe.

»Weißt du Mama, diese Suppe ist fast das Beste, was ich je gegessen habe. Aber diese grünen Dinger – kannst du die mal rausmachen?« Ich fischte die Schnittlauchschnipsel heraus und freute mich, daß meine Tochter wieder Appetit hatte. Kinder, dachte ich, erholen sich schneller als Erwachsene. Sobald es einem kranken Kind etwas bessergeht, will es seinem Bewegungsdrang nachgeben, sitzt, steht, läuft, anstatt sich tragen zu lassen, ist wieder fröhlich. Wir Erwachsenen dagegen pflegen unsere Leiden, manchmal wie Hypochonder.

Die nächste Untersuchung fand zwei Tage später statt. Sie wurde von Professor Neff geleitet, einem ernsten, fast übermäßig beherrscht wirkenden Mann mit schmalem Gesicht und scharfen Gesichtszügen. Er war der Leiter der Kardiologischen Abteilung. Dr. Seidel, Dr. Hauser sowie weitere Kollegen, die ich kaum oder gar nicht kannte, waren ebenfalls anwesend.

Wieder lag Sabine auf der dunkelgrünen Liege neben dem Sonographiegerät, und ich saß neben ihr. Von Anfang an herrschte eine unangenehmere Atmosphäre als bei der ersten Ultraschalluntersuchung. Die Ärzte sprachen nicht viel. Sie guckten angestrengt auf den Monitor. Ab und zu flüsterte jemand ein paar Worte, die ich kaum verstand, ansonsten beschränkte sich die Kommunikation auf ein gelegentliches »Aha«. Von Minute zu Minute stieg die Spannung im Raum. Schwester Britta, die bei der Untersuchung dabei war, zog ab und zu eine Spieluhr auf, um Sabine, die still dem Geschehen folgte, abzulenken. Ich spüre heute noch etwas von der Starre, die mich damals befiel. Allein in diesem abgedunkelten Raum, mit meiner kranken Tochter und einer Gruppe von Ärzten, deren halblautes Gemurmel so offensichtlich nicht für mich bestimmt war. Die leisen Geräusche der Geräte, Sabines Augen, ihr ernster Blick. Während dieser Stunde, die die Untersuchung dauerte, gab es niemanden, der mir die Hand gereicht hätte. Ich fühlte mich mutterseelenallein.

Ich ahnte, daß am Ende eine schlechte Nachricht auf uns zukäme. Obwohl es Sabine inzwischen besserging, ihre Stimmung stieg, sie leichter atmen konnte und die Ödeme langsam abklangen, ließ das Verhalten der Ärzte keinen anderen Schluß zu. Außerdem hatte ich mitbekommen, daß auf der Station ausschließlich schwerkranke Kinder lagen, und Sabine war eine Patientin, der es besonders schlechtging. Niemand wußte, wie lange ihr krankes Herz durchhalten würde. Im Anschluß an die Sonographie vor zwei Tagen hatte Dr. Seidel lange mit mir gesprochen und mir erklärt, daß Sabine lebensbedrohlich krank und ihr Herz schwer geschädigt war. Und daß die Krankheit zu komplex schien, als daß man etwas Endgültiges und Eindeutiges sagen wollte, bevor nicht der Professor von einer Tagung zurückgekehrt wäre und Sabine selbst untersucht hätte.

Später erfuhr ich, daß die Ärzte fassungslos waren, daß sie kaum glauben konnten, was sie sahen.

Nach der Untersuchung brachte man uns zurück auf die Station. Professor Neff bat mich kurz hinaus auf den Flur.

»Es ist ein Wunder, daß Ihre Tochter noch lebt.« Die Worte trafen wie ein Hammerschlag. »Alles, was Dr.

Seidel Ihnen bereits gesagt hat, kann ich nur bestätigen.« Neben uns quietschten Gummireifen über den Flurfußboden. Schwester Heike verteilte den Nachmittagstee. In der Ferne klingelte ein Telefon.

»Ich will mich jetzt nicht in weiteren Details ergehen, Frau Sander, aber Sie, Ihr Mann und ich müssen miteinander reden.« Ich nickte. Ich brachte keinen Ton heraus. Der Arzt sah mich an. »Eines sage ich Ihnen von vornherein: Da gibt es keine Hoffnung mehr.«

Das war die erste definitive Aussage über Sabines Zustand.

Die übliche Betriebsamkeit um uns herum rettete mich davor, die Fassung zu verlieren und völlig durchzudrehen. Ich ging die wenigen Schritte zurück zu Sabines Zimmer. Als ich die Tür öffnete, trafen sich unsere Blicke.

Während der vergangenen Tage hatte Sabine trotz allem, was ihr kleiner Körper aushalten mußte, nie geklagt. Wortlos akzeptierte sie, was die Ärzte und Schwestern mit ihr anstellten. Sie beschwerte sich nicht über die Spritzen oder die Nadeln in ihrem Arm für die Infusionen. Sie ließ Untersuchungen inmitten geballter Hochleistungstechnik über sich ergehen. Sie war ans Bett gebunden und konnte sich nur eingeschränkt bewegen. Man hatte sie gepiekst, um ihr Blut abzunehmen. Man hatte ihr wenig zu trinken gegeben, auch wenn sie Durst hatte. Sie war sicher sehr unglücklich über ihren Zustand, doch sie blieb verständig und entgegenkommend. Sabine strahlte eine Ruhe und Zuversicht aus, die viele Leute auf der Station beeindruckte, auch mich. Ich bewunderte, wie sie alles ertrug. Sehr bewußt schien sie daran interessiert, sich helfen zu lassen und auch mitzuhelfen, damit sie wieder gesund wurde. Jetzt stiegen ihr Tränen in die Augen. Zum ersten und einzigen Mal in diesen Tagen.

Ich setzte mich zu ihr. Eng aneinandergeschmiegt saßen wir in ihrem Bett und weinten.

»Muß ich sterben, Mama?«

»Nein, Sabine. Aber der Professor hat gesagt, daß du nicht mehr ganz gesund werden wirst.« Mehr brachte ich nicht heraus.

Zwei Tage später wurde eine dritte Ultraschalluntersuchung durchgeführt. Nachmittags kam Joachim ins Krankenhaus, und gemeinsam gingen wir zum Sprechzimmer des Professors. Der Weg über den Flur war das Schwerste, was mein Mann und ich bis dahin hatten hinter uns bringen müssen.

Professor Neff reichte uns die Hand.

»Nehmen Sie Platz.« Er deutete auf die beiden Stühle vor seinem Schreibtisch. Einen Moment lang saßen wir uns schweigend gegenüber.

Ich weiß heute nicht mehr, wie der Arzt einleitete, was er uns mitzuteilen hatte. Mein erstes Gespräch mit ihm auf dem Flur der Station war schon sehr schwer durchzustehen gewesen, weil er so endgültig jede Chance auf eine Gesundung ausgeschlossen hatte, daß alles, was er jetzt sagte, nur durch einen dichten Nebel zu mir vordrang. Ich bekam nicht viel mehr mit, als daß Sabines Lunge für die Komplikationen am Herzen verantwortlich war und dies eine äußerst bedenkliche Konstellation bedeutete, da die Möglichkeiten, an der Lunge zu operieren, begrenzt waren.

Irgendwann griff der Professor zu einem Stift. Seine schmalen Hände zeichneten ein Modell des Herzens. Die linke Herzklappe, die rechte, die Arterie. Joachim konnte den Erklärungen folgen. Ich starrte an die Wände. Wo

Platz war zwischen den mit Büchern vollgestopften Regalen, hingen Bilder. Kunstdrucke in bunten Farben. Schöne Bilder, fand ich.

»Sabine wird nie mehr gesund werden. Sie wird auch nicht alt werden. Niemand kann vorhersagen, wie lange sie noch leben wird.« Diese drei Sätzen holten mich zurück, und ich höre sie manchmal noch heute. Professor Neff sah uns an. »Es ist ein Wunder, daß Ihre Tochter die letzten Tage überlebt hat. Sie steckt voller Energie. Aber ich weiß nicht, was ich tun soll. Wir müssen abwarten.«

Damit verabschiedete er uns.

Joachim und ich waren in einem gnädigen Schockzustand, als wir auf die Station zurückgingen. Charly lag auf Sabines Bett. Sie streckte ihr Ärmchen aus und griff tapsig nach der Hand ihrer großen Schwester. Doch gingen die noch etwas unkoordinierten Bewegungen immer wieder daneben.

»Werde ich doch wieder gesund, Mama?« Sabine wußte, daß wir mit dem Professor gesprochen hatten. Was antwortet eine Mutter in so einer Situation ihrem Kind? Sabine hoffte, daß ich bessere Nachrichten brachte als nach dem ersten Gespräch mit dem Professor. Sie war voller Vertrauen. Ich konnte nicht denken, nicht nach Ausflüchten suchen. Ich fühlte, daß Sabine meine Verzweiflung bemerkte. Ich schaute in ihr Kindergesicht, in die erwartungsvollen Augen und antwortete: »Nein, Sabine, du wirst nicht wieder gesund werden.«

Ich hockte mich auf den Rand ihres Bettes und umarmte sie. »Aber der Professor sagt, daß er eine neue Untersuchung machen wird, denn manches versteht auch er immer noch nicht.« Wortlos nahm Sabine die Sätze auf. Sie klagte nicht und fragte nicht nach dem

Warum. Joachim hob Charly hoch und drückte sie an sich wie ein Schutzschild. Nach einer Weile setzte er sich ebenfalls auf das Bett, und Sabine lehnte ihren Kopf an seine Schulter. Wie eine Traube saßen wir eng aneinandergedrückt beisammen. Niemand sagte etwas.

Ich weiß nicht mehr, ob ich weinte, ob Sabine weinte. Aber uns war in diesem Moment klar, daß wir es eigentlich schon vorher gewußt hatten. Der Professor hatte unsere Ahnungen nur bestätigt.

»Sabine, ich versprech dir, daß wir gemeinsam alles schaffen werden, was kommt. Das sollst du wissen. Und auch, daß du traurig sein darfst, und wir beide gemeinsam weinen und uns immer aneinander festhalten können.« Ich redete mit ihr wie mit einer Erwachsenen. Doch sie verstand mich. Sie nahm meine Hand und sagte: »Wein nur, Mama. Ich weiß, daß du traurig bist.«

In diesem Moment spürte ich zum ersten Mal die Kraft, die Sabine mir gab. Sabine war nicht verzweifelt; wir, ihre Eltern, waren es. Mein Mann und ich betrachteten die Dinge aus der Perspektive von Erwachsenen und sahen keinen Ausweg. Sabine war ein Kind, fünf Jahre alt. Sie wußte noch nichts über den Tod und das Sterben, über Leid und Trauer. Sie war unschuldig, und aus dieser Unschuld heraus bezog sie ihre Kraft. Sie brach nicht zusammen, sie weinte und jammerte nicht, sie blieb gelassen. Sie zeigte Stärke und forderte uns indirekt auf, ebenfalls stark zu sein. Es war ein Impuls, der von ihr ausging, und er ließ mich zuversichtlich werden.

Ich faßte mich.

»Soll ich dir eine Geschichte vorlesen, meine kleine Maus?« Sabine nickte.

Später ging ich in die Stationsküche, schmierte Brote

für das Abendessen und holte Getränke. So blieb mir weiteres Nachdenken vorerst erspart.

Sabine erholte sich so weit, daß sie wieder selbständig gehen konnte, wenn auch langsam und immer nur ein paar Schritte. Die Medikamente hatten ihrem Körper geholfen, die Ödeme abzubauen, der dicke Bauch war weg, ihr Gesicht sah zart und rosig aus. Sie wog rund 18 Kilo, das entsprach ihrem normalen Gewicht. Am Freitag vor Ostern wurde sie deshalb aus der Klinik entlassen.

Ich packte alle Spielsachen, Kuscheltiere und Malsachen sowie den Kassettenrecorder ein. Sabine schlüpfte in ihre Hose und zog einen Pullover über. Zum ersten Mal seit einer Woche trug sie wieder ihre eigene Kleidung.

»Ich gehe schnell und hole das Auto, Schatz. Paß einen Moment auf Charly auf, ja?« Sabine nickte und band ihren Schnürsenkel zu.

Als ich zurückkam, standen mehrere Schwestern im Zimmer. Sie wollten sich von uns verabschieden. Im nächsten Augenblick kamen Oberschwester Annemarie und Dr. Hauser zur Tür herein. Ich war überrascht und freute mich über die Anteilnahme; gleichzeitig wollte ich mich am liebsten schnell und für immer von hier verabschieden.

»Wir sehen uns ja bald wieder, am 1. April.« Dr. Seidel reichte mir die Hand. Schwester Heike strich Sabine über die kurzen Haare.

»Wir freuen uns schon auf dich!«

»Und bring deine kleine Schwester ruhig wieder mit«, sagte Oberschwester Annemarie. Dabei warf sie mir einen Seitenblick zu und nickte. Ein junger Pfleger hatte mir erzählt, daß Dr. Seidel an jenem Tag, an dem sie uns zu dritt auf der Station aufnahm, eine historische Ausnahme gemacht hatte. Sie hatte sich mit Oberschwester Annemarie besprochen, weil Sabine so krank und elend aussah, daß sie mir nicht zumuten wollte, in ein anderes Krankenhaus zu fahren. Oberschwester Annemarie hatte ohne zu zögern eingewilligt. Es war seinerzeit in den Krankenhäusern relativ unüblich, Mütter gemeinsam mit ihren Kinder aufzunehmen. Im Universitätsklinikum war man zudem räumlich sehr beengt. Doch hatte sich auf der Kinderkardiologischen Station ein eigener Umgang mit diesem Thema entwickelt, so daß immer wieder einzelne Eltern bei ihren kranken Kinder blieben. Es war allerdings das erste Mal gewesen, daß auch ein Geschwisterchen aufgenommen wurde.

Und die Schwestern mochten Charly. Sie war ein ruhiges Baby, schlief viel, und auch wenn sie wach war, lag sie zufrieden und sich selbst genügend in ihrer Tragetasche.

»Bleib gesund, Charly.« Schwester Beate kraulte der Kleinen den Bauch. Charly gluckste. Plötzlich schämte ich mich für meine egoistischen Fluchtgedanken. Diese Menschen und diese Station würden in Zukunft ein Teil unseres Lebens sein. Die Schwestern und Ärzte hier waren Sabines und meine Partner, sie wollten meiner Tochter helfen, genau wie ich; und vielleicht würden sie es auch können. Wenn es Hoffnung auf Hilfe gab, lag sie hier. Ich ermahnte mich, standzuhalten und stark zu sein.

Wir wurden umarmt, und Schwester Heike begleitete uns zum Aufzug. Sabine ging vor uns den Flur entlang, in der Hand ihr *Sesamstraßen*-Köfferchen, in dem sich Rezepte und eine Spritzensammlung befanden. Die Schwestern hatten ihr ein paar leere Hülsen geschenkt.

Zu Hause wollte Sabine in der Badewanne damit spielen. Der Pförtner hatte mir erlaubt, bis zum Haupteingang vorzufahren. Schnell verstaute ich unser Gepäck, packte Charly auf den Rücksitz und schnallte Sabine in ihrem Kindersitz an.

»Mama, kriege ich eine Bockwurst?« Ich konnte ihr den Wunsch nicht abschlagen, und so fuhren wir zuerst am Klinikkiosk vorbei.

Mit jedem Kilometer hellte sich meine Stimmung auf. Draußen war ein freundlicher Frühlingstag, der Himmel strahlte, ab und zu zog eine weiße Wolke vorbei. Ostern stand bevor, Sabine war außer Lebensgefahr, und ich – ich war ebenfalls froh, dem Krankenhaus entronnen zu sein.

»Worauf freust du dich am meisten, kleine Maus?«

»Auf zu Hause, auf Sebastian, auf Papa, auf mein Zimmer, auf die Schaukel. Und auf den Osterhasen.«

»Papa, Bine ist wieder da!« Sebastian stürzte die Treppe herunter und uns entgegen, als ich in die Einfahrt bog. Stürmisch umarmte er abwechselnd seine Schwestern und mich, lief aufgeregt herum, wollte, daß wir mit in sein Zimmer kommen.

»Ich muß euch unbedingt was zeigen.«

Wir hatten ihm gefehlt, und nun, da wir zurück waren, wollte er uns nur für sich haben. Doch wir waren noch nicht ganz aus dem Auto ausgestiegen, da zeigte sich zum ersten Mal, wie Sabines Krankheit unser tägliches Leben fortan verändern würde.

»Warte, Sebastian.« Mein Mann hielt den Jungen am Arm und beugte sich zum ihm hinunter. »Erst bringe ich Charly ins Haus. Dann trage ich Sabine hoch in ihr Zimmer. Sie muß sich schonen. Dann könnt ihr zusammen spielen.« Sebastian stand die Enttäuschung ins Gesicht geschrieben.

Als ich ins Haus trat, hatte ich das Gefühl, nach einem langen Marsch endlich den sicheren Hafen zu erreichen. Ich schloß die Tür und ließ Sorgen und Ängste hinter mir zurück. Hier drinnen konnte uns nichts geschehen. Wir waren wieder beisammen, und gemeinsam würden wir alles Kommende meistern. Ich schaute mich um. Von den Wänden blickten mich unsere drei Kinder an. Photos in allen Größen. Unser Familienglück hing im Flur und lachte mich an. Im nächsten Moment schweiften meine Gedanken in die Zukunft, und meine Zuversicht verschwand. Wie würde es weitergehen?

»Mama, Mama!« Sebastian riß mich aus der Niedergeschlagenheit. Er zerrte an meiner Hand. »Komm, ich will dir zeigen, was ich gebaut hab.«

Wir gingen hinauf in sein Zimmer. Aus großen Legosteinen hatte er eine Autobahn gebaut und seinen Motorradpark daneben aufgefahren. Der Traktor und der Kran standen in der Parkgarage.

»Mama, ich muß mal«, rief Sabine aus ihrem Zimmer nebenan. »Soll ich abmessen wie im Krankenhaus?« Mein Mann stand mit dem Mantel in der Hand im Türrahmen.

»Ich fahre schnell zur Apotheke und hole die Medikamente.« Unten im Wohnzimmer krähte Charly. Das Telefon klingelte. Unser Alltag hatte mich wieder; auch wenn von nun an Sabines Krankheit im Mittelpunkt stehen würde. Ich lobte Sebastian und ging ins Bad.

Später richteten wir Sabine einen Platz auf dem Sofa im Wohnzimmer her. Sie wurde schnell müde. Schon das Würstchenessen, die Fahrt und die stürmische Begrüßung hatten sie erschöpft. Sie war ein todkrankes Kind und mußte sich schonen.

Bald wurde das Wohnzimmer zum Kinderzimmer. Sebastian schleppte Spielzeugautos an, Bausteine und seine kleinen Motorräder. Sabine bekam einen Tisch ans Sofa und packte ihre Malsachen aus. Da der Raum offen in Küche und Eßplatz überging, wurde es richtig gemütlich. Nachmittags färbten wir Eier. Sebastian und Sabine bemalten und beklebten sie.

»Damit der Osterhase nicht so viel zu tun hat. Wir bereiten schon mal alles für ihn vor.« Vorsichtig sammelte ich die kleinen Kunststücke in einer Schale.

Als ich am nächsten Tag einkaufen fuhr, entdeckte ich ein kleines, rosa blühendes Rosenbäumchen. Ich wußte, daß Sabine die Farbe nicht mochte, und wenn sie etwas nicht mochte, war sie eigen. Trotzdem kaufte ich den Rosenstock. Er blühte üppig, er symbolisierte pralles, heiteres Leben. Als ich nach Hause kam, freute sie sich über das Geschenk und sah über die Farbe gnädig hinweg. Wir pflanzten die Rose im Garten ein. Noch heute freuen wir uns, wenn sie im Frühling erste Knospen austreibt und bis in den Herbst hinein blüht.

Wir waren froh, wieder eine vollständige Familie zu sein, und genossen die Ostertage. Es blieben genau sechs Tage, bis Sabine wieder ins Krankenhaus mußte. Sie vergingen wie im Flug.

2

Als wir auf der Station ankamen, begrüßte man uns wie alte Bekannte. Wie beim ersten Mal wurde Charly untersucht. Da sie gestillt wurde, konnte man jedoch davon ausgehen, daß sie keine Bakterien mitbrachte, denn Muttermilch gibt in den ersten Monaten einen optimalen Schutz. Anschließend bezogen wir Zimmer 105. Ich schob die Campingliege unter das Bett und baute Sabines Spielsachen auf der Fensterbank auf. Drei Tage hatten die Ärzte für die bevorstehende Herzkatheteruntersuchung angesetzt, vorausgesetzt es traten keine Komplikationen auf. Bei dem Eingriff sollte ein Schlauch in Sabines Herz eingeführt werden, um das Ausmaß ihrer Herzkrankheit genauer zu erkunden, als es durch Ultraschalluntersuchungen möglich war.

Sabine hatte neue Bettnachbarn. Zwei waren so klein, daß sie weder laufen noch krabbeln konnten. Der dritte, Björn, rutschte vergnügt auf Knien durchs Zimmer. Damit war es vorbei, als Schwester Heike hereinkam.

»Komm, kleiner Mann«, mit einem geübten Griff hob sie den Kleinen hoch, setzte ihn in sein Bett und schob das Gitter hoch. Björn wurde sauer. Er weinte. Ich nahm eine von Charlys Rasseln. Der Junge beruhigte sich. Seine Neugier konzentrierte sich auf das fremde Spielzeug.

»Frau Sander, könnten Sie Björn vielleicht frische

Sachen anziehen?« fragte Schwester Heike. In der Hand hielt sie eine saubere Hose und ein Hemd.

»Selbstverständlich.« Ich knöpfte Björns Hose auf. Ich war froh, mich ein bißchen nützlich machen zu können. Bei der Aufnahme hatte ich mitbekommen, daß die Station überbelegt war. Statt der rund 15 Kinder, für die sie ausgerichtet war, versorgte man im Moment 20 Patienten.

»Seit er krabbeln kann, sieht er jeden Tag so aus«, sagte Schwester Heike mit einem Blick auf Björns schwarze Knie und Hände. »Aber wenn wir ihn ins Bett setzen, schreit er.«

»Er will sich eben bewegen. Der Kleine ist genau in dem Alter, wo Kinder das Krabbeln entdecken, er fühlt sich sicher eingesperrt in seinem Gitterbett.«

»Wir kommen mit dem Umziehen und Wäschewaschen kaum hinterher.«

Björn strampelte, und ich mußte ihm ein bißchen zureden, bis er sich die saubere Hose anziehen ließ.

»Bevor Sie ihm das Hemd überziehen, müssen wir noch die Elektroden auf seine Brust kleben. Bei Sabine machen wir das auch gleich.« Im selben Moment schoben zwei Schwestern die Herzüberwachungsgeräte herein und installierten sie neben den Betten von Sabine und Björn.

»Könnten Sie diesen elektronischen Überwachungston diesmal ein bißchen leiser einstellen? Dieses Gepiepse sägt unheimlich an den Nerven, finde ich.« Die Schwestern lachten. Sie kannten das Geräusch und wußten, wie man jedesmal hochschreckte, sobald der Alarm losging – oft genug nur wegen einer verrutschten Elektrode, wenn ein Kind sich im Schlaf umgedreht hatte.

Später holte Schwester Beate Sabine ab. Vor dem

Katheter, wie es im Krankenhausjargon heißt, mußten noch ein EKG, ein Phonokardiogramm und eine Sonographie gemacht werden.

»Der Doktor will sichergehen, daß sich dein Zustand zu Hause nicht verschlechtert hat.« Sabine protestierte nicht. Wie bei den vorherigen Untersuchungen verhielt sie sich ruhig und ließ tapfer alles über sich ergehen. Außerdem war Beate die ruhigste und sanfteste unter Sabines Lieblingsschwestern.

Im Labor, wo man den Kindern Blut abnahm, wartete Dr. Hauser.

»Na, kleine Kichererbse, wie geht's?« Sabine lachte.

»Ich bin doch keine Kichererbse.«

»Doch, seit es dir wieder bessergeht, bist du fröhlich und kicherst. Das hat sogar die Oberärztin gemerkt.« Dabei griff Dr. Hauser nach einer Chromschale, in der sehr schmale und scharfe Messer lagen. Sabine setzte sich auf einen Stuhl. Schon bei unserem ersten Klinikaufenthalt hatten die Ärzte und Schwestern erklärt, warum manchmal Blut aus der Fingerkuppe abgenommen wurde, ein anderes Mal mit einer Spritze aus einer Ader, und wieso es überhaupt wichtig war, Blut im Labor zu untersuchen. Da Sabine harntreibende Medikamente nahm, mußte beispielsweise regelmäßig die Konzentration der Blutsalze, der Elektrolyte, ermittelt werden. Vor einer Katheteruntersuchung gehörte die Blutabnahme zur üblichen Routine.

»Wenn es zu sehr weh tut, Sabine, dann nimmst du einfach deine andere Hand und steckst den Daumen in den Mund. Dann pustest du, ganz fest.« Dr. Hauser machte es vor. Seine Wangen blähten sich, und wir mußten alle lachen. »Das hilft, ich bin sicher.« Es war das Prinzip Ablenkung, und es funktionierte tatsächlich. Das Bild, wie Sabine an jenem Tag zum ersten Mal ihren Daumen in den Mund steckte und pustete, hat sich mir ins Gedächtnis eingegraben. Sie mußte in den kommenden drei Jahren noch oft zu diesem Strohhalm greifen. Später haben sogar ihre Geschwister diesen kleinen Trick gegen Schmerzen übernommen. Dr. Hauser stach mit einer kurzen schnellen Bewegung in Sabines Fingerkuppe. Im nächsten Moment bildete sich ein Blutstropfen, den er mit einem Glasplättchen aufnahm.

Mittags gab es Hühnchen mit Reis, anschließend ruhten sich die Kinder aus. Die Nachmittage auf der Station waren lang. Es hatte sich herumgesprochen, daß wir wieder da waren, und nach und nach kamen verschiedene Schwestern vorbei und begrüßten uns. Obwohl sie viel zu tun hatten, nahmen sie Charly auf den Arm, kitzelten und knuddelten sie, trugen sie umher. Die Kleine eroberte jedes Herz. Wenn ich zusah, fühlte ich mich bestätigt, daß ich sie stillte, obwohl sie bald ein halbes Jahr alt war und manche Bekannte schon komisch reagierten. Die Nähe und Geborgenheit des Stillens tut Kindern gut, sie spüren eine Sicherheit und entwickeln ein besonderes Grundvertrauen. Auch Sabine hatte ich lange gestillt, beinahe bis zu ihrem zweiten Lebensjahr. Heute weiß ich, daß das allerdings auch ein Hinweis auf ihre Herzkrankheit gewesen ist. Sie hatte nichts schlucken können, was nicht glatt und sämig war.

»Es ist so befreiend, einmal ein gesundes Kind im Arm zu halten und nicht auf Kabel, Sonden und Verbände achten zu müssen«, sagte Schwester Susanne und wiegte Charly in ihren Armen. »Ihre Kleine ist ein Stückchen Normalität in unserem Klinikalltag, eine Pause.«

Ich spielte unterdessen mit Sabine, Björn und anderen Kindern. Im Zimmer gab es einen Kindertisch, niedrige Stühle, Malsachen, Bilderbücher und Spielzeug, damit vertrieben wir uns die Zeit. Wir sagten allen Bescheid, und wer aufstehen durfte, kam ins Zimmer 105 und machte mit. So entstand eine kleine Spielgruppe, die auch in den nächsten Tagen bestehen blieb. Die Schwestern freuten sich darüber, die Kinder sowieso, und die Zeit verging schneller. Mir selbst machte es ebenfalls Spaß. Außerdem taten mir die Kinder leid, deren Eltern nur selten zu Besuch kamen.

Als Björn wieder durch den Raum rutschte, entdeckte ich, warum der Junge ständig schwarze Knie hatte. Der Fußbodenbelag war so alt, daß er abfärbte und sich an manchen Stellen in kleine Krümel auflöste. Ich hatte Angst, er könnte sie in den Mund stecken und nahm Björn auf den Schoß. Ich beschloß, eine Schwester daraufhin anzusprechen. Später holte ich aus der Schwesternküche etwas zu trinken und Marmeladenbrote für die Kinder.

Nach Feierabend kamen Björns Eltern. Ein strahlendes Lächeln ging über sein Gesicht. Ich konnte spüren, wie sehr er sich freute, wie wichtig der Kontakt für ihn war. Seine Mutter hatte einen Kinderwagen dabei, und die drei machten einen Spaziergang über das Klinikgelände.

Nach und nach bekamen auch andere Kinder Besuch. Die Eltern fütterten und wickelten ihre Kleinen, manche liefen den Stationsflur auf und ab. Die meisten Patienten waren jedoch ans Bett gebunden. Sie lagen unter Sauerstoffzelten, angeschlossen an verschiedenste medizinische Geräte. Ihren Müttern und Vätern blieb nur, die Kinder zu streicheln und mit ihnen zu reden. Überall hörte man leises Stimmengemurmel.

Als Joachim nach der Schule ebenfalls ins Krankenhaus kam, tauschten wir die Rollen. Er blieb bei Sabine, die schon auf ihn gewartet hatte. Ich fuhr mit Sebastian und Charly in den nahen Stadtwald. Wir fütterten Enten, sahen vor einem Gehege Truthähnen und Pfauen zu und gingen auf den Spielplatz. Sebastian erzählte mir von seinem Tag. Die Zeit verging viel zu schnell. Müde und voll neuer Eindrücke kamen wir zurück auf die Station.

Nachdem mein Mann mit Sebastian nach Hause gefahren und die Ärzte zur Visite gekommen waren, richteten wir uns für die Nacht ein. Sabine bekam ein leichtes Abendrot, denn sie sollte für den Eingriff am nächsten Morgen nüchtern sein. Schwester Britta legte ihr noch einen Tropf, dann war Schlafenszeit. Im Krankenhaus gehen die Uhren anders. Ich zog meine Campingliege hervor und schlüpfte in meinen Schlafanzug. Dann nahm ich Charly zu mir, drückte sie an mich und schlief bald ein.

Am nächsten Morgen schlich ich sehr leise aus dem Zimmer. Es war noch früh, und ich wollte niemanden wecken. Als ich am Schwesternzimmer vorbeikam, sah ich, wie Oberschwester Annemarie die Thermometer für das morgendliche Fiebermessen vorbereitete. Sie nickte mir zu. Anschließend ging ich duschen. Doch eine innere Unruhe trieb mich schnell zurück auf die Station. In der Tür begegnete ich Dr. Hauser, er hielt eine kleine Schale mit einer Spritze in der Hand. Er wollte Sabine sedieren; so nennt man es, wenn Patienten vor einem Eingriff ein Beruhigungsmittel verabreicht bekommen.

Sabine war ebenfalls früh aufgewacht. Sie war guter

Dinge, trotz der Katheteruntersuchung, die ihr bevorstand. Sie hatte Charly neben sich gelegt und zupfte sie sanft an Fingern und Füßen. Jemand hatte Sabine bereits gewaschen und ihr ein Operationshemd angezogen.

»Guten Morgen«, sagte Dr. Hauser und setzte sich an den Bettrand. Er sah mich an. »Gehen Sie doch in die Küche, Frau Sander. Dort bekommen Sie ein Frühstück. Lassen Sie sich Zeit, und genießen Sie es. Es dauert noch, bis Sabine ins Katheterlabor hinübergebracht wird.« Mit einem Augenzwinkern in Sabines Richtung fügte er hinzu: »Wir amüsieren uns auch ohne Sie.«

Ich fühlte mich ein bißchen ausgeschlossen, doch ließ ich die beiden allein. Aus Zimmer 106 kam Schwester Susanne, sie war bereits dabei, zu pulsen; so heißt es, wenn der Puls der Kinder genommen wird. Schwester Anna ging in Richtung des Trakts, wo die Neugeborenen und die herzkranken Säuglinge lagen. Sie trug frische Bettwäsche. Offensichtlich hatte sich eines der Kinder übergeben. Es lag diese Früh-am-Morgen-Stimmung über allem. Die Welt schläft noch, nur in einem kleinen Winkel hat schon die Tagesroutine begonnen. Ich ging den Flur entlang. Ich war nervös. Wieder stieg diese Unruhe auf, die mich schon beim Duschen gepackt hatte. Etwas trieb mich, als sollte ich mich besser beeilen, um nicht zu spät zu kommen. Aber wohin? Und warum?

In der Küche saßen zwei andere Mütter, die ebenfalls die Nacht in der Klinik verbracht hatten, und ich setzte mich dazu. Auch ihren Kindern würden heute Katheter gelegt werden.

»Was werden Sie tun während des Eingriffs?« fragte ich die Ältere. Es war typisch, und ich erlebte es später noch öfter, daß die Kommunikation zwischen den Eltern hier nach eigenen Gesetzmäßigkeiten funktionierte. Niemand fragte: Was hat Ihre Tochter oder Ihr Sohn. Alle Kinder hier waren herzkrank, die Details spielten eine nachgeordnete Rolle. Niemand erzählte oder hörte gern genaue Schadens- und Schreckensberichte. Die Gespräche drehten sich eher um die Frage, ob ein Kind eine Operation bereits hinter sich oder noch vor sich hatte.

»Ich werde schnell nach Hause fahren. Erfahrungsgemäß dauert es ein paar Stunden, bis das Katheterlabor anruft. Man muß sich gedulden.« Sie bemerkte meinen Blick. »Es ist das dritte Mal, daß meiner Silke ein Katheter gelegt wird. Und zu Hause hat sich eine Menge Arbeit angesammelt.«

»Und Sie?« Ich sah die andere Frau an, die rechts neben mir saß. Hastig trank sie einen Schluck Kaffee.

»Zu tun hätte ich auch jede Menge.« Ihre Finger umklammerten den Kaffeebecher. »Ich denke, ich fahre auch schnell nach Hause und komme später wieder.« Sie lächelte, als wollte sie sich entschuldigen, daß sie die Klinik verließ. Silkes Mutter strich sich eine Haarsträhne aus dem Gesicht. Den Blick auf den Tisch vor sich gerichtet fügte die andere Frau hinzu: »Es tut mir auch gut, mal für einen Moment aus dieser Klinikatmosphäre herauszukommen.«

»Es wäre schön, wenn wir dabei sein könnten, wenn unsere Kinder aus der Narkose aufwachen. Aber wo sollen wir denn hin solange? Es gibt hier keinen Raum, in dem man warten könnte. Beim ersten Mal bin ich die Flure rauf- und runtergelaufen. Ich glaube, ich stand nur im Weg und habe den Betrieb gestört. Nein, wenn Silke rübergebracht wird, fahre ich nach Hause.«

Eineinhalb bis zwei Stunden würde die Katheteruntersuchung dauern, und ins Katheterlabor durften Eltern nicht hinein. Mir blieb also auch nichts anderes als herumzusitzen und zu warten. Andererseits hatte mir gestern, bevor ich die Einverständniserklärung für den Eingriff unterschrieb, ein Anästhesist die Risiken und möglichen Komplikationen erläutert. Sabine würde gerade so weit betäubt werden, daß sie nichts merkte. Für die Untersuchung war es wichtig, daß das Herz möglichst arbeitete wie im Wachzustand; außerdem war Sabines Herz viel zu schwach für eine Vollnarkose. Ich wußte nicht, wie sie auf die Betäubung und die Medikamente reagieren würde. Wenn ihr Kreislauf aufgab und man mich zu Hause anrief, würde es mindestens eine halbe Stunde dauern, bis ich in der Klinik wäre. Wenn ich gerade einkaufen wäre, könnte man mich überhaupt nicht erreichen. Schon die Vorstellung quälte mich. Auch wenn ich faktisch nichts für Sabine tun konnte, war es mir ein Bedürfnis, in ihrer Nähe zu sein.

»Ich bleibe lieber hier«, sagte ich, mehr zu mir selbst.

»Für Sie ist es das erste Mal, nicht wahr?« fragte Silkes Mutter. Ich nickte. »Dann sollten Sie tun, was Ihr Gefühl Ihnen rät. Später, wenn Sie schon Monate oder Jahre mit der Krankheit leben, werden Sie vielleicht anders entscheiden.« Dann stand sie auf. »Wir sehen uns heute nachmittag«, lächelte sie. »Ich hoffe, dann geht es allen Beteiligten gut.« Die andere Frau nahm ebenfalls ihre Tasche.

Ich trank meinen Tee aus und räumte das Geschirr in die Spüle. Ich verstand Silkes Mutter und akzeptierte ihre Haltung. Mir selbst war jedoch die vage Möglichkeit, daß Sabine mich brauchen könnte, Grund genug zu bleiben.

»Frau Sander?« Eine Schwester, die ich zuvor noch nicht gesehen hatte, steckte ihren Kopf in die Küche. »Sabine wird gleich ins Katheterlabor gebracht.«

Schnell lief ich ins Krankenzimmer. Ich küßte meine Tochter, die noch immer nicht aufgeregt wirkte.

»Hab keine Angst, kleine Maus, es wird nicht weh tun. Ich warte hier auf dich. Wenn du wieder aufwachst, bin ich da.«

»Dann spielen wir *Spielhaus*, ja?« Ich lächelte. *Spielhaus* ist ein Würfelspiel, eine Art *Mensch ärgere dich nicht*.

»Versprochen.«

Die Schwester löste die Bremsen an Sabines Bett. Ich folgte ihnen über den Stationsflur. Mit dem Aufzug fuhren wir hinunter ins Erdgeschoß. Am Ausgang stoppte die Schwester und drehte sich zu mir.

»Gehen Sie jetzt wieder auf die Station, Frau Sander. Ihr Baby braucht Sie. Sabine und ich machen das schon.«

Schweren Herzens und voller Unruhe sah ich zu, wie meine Tochter in ihrem großen Bett über den Klinikhof geschoben wurde. Die Uhr gegenüber dem Eingang zeigte 8.05 Uhr. In einer knappen halben Stunde würde der Eingriff beginnen.

Oben auf dem Flur traf ich Schwester Heike. Sie schleppte zwei große blaue Säcke.

»Die Stationswäsche.«

»Warten Sie. Ich helfe Ihnen.« Ich nahm ihr einen Sack ab. Daß die Schwestern die Eltern auf der Station ein bißchen in die tägliche Arbeit einbezogen, hatte auch eine Art beschäftigungstherapeutischen Aspekt: Es hielt sie davon ab zu grübeln. Froh über die willkommene Ablenkung verbrachte ich die nächsten zwei Stunden damit, frischgewaschene Strampelhosen, Schlafanzüge, Handtücher, jede Menge Bettwäsche sowie einen Berg

Kindersöckchen zu falten und zu sortieren. Manches mußte gestopft oder geflickt werden. Später lieh ich mir einen Kinderwagen und machte mit Charly einen Spaziergang auf dem Klinikgelände. Doch dauerte es höchstens eine halbe Stunde, bis wir zurückkamen. Ich war zu nervös, um mich auch nur ein paar Meter von der Station zu entfernen. Ein diffuses Gefühl von Eile und Angst trieb mich. Als ich mit Joachim darüber sprach, erfuhr ich, daß es ihm genauso ging. Wir hatten jetzt beide begriffen, daß Sabine jederzeit sterben konnte.

Ich saß auf einem der abgewetzten Sessel und wartete. Würde sich bei dem Katheter ein Hinweis ergeben, etwas, was man bislang nicht gesehen hatte; eine Überlebenschance für Sabine?

Gegen Mittag kam Oberschwester Annemarie. »Ich habe gehört, Sabine geht es gut.« Das Katheterlabor hatte angerufen, weil Silke abgeholt werden konnte. »Es dauert aber noch eine Weile, bis wir auch Ihre Kleine holen können.« Ich nickte. Ich konnte nicht reden. Meine Augen brannten, doch ich wollte nicht weinen, wollte durchhalten. Ich war Schwester Annemarie sehr dankbar für diese Geste. Ich ging hinunter zur Telefonzelle und rief meinen Mann an.

Gegen zwei Uhr wurde Sabine zurückgebracht. Sie war bereits aus der Narkose aufgewacht. Aber ihre Lider waren schwer, sie blinzelte, und die Worte kamen langsam.

»Mama. Ich bin so müde.«

»Schlaf, Liebes. Schlaf dich aus.« Ich strich über ihr Gesicht. Schwester Beate schob den Tropf neben Sabines Bett. Aus dem Herzüberwachungsgerät tönte der übliche unregelmäßige Piepton. »Aber wenn ich wach bin, will ich ganz viel essen.«

»Natürlich.« Schon fielen ihr die Augen zu. Ich war glücklich und froh, mein Kind wieder bei mir zu haben. Der Eingriff war ohne Komplikationen verlaufen.

Nachmittags gegen fünf Uhr wachte Sabine auf. Ich las ihr jeden Wunsch von den Augen ab. Ich erzählte Geschichten und holte bereitwillig jedes gewünschte Plüschtier von der Fensterbank. Wir spielten *Spielhaus* und hörten *Schubiduu ... uh, das Gespenst.*

Mit der Abendvisite kehrte der Kummer zurück. Professor Neff, Dr. Seidel und die diensthabende Schwester standen neben Sabines Bett.

»Die Ergebnisse des Katheters bestätigen unsere Vermutungen«, sagte der Professor. Er hielt Sabines Krankenblatt in der Hand. Sein Blick war ernst, sein Ton nüchtern. »Ihre Tochter leidet an einem primären pulmonalen Hypertonus im fortgeschrittenen Stadium, sie hat bereits ausgeprägte Myokardfunktionsstörungen im rechten Ventrikel mit einer starken Trikuspidalklappeninsuffizienz.« Dr. Seidel strich schweigend über Sabines Bettdecke. Professor Neff sah von dem Krankenblatt auf. »Ihre Tochter leidet unter einem Lungenhochdruck mit daraus resultierender Herzschwäche. Herz und Lunge hängen innerhalb des Kreislaufs eng miteinander zusammen. Sabines Lunge ist sogar stärker angegriffen als ihr Herz. Der Druck im Lungenkreislauf ist höher, als er sein sollte. Außerdem arbeitet ein bestimmter Teil der Herzmuskulatur nicht ordnungsgemäß. An der Klappe zwischen der rechten Vor- und Hauptkammer des Herzens ist ein Loch, so daß das Blut aus der Hauptkammer in die Vorkammer zurückfließt. Auf dem Weg zum Herzen wirkt die kaputte Lunge wie ein Staudamm für das Blut.

Eine Beeinflussung des Lungengefäßwiderstandes

durch die Gabe von medizinischem Sauerstoff, also speziell aufbereitetem, gereinigten Sauerstoff, kommt nicht in Frage, weil er die Adern nicht erweitern kann. Das Blut fließt nicht besser, der Druck läßt nicht nach, und das Herz wird auch nicht entlastet.«

Ich habe Professor Neff verflucht für jeden einzelnen Satz. Er beschönigte nichts. Er erlaubte nicht den Hauch einer Hoffnung.

»Eine solche Lungen-Herz-Krankheit ist selten. Meist ist es umgekehrt, und ein krankes Herz zieht die Lunge in Mitleidenschaft. Soweit ich weiß, hat man Sabines Krankheit bisher zwölfmal auf der Welt festgestellt. In der medizinischen Fachliteratur wird sie beschrieben, aber niemand kennt die Ursachen. Erfahrungsgemäß muß der Befund als infaust angesehen werden.«

Diesen Satz habe ich später wortwörtlich in der Klinikakte wiedergefunden, und mich packt bis heute das Grauen, wenn ich ihn lese. Er war Sabines Todesurteil. Als Professor Neff von »infaust« sprach, sagte er, daß mein Kind bei aller ärztlicher Kunst nicht mehr zu retten war.

Im Laufe der Jahre sollte ich die Sprache der Mediziner verstehen lernen. In der ersten Zeit der Diagnosen und Prognosen fühlte ich mich oft ausgeschlossen. Auch mein Mann hatte Mühe, sich hineinzufinden, obwohl er Biologielehrer und mit der menschlichen Physiologie vertraut ist. Diese Sprache strotzt vor Fremdwörtern, die natürlich eine Präzision und Klarheit ermöglichen, die umgangssprachlich nicht zu erreichen wäre. Doch sie verbreitet eine Atmosphäre, in der die Menschlichkeit auf der Strecke bleibt. Das wiegt um so schwerer, als die Eltern, auf die diese Kaskaden lateinischer und sonstwie fremder Begriffe niedergehen, sich in einer sehr angespannten Situation befinden. Sie leiden unter der Unmenschlichkeit. Es geht schließlich um das Leben ihrer Kinder.

Die Diagnosen beschreiben zudem minutiös, was an den Kindern nicht so ist, wie es sein sollte. Diese Fülle erschlägt. Man fragt sich bald, wie die Kinder überhaupt noch am Leben sein können. Dr. Seidel, die Oberärztin, nahm sich stets Zeit, Eltern ausführlich, beinahe liebevoll, zu erklären, wie es um ihre Kinder stand. Die meisten ihrer Kollegen ließen eine solche Sensibilität vermissen.

In jenem Moment während der Abendvisite begriff ich nicht viel von Professor Neffs Erklärungen, und Sabine sicherlich auch nicht. Wir spürten nur den Ernst, der in dem lag, was der Professor sagte. Später rief er mich noch einmal in sein Sprechzimmer, wo wir ungestört waren.

»Stellen Sie es sich so vor: Sie nehmen einen Gartenschlauch und drücken ihn zusammen. Dann läuft zwar noch Wasser hindurch, aber weniger. Es ist jetzt viel mehr Druck nötig, um annähernd die gleiche Menge hindurchzubringen. Sind nun noch irgendwelche Rückstände in dem Schlauch, Sand oder Dreck, dann wird der Durchfluß noch stärker behindert. Genauso verhält es sich mit der Lunge Ihrer Tochter.«

Bei allem, was er sagte, blieb Professor Neff auch jetzt absolut unmißverständlich und unterband jegliche Hoffnung.

»Meist haben solche Patienten nur eine kurze Lebenserwartung. Auf Grund der Schwere von Sabines Anfällen und ihrer mittlerweile massiven Rechtsherzinsuffizienz muß ich die Aussichten Ihrer Tochter als sehr ungünstig einschätzen.«

Schluß. Ich wollte kein Wort mehr hören. Luft. Ich brauchte Luft. Ich stand auf und ließ ihn stehen.

Langsam ging ich den Flur entlang. Alles war grau. Alles war abstoßend und unfreundlich. Keine Bank, auf die ich mich setzen konnte. Ich ging die Treppe hinunter. Draußen wehte ein kalter Wind. Ich hielt es nicht lange aus. Wie von unsichtbarer Hand gelenkt, ging ich zurück zur Station.

Vertraute Gerüche und Geräusche kamen mir entgegen. Ich lief den Flur hinunter, links und rechts Schränke und Spielzeug. Überall Türen, hinter denen schwerkranke Kinder lagen. Säuglinge, Kinder, die so alt waren wie Sabine. Der kleine Ali kam mir auf einem Dreirad entgegen. Er lachte mich an.

Ich wachte auf.

Es hat einen erstaunlichen Effekt, wenn in einem Moment, in dem das eigene Leben stillsteht, Menschen ringsherum alltägliche Dinge verrichten. Auf der Station wurde das Abendessen verteilt. Als ich am Schwesternzimmer vorbeikam, sah ich einen jungen Pfleger die Medikamente für den abendlichen Rundgang vorbereiten. Profane Routine. Die ungeschminkte Erkenntnis, daß das Leben weiterging.

Ich wollte weg, wollte mit all dem nichts zu tun haben. Doch sog mich das eingeschränkte Leben hier auf, seine Monotonie, sein vertrauter Klang, seine Gewohnheiten, die ich bereits verinnerlicht hatte. Es müssen nicht immer Menschen sein, die einen an die Hand nehmen und einem zeigen, daß es weitergeht. In diesem Moment waren es die vertrauten Geräusche und Alltagsgesten, die mich stützten.

Ali bremste sein Dreirad direkt vor meinen Füßen.

Ich war voreilig gewesen. Ich hatte mich hinreißen lassen und nur an mich gedacht. Ich tat mir selbst leid und beweinte mein Schicksal. Ich sperrte mich, weigerte mich, mein Schicksal anzunehmen. Ich war egoistisch, wollte mich verkriechen, verstecken, Leid und Verantwortung abgeben. Das Leben ging weiter. Auch wenn ich eben noch gedacht hatte, für mich sei es beendet.

Solche Wandlungen erfassen mich manchmal von einem Moment auf den anderen. Die Erkenntnis, daß ich mit der Krankheit leben mußte, kam blitzartig. Der Auslöser war Ali, sein Blick voller Hoffnung und Erwartung, mit dem er zu mir hochsah. Mein Herz wurde nicht leichter dadurch, mein Kummer verschwand nicht. Mir wurde nur klar, daß es Menschen gab, die meine Kraft und meine Unterstützung brauchten. Kinder. Meine Tochter. Sabine verließ sich auf mich. Es war nicht an der Zeit, zu jammern. Meine selbstquälerischen Fragen nach dem Warum verstellten mir nur den Blick auf die Wirklichkeit.

In der Nacht lag ich wach auf meiner Liege. Meine Gedanken kamen nicht zur Ruhe. Nebenan weinte ein Kind. Charly und Sabine schliefen tief, ich hörte Sabines Atem. Irgendwann stand ich auf. Das Weinen im Nachbarzimmer wurde immer lauter. Ich ging hinüber. Die Nachtschwester war froh, als ich versuchte, Emma zu beruhigen; sie hatte selbst alle Hände voll zu tun. Leise redete ich mit dem Mädchen und streichelte es. Das Kind war über und über verkabelt. Obwohl sie erst zwei Jahre alt war, hatte Emma bereits eine schwere Herzoperation hinter sich. Ihr Zustand war seit Tagen labil, sie erholte sich kaum.

»Ihr Pulsschlag ist zu hoch, und sie hat Fieber«, sagte Schwester Anna. Emmas Weinen ließ nach, aber nur, um im nächsten Moment umso heftiger zu werden. Am liebsten hätte ich sie aus ihrem Bett und auf den Arm genommen, doch das war nicht möglich.

»Ich hole den diensthabenden Arzt.« Schwester Anna verließ das Zimmer.

Emma ließ sich weder beruhigen noch ablenken. Ihr kleiner Körper lag halb seitlich, die rechte Hand war auf einer Schiene festgebunden. Man hatte einen Tropf gelegt und wollte verhindern, daß Emma ihn bei einer abrupten Bewegung herausriß. Der Arzt entschied, eine weitere Infusion mit fiebersenkenden Mittel zu verabreichen.

»Wir müssen die Kanüle am Kopf legen.«

Als ob Emma verstanden hätte, schlug ihr Weinen in lautes Geschrei um. Zu dritt beugten wir uns über die Kleine. Ich streichelte Emmas Füße und hielt ihre freie Hand fest. Der Arzt fand schnell eine Ader und mit geübten Handgriffen legte er den Tropf. Ich schwitze, während ich zusah und wünschte, er würde aufhören. Schwester Anna schnitt einen Streifen Pflaster zurecht und klebte ihn über die Nadel. Endlich war es vorbei. Das Medikament begann zu wirken und Emma wurde ruhiger. Ich gab ihr einen Schnuller, sie nuckelte und schlief kurz darauf ein.

Ich ging zurück auf meine Liege und wachte erst wieder auf, als Charly Hunger hatte und gestillt werden wollte.

Sabine erholte sich rasch von dem Katheter. Wenn keine Komplikationen auftraten, wurden Kinder nach Katheteruntersuchungen nach drei Tagen wieder entlassen. Die Ärzte der Kinderkardiologischen Abteilung bemühten sich, ihre Patienten nur so lange in der Klinik zu behalten, wie es wirklich nötig war. Alle waren sich der Tatsache bewußt, daß Kinder sich zu Hause am wohlsten fühlten und ungern aus ihrer vertrauen Umgebung herausgerissen wurden. Am nächsten Tag konnten wir die Klinik verlassen.

Am Vormittag wurde noch ein EKG gemacht, außerdem bekam Sabine Rezepte für neue Medikamente: ein harntreibendes, ein herzstärkendes und eines, das den Mineralstoffwechsel anregte. Obwohl Professor Neff erklärt hatte, daß die Gabe von medizinischem Sauerstoff den Fluß des Blutes in Sabines Lungengefäßen nicht verbessern würde, riet er uns, im Sanitätsgeschäft eine Vorrichtung zu besorgen, mit deren Hilfe wir unserer Tochter zu Hause Sauerstoffduschen geben konnten.

»Dreimal täglich ein paar Minuten, das sollte reichen.«

Wie bei unserem ersten Aufenthalt wurden wir auch dieses Mal herzlich verabschiedet.

»Wir freuen uns jedesmal, wenn ein Kind entlassen wird«, freute sich Oberschwester Annemarie. Schwester Heike hatte eine besonders große Spritzenhülle mitgebracht und schenkte sie Sabine zum Abschied.

Als wir das Gebäude verließen, fuhren wir zuerst zum Krankenhauskiosk und kauften eine heiße Wurst. Sabine schaffte nur die Hälfte.

Sebastian rannte uns entgegen, kaum daß ich mit dem Auto in die Einfahrt bog. Wieder hatte er uns sehnsüchtig erwartet. Doch nachdem die erste Wiedersehensfreude vorüber war, wurde er launisch. Er schimpfte, als ihm ein Turm aus Bauklötzen umkippte. Er murrte, weil seine Autos angeblich nicht in die Richtung fuhren, in die er sie lenkte. Kurze Zeit später flog laut krachend Spielzeug durchs Zimmer. Sebastian saß auf dem Boden und weinte.

Ich ging zu ihm und nahm ihn in die Arme. »Komm her zu mir, Basti. Ich weiß, es ist schwer für dich. Immer sind wir weg.«

»Weg, immer weg, weg.« Sebastians Stimme überschlug sich beinahe.

»Armer Basti. Sei nicht böse auf uns. Wir haben dich doch lieb. Komm, ich helfe dir beim Naseputzen.« Ich wischte die Tränen aus seinem Gesicht und hielt ihn fest in den Armen.

»Charly ist immer bei dir, bloß ich nicht. Ich will auch mit. Ich bin auch krank. Ich habe Bauchweh, viel Bauchweh. Jeden Tag.«

»Mein armer Kleiner. Ich hab mich nicht um dich gekümmert, und jetzt schimpfst du mit mir. Ich mache dir eine Wärmflasche, dann wird dein Bauchweh besser.« Es dauerte lange, bis sein Schluchzen nachließ. Sebastians ganze Traurigkeit, sein Zorn, alle Angst und Anspannung der vergangenen Tage brachen aus ihm heraus.

Unser Sohn litt unter der Trennung. Zwar fügte er sich ohne zu klagen in die neuen Umstände. Er beschwerte sich nicht, wenn mein Mann ihn morgens um sieben Uhr weckte, früher als der Junge es gewohnt war. Die beiden frühstückten und machten sich auf den Weg zu meiner Freundin Anne. Dort frühstückte Sebastian noch einmal, bis er schließlich mit dem knapp sechsjährigen Tom und der drei Jahre alten Mia in den Kindergarten ging. Nachmittags spielten sie, oder Anne nahm die Kinder mit zum Einkaufen, so wie Sebastian es von zu Hause kannte. Gegen fünf holte Joachim ihn wieder ab, denn uns lag beiden daran, daß Sebastian nicht ganz ohne seine Eltern war. Doch wurde ihm die Zeit, bis sein Vater kam, sehr lang.

An manchen Tagen hatte Joachim Sebastian mit in die Schule genommen. Die Schüler meines Mannes fanden es lustig, einige erinnern sich heute noch daran.

Still saß unser Sohn dann in der Ecke und spielte. Mit seinen geliebten Spielzeugautos und Plastikmotorrädern konnte er sich stundenlang allein beschäftigen.

Doch Sebastian vermißte seine Mutter, seine Geschwister und seine vertraute Umgebung, in die er nur noch zum Schlafen kam. Abends, wenn Joachim ihn bei Anne abholte, fragte der Junge: »Sind Mama und Sabine und Charly schon wieder zu Hause?«

Schweren Herzens antwortete mein Mann: »Nein, die sind noch im Krankenhaus. Ich weiß auch nicht, wann sie wieder nach Hause kommen. Ich glaube, es wird noch eine Weile dauern.«

Obwohl er klein war, spürte Sebastian, daß seine Eltern Angst hatten. Er fürchtete sich ebenfalls. Womöglich mehr als wir, weil er nicht verstand, was um ihn herum vor sich ging. Joachim sah das und versuchte, den Jungen zu beruhigen, zu trösten, ihn aufzumuntern. Doch Leichtigkeit zu vermitteln in schweren Zeiten ist harte Arbeit. Bei all diesen Versuchen behielt Joachim immer den Eindruck, daß Sebastian ihm nicht glaubte.

Tapfer hatte Sebastian die Tage, die wir in der Klinik waren, durchgehalten. Jetzt weinte er sich sein Unglück von der Seele. Ich nahm mir vor, beim nächsten Aufenthalt dafür zu sorgen, daß er seine Schwester besuchen oder zumindest sehen durfte.

Unser gewohntes Leben veränderte sich. Das einzige, was konstant blieb, war, daß Joachim jeden Morgen zur Arbeit fuhr. Unterdessen versuchte ich, mich um den Haushalt zu kümmern, was schwierig war, denn alle drei Kinder blieben nun den Tag über zu Hause. Und irgendeines wollte immer etwas: Mama schau, Mama, komm, Mama hilf. Ich mußte unseren Tagesablauf umkrempeln. Sabine brauchte regelmäßig ihre Medikamente und Sauerstoffduschen. Ich mußte mir Spiele ausdenken, um die Kinder zu beschäftigen. Wir waren plötzlich auf unsere engste Umgebung beschränkt. Ich war unsicher und mußte erst lernen, mit der neuen Situation zurechtzukommen.

Im Krankenhaus hatte man uns geraten, Sabine nicht mehr in den Kindergarten zu schicken. Jede Infektion konnte für ihren geschwächten Körper den Zusammenbruch bedeuten. Aus dem gleichen Grund blieb auch Sebastian zu Hause, und ich brachte Charly nicht mehr in die Krabbelgruppe. Sabine vermißte ihre Spielkameraden. Sebastian verhielt sich eher gleichgültig. Der Junge war ein Eigenbrötler. Vielleicht betrachtete er es sogar als günstige Fügung. Sebastian hatte sich nie entscheiden können, welches Spielzeug er mit in den Kindergarten nehmen sollte. Am liebsten hätte er alle seine Sachen eingepackt. Aber jedes Kind durfte nur ein Teil mitbringen. Oft hatte der Morgen mit Streit und Tränen begonnen. Außerdem wurde im Kindergarten gemalt, und der Junge haßte es, einen Stift in die Hand zu nehmen.

Sabine verbrachte die meiste Zeit im Bett. Vorher war sie auf jeden Baum geklettert, hatte die Ballettschule besucht, war schwimmen gegangen und Fahrrad gefahren. Nun konnte sie nichts mehr von alledem. Oder besser: Sie durfte nichts mehr. Es verbot sich jeder Gedanke an eine körperliche Anstrengung. Sie war todkrank, ohne Aussicht auf Heilung. Wie bei einer Gratwanderung sollte sie durch ihre letzten Jahre gehen, langsam und mit Bedacht.

Sabine malte, bastelte, hörte Musik oder Märchenkassetten. Nur ab und zu stand sie auf und besuchte ihren Bruder im Zimmer nebenan. Draußen stürmte und regnete es, der Wind zerzauste die Osterglokken. Der April zeigte sich von seiner garstigen Seite. Für uns war das gut, denn es machte es uns leichter, im Haus zu bleiben. Sabine war zu schwach für Spaziergänge.

Wenn Joachim von der Arbeit kam, fuhr ich einkaufen. Ich blieb selten lange fort. Zwar fand ich es angenehm, eine Weile für mich zu sein oder mit Bekannten, die ich unterwegs traf, zu plaudern. Doch lebte ich weiter in dieser Unruhe, im entscheidenden Moment nicht bei Sabine zu sein. Ich lebte ein Leben auf Abruf. Wenn in dem kleinen Lebensmittelgeschäft, in dem wir immer einkauften, das Telefon klingelte, zuckte ich zusammen. Das ist mein Mann, dachte ich, Sabine ist tot. Auch heute erschrekke ich bei jedem Läuten. Das Gefühl, das sich damals in jeder Faser meines Körpers ausbreitete, ist noch lebendig. Bestimmte Reize wecken es in Sekundenbruchteilen.

Bei allem organisierten Joachim und ich uns so, daß immer jemand bei Sabine war. Wir konzentrierten uns auf das Wesentliche. Wir planten nur noch das Allernötigste und nahmen uns nichts mehr vor. Weder mein Mann noch ich gingen mehr regelmäßig zum Sport. Wir waren zu erschöpft. Besuche bei Freunden oder andere Vergnügungen kamen mir nicht einmal in den Sinn. Am liebsten blieben wir mit der ganzen Familie zu Hause. In solchen Momenten lebten sogar wir Erwachsenen ein bißchen in dem Gefühl, in Sicherheit zu sein.

Eines Nachmittags lag ich auf Sebastians Bett. Er hatte sich an mich gekuschelt und schlief. Unten im Wohnzimmer machten Sabine und Charly ebenfalls ein Nickerchen. Das Haus war still. Ich sah aus dem Fenster, wo der Wind durch die Tannen fuhr. Am Himmel hingen dicke Wolken, ihre Konturen waren zerrissen, der Wind trieb sie abwechselnd in die eine oder andere Richtung. In fünf Monaten, im September, würde Sabine sechs werden. Im kommenden Jahr sollte sie eingeschult werden. Würde sie das erleben? Würde sie überhaupt zur Schule gehen können wie andere Kinder? Würden wir sie beerdigen, bevor sie lesen und schreiben lernte? Die Vorstellung tat weh. Doch etwas drängte mich, diesen düsteren Bildern zu folgen. Die Ruhe des Augenblicks ließ mich in ein Loch fallen. Ich hatte Zeit nachzudenken, und ich wollte diese Gedanken zu Ende denken. Ich schloß die Augen.

Ich sah einen Friedhof. Jemand hatte ein Grab ausgehoben. Joachim und ich standen reglos vor dem Loch und starrten hinein. Um uns herum war Totenstille, kein Blatt bewegte sich im Wind, kein Laut war zu hören. Dann sah ich uns im Wohnzimmer sitzen. Vor uns ein Blatt Papier, die Todesanzeige für unsere Tochter formulierend. Der schwarze Rand, ihr Name, gestorben am ...

Ich merkte, daß ich weinte. Lautlos liefen mir die Tränen die Wangen hinab. Ich öffnete die Augen. Neben mir lag friedlich Sebastian und schlief. Meine Augen wanderten umher. Der kleine Tisch, die Wickelkommode, die Spielsachen. Unten hörte ich Sabines Stimme. Sie war aufgewacht und spielte mit Charly. Ihr fröhliches Lachen klang zu mir hinauf.

Ich dachte an Friedhof und Traueranzeigen, obwohl ich eigentlich das Abendessen hätte vorbereiten müssen.

In diesem Moment begriff ich, daß ich nicht über die

Zukunft nachdenken durfte. Es wäre unerträglich, zu wissen, wie unser Leben aussehen würde. Ich könnte keinen Tag mehr unvoreingenommen erleben. Ich würde mir die Möglichkeit verstellen, in der Gegenwart zu leben. Alles Grübeln würde zur überdimensionalen Last, zu einer Last, die erdrückt, die jedes Kinderlachen im Moment erstickt, die sich schwer über jede kleine nette Geste des Lebens legt.

Die Zukunft mußte für uns im Heute liegen. Nicht in einem imaginären Morgen oder Übermorgen.

Die Haut an den Wangen spannte, wo die Tränen trockneten. Ich spürte die Erschöpfung, die sich in meinem Körper ausbreitete. Ich fühlte mich zerschlagen, wie nach einer beschwerlichen Wanderung ohne rechtes Ziel. Was nutzte es meiner Familie und mir, wenn ich über unser Schicksal nachgrübelte, mich zermürbte und quälte. Damit half ich niemandem. Ich beschloß, die Tage künftig zu nehmen, wie sie kamen. Wenn ich nachts wachlag, würde ich nicht weiter vorausdenken als bis zum nächsten Morgen.

An diesem Abend, als die Kinder im Bett waren, setzte ich mich zu Joachim. Ich wollte ihm von meinem Entschluß erzählen, doch fiel es mir schwer, einen Anfang zu finden. Als ich schließlich begann, herrschte um uns herum eine ähnliche Stille wie in jener Phantasieszene am Nachmittag.

»Kannst du dir vorstellen, daß ich heute mit dir an Sabines offenem Grab gestanden habe? Daß wir gemeinsam ihre Todesanzeige aufgesetzt haben?« Joachim sah mich erschrocken an. »Ich habe es mir vorgestellt, als ich vorhin auf Sebastians Bett lag.« Joachim schwieg. Aufmerksam beobachtete ich sein Gesicht. Die Anspannung der letzten Zeit hatte Spuren hinterlassen. Seine Falten um den Mund und auf der Stirn waren tiefer und ausgeprägter als vor einigen Wochen.

»Vorstellen kann ich es mir. Aber ich will an so etwas nicht denken.« Joachim sah traurig aus. »Ich verbiete es mir. Ich bin noch nicht so weit. Ich will einfach nicht wahrhaben, daß Sabine sterben könnte.«

»Das möchte ich am liebsten auch nicht. Ich finde es schrecklich, nur daran zu denken. Noch fürchterlicher finde ich es, laut darüber zu sprechen. Aber wir müssen uns damit auseinandersetzen. Es wird auf uns zukommen.« Meine Stimme wurde leiser. Jedes Wort kostete Energie.

»Heute nachmittag habe ich begriffen, daß wir uns damit auseinandersetzen müssen. Aber nicht so, wie ich es bisher getan habe. Ich habe auf Sebastians Bett gelegen und mich gefragt, wie unsere Zukunft wohl aussehen wird. Die Gedanken kamen, und ich konnte sie nicht beiseite schieben. Sie haben mich ausgelaugt. Ich war völlig blockiert von all den Fragen nach dem Morgen. Bis ich plötzlich gemerkt habe, daß es falsch ist, mir unentwegt Fragen zu stellen und mich bei der Suche nach Antworten zu zerfleischen. Das ist es eigentlich, was ich dir erzählen wollte. Wir müssen uns damit auseinandersetzen, daß Sabine sterben wird. Aber nicht, indem wir uns Dinge ausmalen und uns von irgendwelchen Visionen terrorisieren lassen. Das ist falsch. Verstehst du, ich will, daß wir uns gegenseitig helfen und uns unterstützen. Wir sollten uns angewöhnen, bis morgen, vielleicht auch noch bis übermorgen vorauszudenken, aber nicht weiter. Das wollte ich dir sagen.«

Joachim sagte lange nichts. Dann sah er mich an. »Du hast recht.«

Mir selbst fiel es anfangs nicht leicht, bei meinem

Entschluß zu bleiben. Doch erinnerte ich mich, sobald ich merkte, daß meine Gedanken sich verselbständigten, an jenen Nachmittag auf Sebastians Bett. Mit der Zeit ging mir die Konzentration auf den Augenblick ins Blut über. Ich bin sicher, daß mir das in vielen schweren Tagen und Nächten geholfen hat.

3

Sechs Wochen später packte ich wieder Sabines Köfferchen. Ich lud Charlys Windeln ein, regelte Sebastians Unterbringung und kochte auf Vorrat. Montag morgen fuhren wir zurück in die Klinik.

»Da ist ja unsere kleine Kichererbse«, begrüßte uns die Oberärztin. Sabine lachte verschmitzt. »Dann kannst du ja gleich mitkommen zur Blutabnahme.« Für die kommenden vier Tage waren eine Kontrolluntersuchung angesetzt, ein EKG, ein EEG sowie eine erneute Ultraschalluntersuchung des Herzens. Zusätzlich sollte eine Computertomographie von Sabines Lunge gemacht werden.

»Wieso haben Sie Sabine eigentlich diesen Spitznamen gegeben?« Ich lehnte an der Fensterbank und sah zu, wie Dr. Seidel an einem Gerät hantierte.

»Woher wissen Sie, daß ich das war?« lachte sie.

»Dr. Hauser hat es uns beim letzten Mal erzählt.«

»Sabine ist eben ein sehr fröhliches Kind.« Dr. Seidel träufelte etwas Desinfektionslösung auf einen Tupfer und wischte über Sabines Zeigefinger. »An dem Tag, als wir uns zum ersten Mal begegnet sind, ging es Ihrer Tochter ja sehr schlecht. Aber sie strahlte etwas Besonderes aus, fand ich. Als sie sich erholte, merkten wir, daß Sabine nicht nur über viel innere Kraft verfügte, sondern auch über jede Menge Humor.« Sie befestigte einen Sensor an Sabines Finger. Das Kabel, das von ihm abging, führte zu einem kleinen Apparat. Sabine sah aufmerksam zu.

»Was ist das?« fragte ich. Dr. Seidel überprüfte den Sitz des Sensors.

»Ein neues Gerät. Ein Segen! Es ermittelt die Sauerstoffkonzentration im Blut. Sie wissen, der Körper braucht eine bestimmte Menge Sauerstoff. Bei vielen Herzkranken ist er unterversorgt. Damit keine Schäden entstehen, ermittelt man regelmäßig den Sauerstoffwert. Und jetzt müssen wir die Kinder dafür nicht mal mehr pieken.«

»Keine Nadel mehr?« fragte Sabine.

»Nein. Keine Nadel mehr.« Dr. Seidel drückte auf einen Knopf. Ein leises Brummen ertönte. »Sie glauben gar nicht, was für eine Erleichterung das ist. Bei manchen Patienten müssen die Sauerstoffwerte mehrmals am Tag kontrolliert werden, und bisher mußten wir ihnen jedesmal in die Fingerkuppe pieken, um einen Tropfen Blut zu entnehmen. Manche waren total zerstochen und haben wirklich gelitten. Viele Kinder haben geweint, und manche fingen an zu toben, wenn sie die verhaßten Utensilien nur sahen. Sie haben den Pieks gefürchtet.«

»Kann ich gut verstehen.« Ich hatte schon oft gestaunt, wenn ich sah, was manche Kinder über sich ergehen lassen mußten und mit welcher Tapferkeit die meisten das ertrugen.

»Ich kann es auch verstehen. Die Prozedur ist unangenehm, selbst für Erwachsene.« Sie drückte einen weiteren Knopf. Das Brummen hörte auf. »Aber jetzt tut es überhaupt nicht mehr weh.«

Am nächsten Morgen erschien Sabines Lieblingsdoktor.

»Ei, wen haben wir denn da?« Dr. Hauser öffnete die Tür einen Spaltbreit und streckte seinen Kopf herein. »Da sitzt ja das Sabinchen im Bett!«

Sabine gluckste. »Ja, hier sitzt das Sabinchen im Bett«, echote sie.

»Was macht denn das Sabinchen bei uns? Willst du uns wieder die ganze Nudelsuppe wegessen?«

»Ja.«

»Uhh – da muß ich aber die Oberschwester warnen!« Dr. Hauser zog eine Grimasse. Auch ich mußte lachen. Dann öffnete er die Tür, schob einen dieser Stühle auf Rollen herein und parkte ihn neben Sabines Bett.

»Guten Morgen allerseits.« Dr. Hauser schaute in Charlys Tasche, wo die Kleine schlief, und wandte sich dann mit einer kleinen Verbeugung Sabine zu.

»Ich soll hier einen Fahrgast abholen. Wenn das gnädige Fräulein bitte einsteigen möchte ...« Mit einer weiteren kleinen Verbeugung deutete der Arzt auf den fahrbaren Stuhl. Sabine schob die Decke zurück. Dr. Hauser half ihr aus dem Bett. Er paßte auf, daß sie nicht zwischen dem Sitz und der Rückenlehne nach hinten durchrutschte. Eigentlich war der Stuhl für Erwachsene gedacht, passende Größen für Kinder gab es nicht.

Draußen war wunderbares Wetter. Ein zartes Maigrün zog sich über das Klinikgelände. An den Bäumen und Sträuchern saßen dicke Knospen. Wir gingen zu dem Gebäude, in dem die Computertomographie der Lunge gemacht werden sollte. Sie würde einen besseren Einblick in das Innere des kranken Organs geben. Außerdem diente der Befund als Vorbereitung für ein Gespräch mit einem Herzchirurgen, den Professor Neff hinzugezogen hatte. Man wollte versuchen, der Ursache für den Lungenhochdruck auf die Spur zu kommen. Mein Mann und ich mußten noch unsere Einwilligung zu einer Lungenbiopsie geben, die für Juni geplant war.

Ich machte mir Sorgen. Diesmal hatte uns niemand über die bevorstehende Untersuchung aufgeklärt. Ich hatte nicht nachgefragt, und unaufgefordert erklärte einem in der Klinik niemand etwas. Dr. Seidel und Dr. Hauser waren wohl die einzigen Ausnahmen. Ich wußte aber, daß sich sogar Erwachsene vor der Computertomographie fürchteten. Die Patienten wurden in eine große metallene Röhre geschoben, aus der schließlich nur noch Kopf und Füße herausschauten und in der sie bewegungslos liegen mußten. Sie waren der Maschine und den Menschen, die sie bedienten, ausgeliefert. Während sie in Betrieb war, entstanden im Inneren der Röhre Geräusche, die vielen zusätzliche Angst machten.

»Sie sollten nicht so ernst in die Welt sehen«, sagte Dr. Hauser und warf mir einen Seitenblick zu. »Schauen Sie, was für ein schöner Tag ist.«

Er hatte recht. Aber es fiel mir schwer, mich zu entspannen. In bedrohlichen Situationen konzentriere ich mich auf das Unmittelbare, das, was getan werden muß. Meine eigenen Bedürfnisse stelle ich zurück. Ein Relikt aus meiner Kindheit, in der sich alles um meine Mutter drehte und kaum jemand nach meinem Befinden fragte. Doch ziehe ich aus dieser Konzentration auch die Kraft, Schwierigkeiten durchzustehen. Sobald ich kurz nachlasse, reagiert mein Körper und ich bekomme umgehend Kopf- und Rückenschmerzen und fühle mich unglaublich schlapp.

»Ich habe gehört, Sie kommen aus Österreich?« Er war wirklich ernsthaft bemüht, mich ein wenig abzulenken. Ich nickte. »Was meinen Sie, woher ich komme?«

»Keine Ahnung.« Mir war aufgefallen, daß er nicht aus dieser Gegend stammte, aber ich hatte mir keine weiteren Gedanken gemacht. Er sprach mit einem leichten Akzent, den ich nicht einordnen konnte. Überhaupt dachte ich wenig über die Menschen nach, die uns versorgten und in deren Händen unser Schicksal lag. Sie waren einfach da. Ich war viel zu beschäftigt damit, die Veränderungen in unserem Leben, in unserer Familie zu begreifen.

Dr. Hauser sah mich immer noch an.

»Wenn ich Sie nachher wieder abhole, wissen Sie es vielleicht. Einen Tip gebe ich Ihnen: Mein Land ist klein und heiß und liegt an einem Meer, das jeder kennt.« Damit waren wir vor einer Tür angelangt, an der auf einem kleinen grünen Schild stand: *Computertomographie*. Dr. Hauser stellte uns einem jungen Arzt vor, dann verabschiedete er sich.

»Du bist also Sabine«, sagte Dr. Merkel. »Guten Tag.« Er streckte erst ihr, dann mir die Hand entgegen und schloß die Tür. Der Raum war klein, hoch, weiß getüncht und wirkte vergleichsweise freundlich. Es fiel kaum Tageslicht herein.

»Ich zeige dir, was wir gleich machen werden.« Der Arzt schob Sabine in das Innere des Raumes und deutete auf mehrere Tische, auf denen Computer und Bildschirme installiert waren. »Auf diesen Monitoren sehen wir gleich ein buntes Bild von deiner Lunge. Das zeigt uns, wie es deiner Lunge geht.« Sabine war neugierig. Sie hatte in den vergangenen Wochen so viele medizinische Geräte kennengelernt, daß solche Untersuchungen eine gewisse Normalität für sie bekommen hatten. Die Szenerie hier unterschied sich auch nicht wesentlich von anderen.

»Deshalb müssen wir dich in dieses Gerät hineinschieben.« Dr. Merkel blieb vor einem übermannshohen Apparat, dem Computertomograph, stehen, aus dem eine Art Tisch herausragte, der sich als fahrbare Liege entpuppte. »Das tut überhaupt nicht weh. Es ist nur langweilig, weil du still liegen mußt. Aber anders geht es nicht, sonst erkennen wir nichts. Das ist, wie wenn du ein Photo von deinen Geschwistern machst und die hopsen herum. Dann ist auch alles verwackelt.« Sabine lachte.

»Deine Mutter und ich gehen in den Raum dort hinter der großen Glasscheibe. Wir können dich sehen, und du kannst uns hören. Manchmal werde ich dich nämlich bitten, die Luft anzuhalten oder zu husten oder auf eine bestimmte Art zu atmen.« Merkel sah Sabine an. »Meinst du, du kannst das?«

»Das kann ich schon«, antwortete Sabine. Noch immer hatte sie keine Angst. Sie ging die wenigen Schritte bis zu der fahrbaren Liege und kletterte hinauf. Dr. Merkel half ihr. Dann drückte er einen Knopf an einem seitlich angebrachten Bedienungspaneel, und die Liege fuhr langsam in die Röhre.

Ich war beeindruckt, mit welcher Leichtigkeit Sabine die Situation bewältigte. Sie wußte, daß ich bei ihr war und daß ich sie niemals in einer Situation allein lassen würde, in der sie sich ängstigte oder aufregte. Sie war von Anfang an in einem Gefühl der Sicherheit aufgewachsen und hatte ein Grundvertrauen, das ihr half, selbst solche schwierigen Dinge zu meistern. Sie schien sich der Notwendigkeit dieser Prozedur bewußt zu sein und fügte sich. Ich machte mir viel mehr Sorgen als sie.

Ich ging mit dem Arzt in den angrenzenden Raum und sah zu, wie er mehrere Knöpfe drückte und mit einer Maus verschiedene Felder auf dem Bildschirm anklickte.

»Gut Sabine, es kann losgehen. Halt jetzt schön still und atme ganz normal.«

Ich guckte auf den Bildschirm und verstand so wenig wie bei den vorangegangenen Ultraschalluntersuchungen. Ich wollte es auch gar nicht genauer wissen. Für mich war die Untersuchung Teil eines Plans, mit dem die Kardiologen und Herzchirurgen versuchten, meiner Tochter doch noch zu helfen. Mit Hilfe ihrer Maschinen spürten sie der Ursache für Sabines Krankheit nach, und vielleicht würden sie am Ende noch eine Möglichkeit finden, ihr zu helfen; was immer das im Detail bedeutete. Bis dahin galt es durchzuhalten.

Trotzdem war ich froh, als Dr. Merkel Sabine aus der Röhre befreite.

Wir machten uns auf den Rückweg zur Station. Auf dem Klinikgelände trafen wir Dr. Hauser. Mit großen Schritten und wehendem Kittel kam er uns entgegen. Seine lockigen grauen Haare schimmerten silbrig in der Sonne.

»Das ging ja schneller als gedacht. Das hast du prima gemacht, Sabine. Es hat sich schon herumgesprochen, daß du tapferer warst als erwachsene Patienten.« Dann zwinkerte er mir zu. »Und? Wissen Sie jetzt, aus welchem Land ich komme?« Ich hatte keine Sekunde darüber nachgedacht.

»Verraten Sie es mir, ich weiß es nicht.« Natürlich rückte Dr. Hauser nicht sofort mit der Antwort heraus. Er inszenierte ein Spiel, mit dem er es schließlich schaffte, Mutter und Tochter in seinen Bann zu ziehen. Die Röhre verschwand aus unserer Erinnerung. Am Ende stellte sich heraus, daß er Israeli war. Er lebte bereits seit Jahren in Deutschland und hatte zwei Kinder im gleichen Alter wie Sebastian und Charly.

Im Treppenhaus wehte uns der vertraute Geruch der Station entgegen. Auf dem riesigen Klinikgelände war die Kinderkardiologie bereits unser Zuhause geworden.

Am nächsten Morgen begleitete ich Sabine in den Keller der Kinderklinik. Dort lagen die Räume, in denen die EEGs erstellt wurden. Auch nach Professor Neffs Diagnose war der Verdacht auf Epilepsie nicht hundertprozentig vom Tisch. Man vermutete jedoch, daß ein durch die Lungen-Herz-Krankheit verursachter Sauerstoffmangel im Gehirn zu den Absencen geführt hatte. Die Kurvenbilder vorheriger Untersuchungen waren möglicherweise auf die Sauerstoffunterversorgung infolge der Herzschwäche zurückzuführen. Durch eine erneute Messung der Gehirnströme wollten die Ärzte endgültig Klarheit schaffen.

Im Gegensatz zur Computertomographie am Vortag war dies eine Untersuchung, die wir beide bereits kannten. Eine Schwester befestigte die Elektroden an Sabines Kopf. Sie war nicht sehr freundlich dabei, eher barsch und wortkarg. Ich setzte mich neben Sabine und las ihr Geschichten aus *Immer dieser Michel* vor.

Vom Ergebnis der Untersuchung erfuhr ich indirekt. An einem der nächsten Tage fehlte plötzlich das Epilepsiepräparat in Sabines täglicher Pillenration. Damit war klar, daß sie definitiv nicht an Epilepsie litt. Dieses Ergebnis war nur teilweise eine Erleichterung. Es offenbarte auch, daß man zuvor eine falsche Diagnose gestellt und unserer Tochter Medikamente verabreicht hatte, die völlig überflüssig gewesen waren. Mittel, die ihrem Körper in vielerlei Hinsicht geschadet hatten; die stark dämpfend wirkten, den Appetit hemmten und damit dazu beitrugen, daß Sabine kaum an Gewicht zunahm. Nicht zuletzt standen Inhaltsstoffe des Präparates in dem Ruf, schwere Schäden an der Muskelschicht des Herzens zu verursachen.

Am Vormittag des dritten Tages sollte auch das Gespräch mit dem Herzchirurgen stattfinden. Joachim hatte sich nicht freimachen können, also ging ich allein. Mit dem Baby auf dem Arm lief ich über das Klinikgelände zu dem Gebäude, in dem sein Büro lag. Ich hielt Charly fest an mich gedrückt.

Ein eleganter Herr in gestärktem Kittel erwartete mich. Sein weißes Haar war ordentlich zurückgekämmt, und er trug eine goldgeränderte Brille. Er deutete auf einen Stuhl und bat mich Platz zu nehmen.

»Ich habe noch nie ein so kaputtes Herz gesehen.« Das waren Professor Dohrmanns erste Worte. Seine gepflegte Art erschöpfte sich schnell. »Darum will ich mit Ihnen über die Lungenbiopsie reden, die wir bei Ihrer Tochter vornehmen möchten.« Er sprach in dieser leisen Art, die einen zwingt, genau hinzuhören. Angespannt saß ich auf dem Stuhl.

»Ich stimme mit Professor Neff darin überein, daß es wichtig ist, eine Gewebeprobe aus Sabines Lunge zu entnehmen, um diese im Labor untersuchen zu können.« Seine Brille war auf die Nasenspitze vorgerutscht. Über ihren Rand hinweg musterte er mich. »Es könnte sein, daß wir entdecken, daß eine Entzündung für die Veränderungen innerhalb der Lungengefäße verantwortlich ist. Wenn dem so wäre, könnten wir nach dem Herd forschen und versuchen, die Entzündung zu stoppen. Dann hätten wir Grund zu der Annahme, daß neues, gesundes Lungengewebe nachwächst.« Professor Dohrmann redete wie ein Techniker, der einen diffizilen Fall auf den Tisch bekommen hatte, kalt, pragmatisch, logisch. Wie Professor Neff war auch er darauf bedacht, mir keinerlei Hoffnungen zu machen, und drückte sich präzise aus.

»Natürlich ist so ein Eingriff nicht ohne Risiko. Wir wissen nicht, wie der Körper Ihrer Tochter auf die Anästhesie reagiert. Jede Narkose belastet den Körper, und in Sabines Fall ist die Belastung wegen ihres geschwächten Herzens überdurchschnittlich groß.« Er wartete einen Moment, als wolle er seine Worte wirken lassen.

»Was würden Sie mir raten, Professor Dohrmann. Was sollen Eltern in so einer Situation tun? Ich verstehe, daß eine Biopsie Ihnen bei der Suche nach der Ursache für Sabines Zustand weiterhelfen würde. Und vielleicht bedeutet es doch noch eine winzige Chance für Sabine. Auf der anderen Seite bringe ich meine Tochter möglicherweise in akute Lebensgefahr.« Ich schluckte. »Ich will meine Sabine behalten. So wie es jetzt steht, können wir es drehen und wenden, wie wir wollen: Es führt immer zum Schlimmsten.« Ich drückte Charly an mich und versuchte, mich zu fassen.

»Selbst wenn die Chance, daß Ihre Tochter den Eingriff übersteht, nur eins zu neunundneunzig betrüge, hätten wir immerhin etwas Zeit gewonnen. Und Zeit, Frau Sander, Zeit ist heute das wichtigste. Die Medizintechnik schreitet enorm schnell voran, besonders im Bereich der Herz- und Gefäßchirurgie. Wenn wir Zeit gewinnen können, ist das sehr viel wert.« Er spürte mein Zögern. Es war ein Dilemma.

»Ich denke«, fuhr er fort, »Sie werden sich Vorwürfe machen, wenn Sie jetzt Ihre Zustimmung verweigern und es in einem halben Jahr eine neue operative Möglichkeit gibt, die dann aber niemand mehr durchführen kann, weil das Herz Ihres Kindes zwischenzeitlich versagt hat.« Ich hatte jetzt wirklich äußerste Mühe, mich zu beherrschen.

»Sie müssen sich nicht sofort entscheiden. Aber Sie sollten schnell handeln. Sabine hat sich körperlich stabilisiert, ihr Herz ist gestärkt durch das Digitalis, das wir ihr geben. Mit Hilfe der harntreibenden Medikamente scheidet sie etwa so viel Wasser aus, wie sie auch zu sich nimmt. Es sammelt sich kaum Flüssigkeit im

Gewebe. Der Körper ist einigermaßen im Gleichgewicht. Der Augenblick für eine Operation wäre überaus günstig. Sprechen Sie mit Ihrem Mann. Beraten Sie sich mit Ihrem Kinderarzt, mit einem Arzt Ihres Vertrauens. Und lassen Sie mich dann wissen, ob Sie mit der Lungenbiopsie einverstanden sind oder nicht.«

Damit war die Unterredung beendet.

Ich bin froh, daß ich diesen Mann nie wiedergesehen habe. Allerdings halte ich Professor Dohrmann heute zugute, daß er möglicherweise betroffen war über das Ausmaß von Sabines Krankheit und das hinter seiner kalten Art versteckte.

Joachim und mir blieb nicht viel Zeit. Innerhalb von Tagen mußten wir über Leben und Tod unserer Tochter entscheiden.

Wir stimmten dem Eingriff schließlich zu.

4

Freitag morgen brachte Schwester Heike Sabine in den Operationssaal. Joachim und ich blieben mit Charly auf der Station zurück. Die Schwestern und die Oberärztin hatten uns geraten, nach Hause zu fahren oder spazierenzugehen, uns abzulenken. Doch wir wollten in der Nähe bleiben.

Wir setzten uns auf dem Stationsflur in die alten Sessel und warteten. Wenn eine Schwester kam, wechselten wir ein paar Worte. Wir lehnten an Sabines Bett, hingen unseren Gedanken nach und ho̊

Ich dankte dem Himmel, den Ärzten und allen Anästhesisten.

Als Sabine ins Zimmer gerollt wurde, wirkte sie fröhlich. Trotz der Drainage in ihrer Brust, eines gläsernen Röhrchens, über das die Wundsekrete abgeleitet wurden. Bald darauf schlummerte sie wieder ein und wachte erst zwei, drei Stunden später wieder auf.

»Ich habe Riesenhunger«, sagte sie und verputzte einen Teller Nudelsuppe und eine Scheibe Brot und trank ein großes Glas Kakao dazu. Wir freuten uns, lachten und scherzten. Die Anspannung der vorherigen Stunden entlud sich in Euphorie. Sabine hatte nicht gewußt, welches Risiko die Operation barg. Wir hatten ihr gesagt, daß eine Lungenbiopsie gemacht werden sollte, hatten erklärt, daß man in die Lunge hineingucken würde, um ihr vielleicht besser helfen zu können, daß sie eine Narkose bekäme und hat-

hofften. Wir umsorgten unsere kleinen Kinder im Zimmer. Die Putzfrau kam, und ich machte ein paar Bemerkungen über den schäbigen, bröckelnden Fußbodenbelag. Sie sagte, er sei wirklich schlecht zu reinigen. Wir schauten aus dem Fenster.

Abwechselnd sah einer von uns auf die Uhr. Charly schlief. Schließlich kam Schwester Beate.

»Sabine wird gleich wieder herübergebracht.« Joachim und ich drückten uns die Hände, für einen kurzen Augenblick lehnte ich mich an ihn. Unsere Tochter hatte es geschafft, sie hatte überlebt.

»Der Eingriff ist gut verlaufen.« Schwester Beate freute sich mit uns und war sichtlich gerührt. »Es hat auch gar nicht so lange gedauert, man wollte Sabine nur noch eine Weile auf der Aufwachstation behalten. Bis der Doktor sicher sein konnte, daß keine Nachwirkungen der Narkose mehr auftreten.«

nen. Sie wußte, daß s[...] te den Narkosearzt kennengelernt. Der hatte [...] Stunde mit ihr gesprochen und versichert, sie ganz sanft in die Betäubung zu führen, immer bei ihr zu bleiben und sie sicher über den Eingriff zu bringen. Mehr hatten wir ihr nicht gesagt. Nun schmiedeten wir kleine Pläne, überlegten, was wir bald anstellen würden: einen Besuch in der Stationsküche, einen Spaziergang gemeinsam mit Charly auf dem Klinikgelände. Wir spielten mit den anderen Kindern im Zimmer 105 *Memory* und ließen Luftballons von Bett zu Bett tanzen. Draußen schien die Sonne. Wir waren erleichtert und glücklich.

Mehrmals im Laufe des Nachmittags schaute Dr. Hauser vorbei. Er beobachtete den Herzmonitor, kontrollierte Sabines Puls und die Drainage. Und er machte Späße. Wie so oft gelang es ihm auch jetzt, Sabine für eine Weile aus der Krankenhausatmosphäre zu entführen. Er faszinierte sie mit Geschichten und nahm sie mit auf Phantasiereisen. Sie flogen mit dem Flugzeug über Afrika und badeten im Roten Meer. Dr. Hauser brachte Sabine zum Träumen; Joachim und mir fehlte dazu die Unbeschwertheit. Ich traute mir solche seelische Aufmunterung längst nicht mehr zu.

»Du bist eine tolle Patientin«, lobte Dr. Hauser Sabine, und man hörte den Respekt in seiner Stimme. »Sie haben ein erstaunliches Kind«, sagte er zu Joachim und mir gewandt. »Sabine hat eine unglaubliche Lebensenergie.« Sabine freute sich über die Komplimente von ihrem Lieblingsdoktor.

»Aber jetzt müssen wir erst einmal die nächsten drei Tage abwarten.« Ich dachte mir nichts bei seinen Worten.

Am Abend veränderte sich Sabines Gesichtsfarbe, sie wurde grau. Die Veränderung geschah langsam, doch ich bemerkte sie. Trotzdem sagte ich nichts zu den Bereitschaftsärzten, die immer wieder vorbeischauten. Hätte ich gesagt »Gucken Sie mal, Sabine sieht seltsam aus«, hätte ich sicher eine Antwort erhalten wie: »Warten Sie mal ab, das Kind hat ja auch einiges hinter sich.« Ich hatte inzwischen gelernt, daß die Intuition und Sensibilität, mit der ich erspürte, wie es meiner Tochter ging, im Pflegealltag nicht viel zählte. Die meisten Mediziner – und durch den Schichtbetrieb und häufige Stationswechsel waren das immer wieder neue Gesichter – vermittelten mir das Gefühl, keine Ahnung zu haben. Was das Medizinische anbelangte, hatte ich auch keine Ahnung; aber ich kannte meine Tochter. Ich stand als Mutter unter einem enormen Druck. Ich mußte mich permanent auseinander- und durchsetzen, was mir vor allem in der Zeit, als es Sabine sehr schlechtging, kaum noch gelang.

Sabines Körper braucht Zeit, sich zu erholen, versuchte ich mich zu beruhigen. Das Kind ist müde, verständlicherweise, denn der Körper hat die Narkose noch nicht vollständig abgebaut. Selbst wenn es ihr den Umständen entsprechend gutging, war die Operation eine Belastung für ihren schwachen Körper gewesen. Es war offensichtlich, daß sie sich noch eine Weile würde schonen müssen. Morgen früh würde sie kräftiger sein. Ich klappte die Campingliege auf und versuchte, ebenfalls zu schlafen.

Ich schreckte sofort hoch, als der Warnton des Herzüberwachungsgerätes ertönte. Ich stürzte an Sabines Bett. Der Warnton kam nicht von ihrem Herzüberwachungsgerät. Ich strich über ihr Gesicht. Die Stirn war heiß und feucht. Ihre Gesichtsfarbe nicht mehr grau, sondern blau. Im nächsten Moment erschien Schwester Britta. Sie ging zu Jan, der im Nachbarbett lag. Im Schlaf war eine der Elektroden verrutscht und hatte den Alarm ausgelöst.

»Schwester Britta, Sabine ist ganz heiß, sie hat Fieber.«

»Vor einer Stunde, als ich den Puls kontrolliert habe, schien es schon, als hätte ihre Tochter etwas Temperatur. Aber sonst war alles in Ordnung. Darum wollte ich abwarten und Sie auch nicht wecken.« Sie zog ein Thermometer aus ihrem Kittel und reichte es mir herüber.

»Würden Sie nachmessen?«

Das Thermometer zeigte über 39 Grad.

»Ich rufe den Arzt.« Schwester Britta verließ das Zimmer, und ich zog mich schnell an.

Der Doktor stellte eine bakterielle Lungenentzündung fest, eine gefürchtete postoperative Komplikation. Sabines Abwehrkräfte waren durch die Krankheit und die zusätzlichen Belastungen der Operation geschwächt. Ein geschwächter Organismus ist anfällig für Bakterien.

Der Doktor ließ ein Antibiotikum in den Tropf einspeisen.

Am nächsten Morgen war Sabines Zustand unverändert kritisch. Ihr Körper reagierte nicht auf die Medikamente, das Fieber blieb. Der Atem ging schwer, und sie hustete. Ich wachte an Sabines Bett, streichelte und wusch sie, las Geschichten vor, kontrollierte die Temperatur und half beim Wechseln der Infusionen. Ich verrichtete all die kleinen Dinge, die die Schwestern auch taten und war froh, nicht völlig untätig herumsitzen zu müssen. Nichts für Sabine tun zu können war schwer zu ertragen. Ich wartete und hoffte.

Bei jeder Visite blieben die Gesichter der Ärzte ernst. Erneut hing Sabines Leben an einem seidenen Faden. Nichts deutete darauf hin, daß sie sich erholte. Nichts gab Anlaß zu Hoffnung. Sabine dämmerte unruhig vor sich hin. Manchmal murmelte sie »Mama« oder »Wo ist Papa?«. Im nächsten Moment versank sie in Erschöpfung.

Wie sollte die Wunde der Operation heilen, wenn der Organismus damit beschäftigt war, gegen das Fieber zu kämpfen? Tag um Tag verging, ohne daß etwas geschah, fast eine Woche lang. Draußen schien die Sonne. Dafür, daß es erst Anfang Juni war, wurde es außergewöhnlich warm. Die Klimaanlage im Krankenhaus funktionierte schlecht, und das Krankenzimmer heizte sich auf. Mit kalten Umschlägen versuchte ich, Sabine ein wenig Linderung zu verschaffen. Meist hatte ich das Gefühl, daß meine Bemühungen nicht viel nützten.

Zwei Tage nach der Operation hatte mein Mann Geburtstag. Es war Sonntag, und es wurde ein trauriger Tag. Meine Schwiegereltern reisten an. Freunde von uns hatten einen Geburtstagskaffeetisch für Joachim bereitet und eine Torte gebacken, ein Prachtexemplar, dreistöckig und voller Kerzen. Ich war gerührt und dankbar darüber, daß Antje und Michael sich so herzlich um alle kümmerten. Doch war niemand in der Stimmung zu feiern. Es gibt ein Photo von diesem Tag: Es zeigt die bunte Geburtstagstorte mit 38 Kerzen und meinen Mann; ein deprimierender Kontrast.

Für meine Schwiegereltern war Sabines Anblick ein Schock. Sie hatten uns in der Zeit, als wir zwischen den Klinikaufenthalten zu Hause waren, mehrmals besucht. Einmal waren sie auch auf die Station gekommen. Doch da mein Schwiegervater krank war, und die beiden kein Auto hatten, wurden Reisen immer beschwerlicher. Nun schwebte ihre Enkelin in Lebensgefahr. Ich empfand es als sehr grausam vom Schicksal, den beiden alten Menschen so zuzusetzen. Niemand konnte ihnen etwas abnehmen. Ohne einen Schimmer Hoffnung mußten sie Sabine, die sie sehr liebten, schließlich zurücklassen.

Meine Schwiegereltern baten uns, sie einen Augenblick mit Sabine allein zu lassen, und so gingen Joachim und ich hinunter auf das Klinikgelände, wo Antje und Michael mit Sebastian spielten. Als wir ins Freie traten, tobte Sebastian ausgelassen über eine Wiese. Der Moment, in dem ich in sein lachendes Kindergesicht sah, war wie Medizin. Bis heute kenne ich diese seltsame Ambivalenz: Ich kann gleichzeitig tieftraurig sein und lachen. Es ist, als wäre ich zweigeteilt. Ich freue mich über die Wärme der Sonne und spüre im selben Moment eine Trauer, so tief und rasend wie in den Tagen nach Sabines Tod.

Während Sabine zum zweiten Mal um ihr Leben

kämpfte, lebte ich mit Charly wie in Trance. Meine Welt reduzierte sich auf die zwanzig Quadratmeter von Zimmer 105, den Flur, die Station. Nichts von dem, was draußen vor sich ging, interessierte oder erreichte mich. Zweimal täglich telefonierte ich mit Joachim, wobei wir es vermieden, Sebastian ans Telefon kommen zu lassen. Bei unserem letzten Gespräch hatte er schrecklich geweint. Er sehnte sich nach seiner Mutter und seinen Schwestern. Nur mit großer Mühe hatte mein Mann ihn beruhigen können. Die Sätze, die Joachim und ich austauschten, beschränkten sich auf die immer gleichen Wiederholungen. »Es hat sich nichts geändert. Es ist aber auch nicht schlimmer geworden. Die Ärzte sagen, wir müssen abwarten.«

Und so warteten wir.

Ließen die Stunden, die Tage und Nächte vergehen, die unzähligen Minuten, die endlosen Sekunden. Ich wartete und lernte, trotz allem nicht aufzugeben. Stoisch verrichtete ich die immer gleichen Handgriffe, pflegte Sabine, versorgte Charly, ging die kurzen Wege vom Krankenzimmer zur Küche, von der Küche zu den Duschen, von den Duschen zurück zum Krankenzimmer.

Nachmittags, nach der Arbeit, kam Joachim ins Krankenhaus, und wir wechselten uns ab.

Eines Morgens traf ich eine junge Türkin in der Küche. Es war noch sehr früh, und ich hatte nicht erwartet, um diese Zeit schon jemandem zu begegnen. In gebrochenem Deutsch erzählte die Frau, sie sei am Abend zuvor mit ihrer kleinen Tochter im Nebenzimmer aufgenommen worden. Man hatte ihr gesagt, sie könne bei Nasrim bleiben. Doch niemand wies sie darauf hin, daß sie kein eigenes Bett haben würde. So hatte Nasrims Mutter die Nacht auf drei aneinandergestellten Besucherstühlen neben ihrer Tochter verbracht. Ich riet ihr, sich eine Campingliege zu besorgen.

In den folgenden Tagen begegneten wir uns immer wieder auf dem Stationsflur. Jedesmal erzählten wir einander, wie es um unsere Töchter stand. Ich war froh, mit jemandem reden zu können. Die meisten Eltern auf der Station mieden Gespräche. Man grüßte kurz oder bat einander, einen Augenblick auf ein Kind zu achten. Ausführlichere Gespräche, in denen man sich austauschte, seine Sorgen mitteilte, über die eigene Not oder die des Kindes sprach, gab es nicht. Die Atmosphäre lud dazu nicht gerade ein. Es gab auch keinen Platz, an den Eltern sich hätten zurückziehen können. Sämtliche Unterredungen fanden auf dem Flur statt oder im Krankenzimmer, am Bett des Kindes. Allein in die Sprechzimmer der Ärzte konnte man in manchen Situationen ausweichen. Ansonsten gab es keine Privatheit.

Doch die Eltern hatten auch aus anderen Gründen Berührungsängste. Wir haben uns alle nicht getraut. Ich selbst hatte es bislang ebenfalls vermieden, Mütter und Väter anzusprechen, vor allem, wenn ich wußte, daß es ihrem Kind schlechtging. Sie schienen wie von einer unsichtbaren Mauer umgeben, und ich hatte Angst vor dem, was ich möglicherweise auslöste oder zu hören bekäme. Ich war zu beschäftigt mit meinen eigenen Sorgen und nicht aufnahmefähig für noch mehr Elend. Mittlerweile wußten die anderen Eltern, wie schlecht es um Sabine stand, und es kam mir vor, als machte man einen Bogen um mich.

Am nächsten Vormittag lernte ich eine weitere Mutter kennen. Die Frau kam gerade aus einem der Zimmer, in denen die Neugeborenen und die Säuglinge lagen. Sie zog die Tür hinter sich zu und blieb unschlüssig stehen. Sie sah traurig aus. Unsere Blicke begegneten sich. Wir waren nur wenige Schritte voneinander entfernt. Ich ging auf sie zu und nahm sie wortlos in den Arm. Sie lehnte sich an mich, und ich mich an sie. Eine Weile standen wir so. Sie weinte. Auch mir stiegen Tränen in die Augen. Noch hatten wir kein Wort gewechselt, und das war auch nicht nötig. Die Nähe des anderen tat uns wohl.

Später setzten wir uns auf zwei Stühle. Schwestern liefen den Gang entlang, Kinder rutschten auf Knien herum, fuhren Dreirad oder spielten mit ihren Eltern, die Putzfrau bohnerte. Aber es war uns egal. Wir begannen, uns unsere Geschichten zu erzählen. Ich spürte, wie ein ungeheurer Druck in mir allmählich nachließ. Ich konnte freier atmen. Der anderen Mutter ging es ähnlich.

Wir trafen uns von nun an jeden Morgen, umarmten uns und redeten. Ich denke, auch die Berührungen haben dazu beigetragen, daß wir in diesen Tagen den Mut nicht verloren haben. Es bestand eine besondere Form der Vertrautheit zwischen uns, und auch wenn ich ihren Namen vergessen habe und nicht weiß, wie es ihrem Kind später ergangen ist, so war unsere Begegnung für mich von einschneidender Bedeutung.

Mittwoch morgen sank Sabines Fieber. Sie hatte erneut ihren Überlebenswillen bewiesen. Für mich war es wie ein Omen; wenn meine Kleine es schaffte, dann durfte ihr Leben noch nicht zu Ende gehen. Doch es dauerte noch lange, bis Sabine sich erholte.

Sie war erschöpft und verschlief die meiste Zeit des

Tages. Nahrung, Flüssigkeit und Medikamente hatte man ihr während der vergangenen Tage per Infusion zugeführt. Nun nahm sie wieder kleine Schlucke aus einer Tasse, wenn sie Durst hatte. Ich war froh, daß ich ihr wieder etwas zu trinken geben konnte. Je weiter das Fieber sank, desto ruhiger wurde Sabines Schlaf. Die Wunde begann zu heilen, die Absonderung im Auffangbehälter der Drainage veränderte ihre Farbe. Sie war nicht mehr dunkelrot, sondern wurde zunehmend heller.

»Ein gutes Zeichen«, sagte Schwester Beate. Doch floß noch zuviel Sekret aus der Wunde, als daß man die Drainage hätte entfernen können.

Sobald Sabine aufstehen konnte, ließ Professor Neff ihre Lunge röntgen. Tags darauf stand er bei der Visite neben ihrem Bett und hielt die Röntgenbilder gegen das Licht in die Luft.

»Es hat sich kein Wasser in der Lunge gesammelt. Darüber können wir froh sein.« Er ließ seine Hand mit den Bildern sinken. »Es geht bergauf. Hoffen wir, daß du bald wieder fit bist.« Dabei lächelte er Sabine zu.

Professor Neff verordnete weiterhin Antibiotikum, bis die Lungenentzündung vollständig abgeklungen war. Es sollte vorerst weiter über den Tropf verabreicht werden. »Aber du kannst jetzt essen und trinken, soviel du willst.« Dann setzte Professor Neff die Visite fort. Wie eine Gänsemutter mit ihren Jungen verließ der Professor mit Ärzten und Schwestern im Schlepptau das Zimmer.

Sabine schluckte auch wieder ihre anderen Medikamente, die ihr in der Zeit, in der es ihr so schlechtging, über den Tropf verabreicht worden waren. Ein herzstärkendes Mittel, ein entwässerndes Präparat sowie

Tabletten, die eine Verminderung des Hormons Aldosteron bewirkten und dadurch der Entstehung von Ödemen entgegenwirkten. Die Arzneien gehörten längst zum täglichen Leben, und unsere Tochter nahm sie mit einer Regelmäßigkeit und Gewissenhaftigkeit ein, die uns Eltern manchmal erstaunte. Mit ihren knapp sechs Jahren schien sie sich der Wichtigkeit durchaus bewußt zu sein. Kein einziges Mal vergaß sie, eine Tablette zu schlucken, nie mußten wir sie ermahnen, erinnern oder gar überreden.

Andere Kinder verhielten sich ähnlich. Schon Vier- und Fünfjährige achteten sehr genau auf sich und hielten sich strikt an die Anweisungen der Ärzte. Sie wußten, wann sie wieviel von welchen Tabletten nehmen sollten, ohne daß die Schwestern sie erinnern mußten. Besonders Kinder, deren Eltern schlecht deutsch sprachen und Verständigungsprobleme hatten, waren sehr verantwortungsbewußt. Manchmal mußten sie ihren Müttern und Vätern erst klarmachen, wie wichtig es war, Medikamente regelmäßig einzunehmen.

Es machte mich insgesamt betroffen, zu sehen, wie wenig sich manche Eltern um ihre kranken Kinder auf der Station kümmerten. Sie schienen sich über die Tragweite einer Herzerkrankung nicht im klaren zu sein. Manche gaben ihr Kind ab und ließen sich bis zum Tag der Entlassung nicht mehr sehen. Andere waren einfach vom Intellekt her überfordert und wollten oder konnten sich der Situation und ihren Konsequenzen nicht stellen. In diesen Fällen waren die Kinder sehr auf sich gestellt und bewiesen viel Selbständigkeit.

Sabine ging es mit jedem Tag besser. Dr. Hauser dachte bereits darüber nach, die Drainage aus ihrer Brust zu entfernen. Jan, ihr Bettnachbar, sollte übermorgen von seinem Röhrchen befreit werden. Jan war ungefähr acht Jahre alt. Ich freute mich für den Jungen, als wir davon erfuhren. Jans Mutter war aufgeregt und hatte Angst um ihren Sohn. Sie jammerte, daß ich schließlich ungehalten wurde.

»Ach, Sie wissen ja gar nicht, wie fürchterlich das ist, und wie oft Jan das schon mitmachen mußte. Ich bin am Ende meiner Kraft, ich halte das nicht mehr aus.« Verzweifelt wandte Jans Mutter sich ab und kehrte uns den Rücken zu.

»Frau Werner, ich wollte Sie nicht zurechtweisen, und ich wußte auch nicht, daß Sie so eine Vorgeschichte haben.« Ich ging zu ihr und nahm ihre Hand. »Aber ich glaube, auch Sie stehen es besser durch, wenn Sie mutig sind.«

»Wenn Sie wüßten, wie mich das mitnimmt.«

»Zeigen Sie Jan, daß Sie es gemeinsam durchstehen werden. Es würde ihm helfen, wenn er merkt, daß Sie ihn unterstützen. Daß er sich auf Sie verlassen kann. Statt dessen muß er Sie auch noch trösten.« Ich fand es unerträglich, zuzusehen, wie diese Mutter alle verunsicherte und sich selbst leid tat.

Als es soweit war, kam Schwester Anna und schob den Instrumentenwagen neben Jans Bett. Auf der Ablagefläche richtete sie die nötigen Instrumente her, aus einer Schublade zog sie Mulltupfer. Wenige Minuten später erschien Dr. Hauser.

»Wenn Sie möchten, können Sie draußen warten«, sagte er zu Jans Mutter. »Wir haben das schnell allein geschafft, nicht wahr, Jan?« Der Junge lag unter seiner Decke, man sah fast nur seine Augen. Dr. Hauser strich Jan über die blonden Haare.

»Nein, ich bleibe hier.« Jans Mutter hatte sich entschieden. Sie stellte sich neben das Bett ihres Sohnes und streichelte seine Hand.

»Wenn Sie stark sind und Ihrem Jungen die Hand halten, dann freut er sich bestimmt«, antwortete Dr. Hauser.

Schwester Anna reichte ihm eine Sprühflasche.

»Zuerst betäube ich die Stelle.« Dr. Hauser schob Jans Schlafanzugjacke nach oben. Der Junge lag auf dem Rücken. Seitlich aus seiner Brust stak das gläserne Röhrchen. »Erzähl mir doch mal, Jan, was es heute zum Frühstück gab.« Jan murmelte ein paar unverständliche Worte. Dr. Hauser sah zu mir herüber.

»Das Gleiche werden Sie auch erleben, Frau Sander, wenn wir Sabines Drainage entfernen.« Ich bekam Herzklopfen. Sabines Augen wurden groß.

»Jetzt ziehe ich gleich das Röhrchen aus deiner Brust, Jan«, sagte Dr. Hauser. »Das tut einen Augenblick weh, aber nur kurz.« Ich überlegte, ob ich das Zimmer verlassen sollte. Doch ich wollte Sabine nicht allein lassen. Charly schlief glücklicherweise. Jans Mutter stand neben dem Bett und hielt die Hand ihres Sohnes. Man sah ganz deutlich, daß sie all ihren Mut zusammennahm.

Sekundenlang sagte niemand etwas. Dr. Hauser stand vor Jans Bett, so daß ich nicht erkennen konnte, was er tat. Ich hörte ihn und Schwester Anna hantieren. Die beiden waren ein eingespieltes Team.

»Weißt du schon, was du machst, wenn du wieder zu Hause bist, Jan?« fragte Dr. Hauser. Im nächsten Moment schrie der Junge auf und begann zu weinen.

»Alles vorbei«, tröstete Schwester Anna.

»Das hast du gut gemacht, Jan«, sagte Dr. Hauser. Jans Mutter war kreidebleich. Auch ich atmete auf, erleichtert, daß es vorbei war. Dr. Hauser versorgte die

Wunde und klebte ein kleines Pflaster auf. Bald hörte der Junge auf zu weinen.

»Von jetzt an wirst du dich viel besser fühlen, Jan«, sagte Dr. Hauser. »Du wirst sehen: Du hast weniger Schmerzen, und die Wunde heilt schneller. In ein paar Tagen werden wir die Fäden ziehen, und du kannst nach Hause.«

»Kann ich dann auch wieder schwimmen?« fragte Jan. »Bald sind nämlich Ferien.«

»Da sprechen wir noch mal drüber. Aber wenn du dich weiterhin so gut machst, dann klappt es vielleicht.«

Wie schön, dachte ich, so eine Perspektive zu haben. Schwester Anna räumte die Instrumente zusammen und schob den Wagen aus dem Zimmer.

»Tschüs Jan, tschüs Sabine«, verabschiedete sich Dr. Hauser und folgte ihr. Eine halbe Stunde später hatte Jan den Eingriff vergessen.

Zwei Tage später wurde die gleiche Prozedur bei Sabine vorgenommen. Wir waren froh, als es vorbei war.

Dann geschah etwas, was mich sehr befremdete. Ich wusch Sabine, als Schwester Heike mit den Medikamenten kam. Sie stellte das kleine Plastiktöpfchen mit Sabines Morgenration auf den Nachttisch. Ich bemerkte, daß statt der üblichen drei diesmal vier Tabletten darin lagen.

»Schwester Heike, was ist das für eine zusätzliche Tablette?«

»Das ist unsere ›Sonnenscheintablette‹, die soll Sabine heute nehmen.«

»›Sonnenscheintablette‹? Habe ich was nicht mitbekommen?«

»Eine Anweisung der Stationsärztin.« Schwester Heike reichte Jan seine Pillenration und ein Glas Wasser. Dann kam sie zu Sabine ans Bett.

»Ich würde gerne mit ihr darüber sprechen, bevor Sabine diese Tablette nimmt.«

»Gut, reden Sie mit der Ärztin. Dann nehme ich die Pille erstmal wieder mit.«

Bei der Visite sprach ich die Stationsärztin an. Sie bat mich kurz hinaus auf den Flur.

»Was um Himmels willen ist eine ›Sonnenscheintablette‹?«

»Das ist ein Stimmungsaufheller, Frau Sander. Ein leichtes Psychopharmakon.« Sie merkte mein Unbehagen. »Sehen Sie, Sabine hat viel durchgemacht in der letzten Zeit. Wir wollen Ihrer Tochter helfen.«

Ich hatte nicht den Eindruck, daß Sabine besonders traurig oder depressiv war. Sie verhielt sich, wie ich es mir bei einem Kind in so einer Lage nicht anders vorstellen konnte.

»Ich denke, daß es Sabine guttut, das Mittel zu nehmen«, fuhr die Ärztin fort. »Es ist wichtig für die weitere Heilung, daß Ihre Tochter optimistisch ist, daß sie zuversichtlich in die Zukunft schaut.« Jetzt reichte es, ich fiel der Frau ins Wort.

»Ich möchte nicht, daß Sabine dieses Mittel bekommt. Ich bin hier, um mich um meine Tochter zu kümmern. Ich spiele, singe, lese, ich rede mit Sabine, ich unterstütze sie, damit sie nicht den Mut verliert. Damit sie nicht in Angst und Depression versinkt. Genau aus diesem Grund bin ich bei ihr in der Klinik geblieben. Wenn ich mehr tun muß, sagen Sie es mir.«

Ich drehte mich um und ging zurück ins Zimmer. Sabine merkte, daß ich wütend war.

»Hast du dich geärgert, Mama?« Sie hielt immer noch das Buch in den Händen, aus dem ich ihr vorgelesen hatte. »Hast du dich mit der Ärztin gestritten? Die ist eigentlich nett. Die hat mir gestern eine Zeichnung gemacht, weil ich so tapfer beim Drainageziehen gewesen bin.«

»Stimmt Schatz, das war nett von ihr. Aber es hat mich geärgert, daß sie dir Tabletten verordnet, ohne vorher mit mir darüber zu reden.« Ich griff nach dem Buch auf Sabines Schoß. »Aber jetzt ist es wieder vorbei. Komm, laß uns schauen, wie es mit unserem *Michel* weitergeht.«

Später lösten wir Rätsel und spielten mit Jan *Memory*. Am nächsten Tag sprach niemand mehr von der »Sonnenscheintablette«. Sabines Stimmung stieg, je weiter die Wunde in ihrer Brust verheilte.

Sabines Laune besserte sich auch durch die Vorfreude auf ein Ereignis, auf das sie sich schon lange gefreut hatte: Sebastian durfte endlich seine Schwester besuchen.

An einem Sonnabendnachmittag kam Joachim mit Sebastian in die Klinik. Im Treppenhaus setzten sich beide auf die Stufen, die zur Station führten. Sabine durfte aufstehen. Vorsichtig und langsam ging sie die paar Schritte bis zum Treppengeländer. Da standen die beiden Geschwister, nahe und doch voneinander getrennt. Mein Mann erklärte Sebastian, warum er nicht auf die Station durfte. Sebastian schaute mit ernsten Augen zu seiner großen Schwester hinauf. Schwester Beate brachte einen Hocker, auf den Sabine sich setzen konnte. Joachim und ich zogen uns auf die Station zurück und beobachteten Sebastian und Sabine aus einiger Entfernung.

Für Sebastian war es wichtig, sich mit eigenen Augen davon überzeugen zu können, wie es seiner Schwester ging. Er hatte sie seit beinahe zwei Wochen nicht gesehen, eine lange Zeit für einen Dreijährigen, der sich die Welt nicht erklären kann wie ein Erwachsener. Der Junge hatte sich in seiner Phantasie manches ausgemalt. Ab und zu hatten wir es ermöglicht, daß die Kinder miteinander telefonieren konnten, und es gelang, einen kleinen Teil der Verbindung, die so abrupt abgebrochen worden war, aufrechtzuerhalten. Doch solange seine Schwester im Krankenhaus lag, war sie für Sebastian nicht wirklich erreichbar.

Heute weiß ich, daß es umso schwieriger für Sebastian wurde, seine Phantasie im Zaum zu halten, je länger die Familie getrennt war. Er geriet in große seelische Bedrängnis, denn wie hätte er über seine Angst, seine Gedanken und seine Unsicherheit reden sollen. Er war zu klein, um sich differenziert mitzuteilen; selbst ältere Kinder haben damit Schwierigkeiten.

Die Menschen, denen sie sich am ehesten anvertrauen würden, sind ohnehin die meiste Zeit des Tages abwesend. Die Mutter ist im Krankenhaus, der Vater arbeitet; nur im Ausnahmefällen kann er sich wegen seines kranken Kindes Urlaub nehmen. Beide Eltern sind angespannt und am Ende ihrer Kraft, es bleiben ihnen kaum Reserven, um so intensiv auf die zurückgebliebenen Geschwister einzugehen, wie es nötig wäre. Mein Mann und ich waren oft ausgelaugt und fühlten uns am Ende unserer Möglichkeiten. Wir zwangen uns, Sebastian nicht zu vernachlässigen, mit ihm zu spielen, ihn zu trösten. Wir versuchten ihn aufzumuntern, ihm Hoffnung zu geben, wenn er verzweifelt war und vor Unruhe nicht schlafen konnte. Trotzdem ließen wir ihn mit seinen Ängsten allein. Sebastian erlebte, daß nichts in seinem Leben mehr war wie vorher und war verunsichert. Trotz unserer Bemühungen blieb er mit seiner Unruhe doch weitgehend sich selbst überlassen.

Andere Kinder auf der Station vermißten ihre Geschwister ebenfalls. Zu Hause sehnten sich die gesunden Kinder unterdessen nach der Mutter, dem Vater, dem kranken Bruder, der kranken Schwester. Szenen, wie die zwischen Sebastian und Sabine im Treppenhaus gab es häufig. Immer wieder erlebte ich, wie die kleinen Patienten oben am Geländer standen und hinunterriefen zu ihren Geschwistern. Ich sah gesunde Kinder im Treppenhaus warten, bis ihre Mutter kam und ein oder zwei Stunden mit ihnen verbrachte. Ich fragte sie, und sie erzählten, wie sehr ihnen ihre Mütter fehlten. Mehr noch vermißten sie ihre kranken Geschwister.

Photos halfen ein bißchen, die Sehnsucht zu mildern und den Kindern zu Hause zu zeigen, wie sich der kranke Bruder, die kranke Schwester verändert hatten, wie sie aussahen. Manche besprachen Kassetten, die die Eltern dann vom Krankenhaus mit nach Hause brachten oder umgekehrt, um den Kontakt zu halten und Anteil zu nehmen. Doch immer fühlten sich die gesunden Geschwister ausgeschlossen und waren traurig. Sie litten still, sie beschwerten sich nicht. Sie waren »Schattenkinder«, der Schatten der Krankheit fiel auch auf ihr Leben. Sie standen zurück mit ihren Bedürfnissen und persönlichen Wünschen. Sie erhielten kaum die Zuwendung, die ihnen zustand und die sie brauchten, gerade in einem Moment, in dem in ihrem Leben plötzlich nichts mehr war wie bisher.

Ich wünschte, es hätte ein Zimmer gegeben, in dem die Geschwister sich hätten treffen können. Es hätte manches leichter gemacht. Die Kinder hätten untereinander auf ihre Weise Kontakt halten können, was auch für die Eltern eine Erleichterung gewesen wäre. Manche Mädchen und Jungen hätten sich vielleicht erschreckt, zu sehen, wie sich ihre kranken Geschwister verändert hatten. Doch hätten sie mitbekommen, wie es wirklich um die Schwester oder den Bruder stand, anstatt ihren überzogenen Phantasien ausgeliefert zu sein. Wenn es den Eltern dann auch noch gelänge, ehrlich und realitätsnah zu erklären, wie es um das kranke Kind steht, könnten die Geschwister ihre Sicherheit zurückgewinnen. Sie würden sich ernstgenommen fühlen und einbezogen in ein Geschehen, das die gesamte Familie berührt. Sie könnten verstehen, warum ihre Eltern wenig Zeit für sie haben, warum sie weinen, traurig und verzweifelt sind. Die Kinder könnten im Rahmen ihrer begrenzten Möglichkeiten sogar helfen, trösten, unterstützen.

Mein Mann und ich brauchten unsere ganze Kraft, um Sabine zur Seite zu stehen. Was wir zu leisten hatten, überstieg oft das, was wir leisten konnten. Kummer, Traurigkeit, Mutlosigkeit und Angst überwogen, vor allem in Zeiten, in denen Sabine in akuter Lebensgefahr schwebte. An manchem Montagmorgen brachte ich Sebastian auf dem Weg in die Klinik zu meiner Freundin Anne. Kaum hatte ich ihn dort abgeliefert, verschwand er aus meinem Gedanken. Meine Welt reduzierte sich auf Sabine; das einzige, was jetzt noch zählte, war mein krankes Kind. Was wir erlebten, erfahren viele Familien, in denen ein Kind schwer erkrankt. Inzwischen weiß ich um die Probleme, die entstehen. Damals mußte ich die Krise, in die eine Familie stürzt, Stück für Stück selbst durchleben.

Wir warteten noch immer auf den Befund der Lungenbiopsie, und es war an jenem Nachmittag, als Sebastian und Sabine sich wiedersahen, als Professor Neff meinen Mann und mich in sein Büro bat. Schon einmal hatten wir diesen Raum mit Bangen betreten.

Auf dem Schreibtisch lag eine Akte. Professor Neff zog einige Blätter hervor. Wider besseres Wissen hatten Joachim und ich gehofft, endlich eine gute Nachricht zu hören. Vergebens.

»Die Analysen haben ergeben, daß die Veränderungen im Lungengefäßsystem bis in die Arteriolen gehen«, begann der Professor. »Sie sind so gravierend, daß das Blut nicht mehr ungehindert durch die Lunge fließen kann. Woher die Veränderungen rühren, konnten wir nicht feststellen.« Der Arzt hielt inne und sah uns an. Weder Joachim noch ich sagten etwas.

»Unsere Hoffnung, die Lungengefäße hätten sich auf Grund einer Entzündung verengt, und wir könnten medikamentös eingreifen, hat sich leider zerschlagen.« Professor Neff legte die Akte auf den Tisch und lehnte sich zurück. Einen Moment schwieg er. Er schien ratlos. »Wir haben keinen Punkt, an dem wir ansetzen können.«

Ich betrachtete die Bücher, die sich in seinen Regalen stapelten und das kleine Zimmer wie eine Bibliothek hätten wirken lassen, wären da nicht die vielen Krankenakten gewesen. Wir hatten unsere Tochter also völlig umsonst in Lebensgefahr gebracht.

»Auch operativ können wir bei Sabine nichts machen. Man kann heute mit speziellen Instrumenten bereits an den großen Venen und Arterien arbeiten. Aber in kleinen und allerkleinsten Gefäßen wie denen in der Lunge ist das unmöglich. Eine Transplantation kommt, wenn Sie mich fragen, auch nicht in Frage. Erstens muß man Transplantationen bei Kindern, die so jung sind wie Sabine, ständig wiederholen. Ich persönlich bin strikt dagegen. Zweitens müßte man Sabine nicht nur ein Herz, sondern auch eine Lunge transplantieren. Das geht schief, das kann ich Ihnen jetzt schon sagen.«

War das das Ende? Ich wollte es nicht wahrhaben.

»Kann man wirklich gar nichts tun?« Satzfetzen kreisten durch meinen Kopf wie wilde Bienen. Erfolgsmeldungen, sensationelle Forschungsberichte. Ständig hörte und las man, daß die Medizin auf allen Gebieten unglaubliche Fortschritte machte; Operationen mit Lasergeräten waren möglich, die unglaublichen Leistungen der modernen Apparatemedizin wurden gelobt. Und unserer Tochter sollte nicht zu helfen sein? Der Professor schüttelte leise den Kopf.

Als Joachim am späten Nachmittag mit Sebastian nach Hause fuhr, hatten wir kaum ein Wort miteinander gesprochen. Was hätten wir auch sagen sollen. Die Nachricht des Professors hatte uns ohnmächtig gemacht. Wir waren gelähmt. Erstarrt. Wir hatten keine Kraft mehr, nicht einmal für ein paar Worte. Wieder hatte sich eine Hoffnung zerschlagen.

Natürlich haben die Kinder unsere Verfassung gespürt, und ich habe im nachhinein noch oft darüber nachgedacht. Sicher trug unsere Niedergeschlagenheit nicht dazu bei, Sabine aufzuheitern. Vielleicht hätten ein paar von jenen »Sonnenscheintabletten« sie fröhlicher gestimmt, vielleicht wäre ihre Heilung besser verlaufen. Vielleicht.

Aber wäre das ehrlich gewesen?

Wir waren als Eltern zu keiner anderen Reaktion mehr fähig. Zu erfahren, daß absolut nichts für unsere Tochter getan werden konnte, daß sie definitiv und unweigerlich sterben würde, brachte uns an die Grenzen unserer Belastbarkeit. Dieses Wissen und die Aussichtslosigkeit waren kaum auszuhalten. Auch heute bin ich der Meinung, daß es ein Ausdruck von Achtung ist, andere Menschen nicht zu belügen. Auch – oder vor allem – nicht seine eigenen Kinder. Wir sind Sabine gegenüber immer offen und ehrlich gewesen, wir haben ihre Krankheit nie schöngeredet. Wir haben ihr erklärt, daß sie nicht wieder gesund würde. Dabei haben wir durchaus darauf geachtet, nicht zu schwarz zu sehen und manches abzumildern. Nicht jede schreckliche Nachricht gaben wir sofort und ungefiltert weiter. Wir wollten unseren Kindern die Situation auf eine Weise erklären, die ehrlich war, die ihrem Alter entsprach, und die ihnen stets das Gefühl gab, daß wir als Familie zusammenhalten würden. Niemand sollte mit seiner Angst und Traurigkeit allein bleiben. Ich bin sicher, daß Sabine auch mit Stimmungspille gemerkt hätte, wenn ich ihr etwas vorenthalten oder verheimlicht hätte, wenn ich Dinge beschönigt hätte. Seit dem ersten Krankenhausaufenthalt wollte sie stets Bescheid wissen über das, was um sie herum vorging, was die Ärzte mit ihr machten. Ich fand, sie hatte auch ein Recht darauf.

Nun mußten wir also den Befund der Lungenbiopsie erklären.

Sabine nahm die Nachricht mit erstaunlicher Gelassenheit, hin, beinahe mit Ergebenheit. Sie war nicht annähernd so niedergeschlagen, wie ich es erwartet hätte. Einen Augenblick wirkte sie traurig. Sie hatte sich sicher auch ihre Hoffnungen gemacht, denke ich. Wenig später freute sie sich, daß nun die lästigen Infusionen ein Ende hatten und wir bald wieder nach Hause konnten.

»Nicht wahr, Mama, dann kann ich auch wieder in den Kindergarten gehen?«

Am Abend, nachdem beide Mädchen eingeschlafen waren, saß ich in der Schwesternküche. Zum ersten Mal seit wir hier waren, weinte ich hemmungslos, ohne darauf zu achten, ob mich jemand sah. Ich war verzweifelt. Ich haderte mit dem Leben. Ich konnte nicht fassen, daß es keine Hilfe geben sollte. Die quälende Suche nach dem Warum, sie begann von neuem. Ich konnte mich nicht dagegen wehren.

Die Schwestern versuchten mich zu trösten. Schwester Beate setzte sich zu mir.

»Frau Sander, auf diese Fragen gibt es keine Antworten. Wir leben hier ständig damit. Es ist unendlich traurig. Das einzige, was bleibt, ist, die schwere Wahrheit anzunehmen.«

Sie ließ mich weinen. Sanft strich sie mir über den Rücken und reichte mir wortlos ein neues Taschentuch, als ich wieder die Nase hochzog.

Später in jener Nacht nahmen Schwester Heike und Schwester Anna mich mit auf ihre Rundgänge. Ich hatte gedacht, ich würde die meisten Kinder bereits kennen. Doch viele sah ich zum ersten Mal.

»Das ist Oliver, er hatte ein Loch im Herzen«, flüsterte Schwester Anna und deutete auf einen schlafenden Jungen. Ich schätzte ihn auf sieben oder acht Jahre. In seinem rechten Nasenloch steckte eine Kanüle, die zu einem dicken durchsichtigen Plastikschlauch führte, der sich mehrmals verzweigte. Ich mußte an die Bilder der ersten Astronauten denken. In Olivers linkem Nasenloch steckte ein zweites, dünneres Röhrchen. Auf seiner Brust klebten die roten und gelben Elektroden, an seinen Armen und Händen hatte man mehrere Kanülen eingeführt und mit weißem Pflaster festgeklebt.

»Er wird beatmet. Er ist frisch operiert worden.« Die Schwestern kannten jede einzelne Geschichte, alle Namen ihrer kleinen Patienten, jedes Alter.

Vieles von dem, was ich in dieser Nacht sah, hat sich tief in mein Gedächtnis eingegraben. Kleine Körper, angeschlossen an Herzüberwachungsmaschinen und Sauerstoffgeräte. Zarte schlafende Gesichter zwischen Schläuchen und Kabeln, Mobiles und Schmusetieren. Hände, Füße – manche so winzig und zerbrechlich, daß diese Kinder die nächsten Tage oder Wochen wohl nicht überleben würden. Manche lagen unter Sauerstoffzelten. Abgeschirmt von der Welt konnten sie nichts fühlen, nichts riechen. Schwester Heike und Schwester Anna wickelten und fütterten die Kinder, gaben ihnen das Fläschchen, streichelten und redeten den Kleinen zu, bevor sie sie wieder in ihre Bettchen legten. Alles geschah mit großer Ruhe und Gelassenheit. Meist waren die Kleinen still, sie jammerten kaum.

Ich verstand, daß wir in unserem großen Unglück auch Glück gehabt hatten. Wir hatten mit unserer Sabine fast sechs wunderbare Jahre verbringen können. Die Mütter und Väter vieler Kinder hier hatten nicht einmal das.

Während Sabine sich von der Lungenentzündung erholte und die Operationswunde langsam vernarbte, wurde Jan entlassen. Auch die kleine Katrin, die in den vergangenen Tagen mit im Zimmer gelegen hatte, durfte nach Hause. Sie war erst eineinhalb Jahre alt gewesen, ein fröhliches und sehr liebebedürftiges Kind. Ich hatte sie oft mit versorgt und herumgetragen, so, wie ich mich auch um Charly kümmerte.

Als die Betten frisch bezogen waren, wurden zwei

neue Kinder in Zimmer 105 einquartiert: Till und Michele. Beide waren älter als Sabine, Till war neun Jahre alt und Michele zwölf; sein Vater kam aus Italien. Till ging es so wie Sabine, als sie vor drei Monaten zum ersten Mal in die Kinderkardiologische Ambulanz aufgenommen wurde: Sein Körper war aufgeschwemmt von Ödemen, der Atem ging schwer, das Herz kämpfte. Der Junge konnte kaum liegen. Die Schwestern versuchten, ihn mit einem Kissen zu stützen, so daß er halb aufrecht saß, was ihm eine gewisse Erleichterung verschaffte.

Michele, den man in das Bett direkt neben Sabine gesteckt hatte, litt an einem Herzfehler, den man eines Tages nur durch eine Transplantation würde beheben können. Wegen eines akuten Infekts hatten seine Eltern ihn am Morgen in die Klinik gebracht. Der Junge kannte das gesamte Personal, und alle kannten ihn. Er war ungeheuer selbständig. Seine lange Krankheit hatte ihn auf eine Art reifen lassen, die typisch ist für chronisch und schwerkranke Kinder. Sie müssen einerseits viel ertragen – die Trennung von der Familie, die Einsamkeit im Krankenhaus, die Angst vor dem Unbekannten, die körperlichen und seelischen Belastungen einer Operation. Manche reagieren darauf mit Rückzug, sie regredieren, machen plötzlich wieder ins Bett, werden ängstlich, klammern sich an die Eltern. Andere entwickeln viele Fähigkeiten und eine außergewöhnliche Reife. Die Kinder sehen und hören viel im Krankenhaus, nehmen diese Eindrücke intensiv auf und bekommen ein tiefes Verständnis dafür, was es heißt, wenn ein Mensch krank ist. Auch Michele hatte eine ausgesprochen soziale Ader. Er war besonnen und hilfsbereit. Er registrierte sofort, wenn beispielsweise ein Kind Durst, aber nichts zu trinken hatte. Konnte er aufstehen, brachte er ein Glas Wasser. Michele wußte, zu welcher Zeit die Schwestern zum Pulsen kamen; waren sie zu spät, rief er nach ihnen. Dabei hatte er eine angenehme Art, er war keineswegs aufdringlich oder besserwisserisch.

Mit seiner Umsicht und Fürsorglichkeit half Michele uns über die kommende Nacht hinweg, in der es Till zusehends schlechter ging. Der Junge rang nach Luft und jammerte leise. Immer wieder versuchte er, an seiner Hand zu reiben, wo sich die Einstichstelle der Infusionskanüle entzündet hatte und juckte. Solche Dinge sind für Kinder oft schwerer zu ertragen als imposante Geräte, von denen Erwachsene sich eingeschüchtert fühlen. Mehrmals rief Michele die Nachtschwester. Er merkte genau, wann Hilfe nötig war. Später, als die Schwester und der diensthabende Arzt ein- und ausgingen und Till Spritzen verabreichten und ihn untersuchten, redete Michele beruhigend auf Till ein. Er versuchte, den Jungen, der starke Schmerzen gehabt haben mußte, zu unterstützen, ihm zu zeigen, daß er nicht allein war. Ich war beeindruckt von Michele. Viel später, als Sabine in einem ähnlichen Zustand wie Till bei uns zu Hause lag, erinnerte ich mich an diese Stunden.

Die Visite am nächsten Morgen fand sehr früh statt. Man beschloß, Till, dessen Zustand sich weiter verschlimmerte, in das Einzelzimmer der Station zu verlegen. Schwester Britta und Schwester Anna lösten die Bremsen an seinem Bett. Sie mußten geschickt manövrieren. Der Türrahmen war im Prinzip breit genug, aber der Winkel ungünstig und das Zimmer zu eng, um das Bett hin- und herzubugsieren. Dr. Seidel faßte mit an. Sie zog am Fußende, Schwester Britta schob am Kopfende, Schwester Anna zog den Herzmonitor hinterher.

Zu dritt versuchten sie, das Bett auf den Flur zu rollen. Till wimmerte. Jede Erschütterung bereitete seinem Körper Qualen.

Plötzlich kippte das Bett zur Seite. Till stöhnte auf. Dr. Seidel versuchte, ihn zu stützen. Ein Vater, der zufällig auf dem Flur stand, stürzte herbei und half das Bett wieder in die Waagerechte zu bringen. Über das Linoleum kullerte ein Rad. Vor der gegenüberliegenden Wand blieb es liegen. Es hatte sich aus seiner Führung gelöst. Schwester Anna hob es auf und befestigte es am Bein des Bettes. Niemand sagte etwas.

Ich bin selbst vorher nie in einem Krankenhaus gewesen, abgesehen von den Geburten meiner Kinder. Darum hatte ich keinen Vergleich, was Ausstattung und Zustand angeht. Bereits in den ersten Tagen war mir aufgefallen, daß der Fußboden abfärbte und sich stellenweise löste. Daß die gesamte Kinderklinik in einem maroden Zustand war, merkte ich erst nach und nach. Die Fenster waren klapprig, es zog unbarmherzig, und Mütter, die sich provisorisch in den Zimmern ihrer Kinder einrichteten, klagten morgens über Nackenschmerzen wegen des Luftzugs. Säuglinge wurden teilweise durch Paravents geschützt. Die sanitären Einrichtungen ließen zu wünschen übrig. Es war sauber, doch gab es nicht genügend Toiletten, Waschbecken und Duschen. Die Leitungen waren überaltert. Schimmel zog sich über die Wände. Wenn es regnete, stieg das Wasser durch die Abflüsse nach oben in die Waschbecken. Warmes Wasser mußten die Schwestern von einer anderen Station holen. Es war eng, das Mobiliar karg und veraltet, es gab keine abschließbaren Schränke, um persönliche Sachen darin unterzubringen, nicht einmal für die Schwestern. In dem Moment, in dem eine der Rollen unter Tills Bett wegbrach und der todkranke Junge vor Schmerzen stöhnend beinahe aus dem Bett fiel, zeigte sich deutlich, wie es um die Station bestellt war.

Zunächst verlor niemand ein Wort über den Vorfall, allen Beteiligten war er zutiefst peinlich. Auch ich traute mich erst am Abend, darauf zu sprechen zu kommen, als ich in der Schwesternküche die Oberärztin traf.

»Es muß fürchterlich für den armen Till gewesen sein. Die meisten Schwestern und manche Ärzte bemühen sich ja sehr um die Patienten. Aber ich verstehe nicht, warum hier alles in einem so schlechten Zustand ist.«

»Wenn ich ehrlich bin«, antworte Dr. Seidel und seufzte, »dann denke ich, es liegt daran, daß die Belange von Kindern immer zuletzt kommen. Wie überall in der Gesellschaft stehen sie auch bei der Klinikverwaltung ganz hinten auf der Prioritätenliste. Wir müssen sehr lange kämpfen, um für die Kinder etwas zu erreichen, was für Erwachsene selbstverständlich ist. Das fängt bei Perfusoren und Pulsoxymetern an und geht bis zu einer vernünftigen Ausstattung der Krankenzimmer. Fernsehgeräte, Spielsachen, Gymnastikmatten, Bälle – wegen jedem Nachttopf müssen wir immer und immer wieder bei der Verwaltung vorstellig werden.« Dr. Seidel ließ ihren Blick durch die Schwesternküche schweifen.

»Und Sie wissen ja, wie es auf der Station zugeht: Wir haben häufig keine Zeit dazu. Zuallererst müssen wir dafür sorgen, daß unsere kleinen Patienten überleben, erst dann kommt alles andere.« Einen Moment hielt sie inne. Dann sagte sie, wie um die Misere auf den Punkt zu bringen: »Mir ist der Zustand unserer Station selbst oft peinlich.«

»Kann ich gut nachempfinden. Es ist eigentlich ein Skandal, daß in einer Universitätskinderklinik solche Zustände herrschen. Immerhin ist das hier nicht irgendein Krankenhaus. Hier wird gelehrt und ausgebildet. Abgesehen davon, daß ich es entwürdigend finde für die Kinder. Solche Zustände sollte es in einem modernen Land wie der Bundesrepublik eigentlich überhaupt nicht geben.«

»Schreiben Sie an die Klinikleitung. Vielleicht bewegt sich etwas, wenn Druck von seiten der Eltern kommt.« Ich kam dieser Bitte nach; allerdings erst Monate später, als Sabine zu Hause war und unser Leben ruhiger wurde.

Till sahen wir nicht mehr wieder. Er starb zwei Tage später.

Gut zehn Tage nach dem gefährlichen Eingriff hatte Sabine die Lungenentzündung überstanden. Auch die Operationswunde der Lungenbiopsie war fast verheilt. Sie veranstaltete bereits ein Kakaowetttrinken mit Michele, bei dem ich als Schiedsrichter Buch darüber führte, wer wieviele Gläser pro Tag leerte. Den größten Spaß hatten die beiden mit den leeren Behältern der Perfusorfüllungen, die wie überdimensionale Spritzen aussahen. Sie hatten sie den Schwestern abgeschwatzt, füllten heimlich Wasser hinein und quietschten vor Vergnügen, wenn es ihnen gelang, einen der Erwachsenen naßzuspritzen. Nachdem wir alle unsere Dusche abbekommen hatten, überredeten wir die Kinder, die Hülsen zu sammeln und ihren Geschwistern mitbringen. Noch heute gibt es bei uns zu Hause einige dieser großen Wasserspritzpistolen.

Kinder sind schneller wieder fit als Erwachsene. Das

konnte ich auf der Station immer wieder beobachten, und es hat mich erstaunt. Sie erholten sich zügig, waren lebensfroh und wollten zurück in ihre gewohnte Umgebung. Sofern keine Komplikationen auftraten, konnten sie oft nach zwei bis drei Wochen wieder entlassen werden, selbst wenn sie acht- bis zehnstündige Operationen hinter sich gebracht hatten. Erwachsene brauchen mindestens doppelt so lange. Ich merkte, daß Kinder sich nicht bemitleiden und nur selten jammern und über Schmerzen klagen. Dr. Seidel sagte einmal: »Wenn Kinder sich beklagen, muß man davon ausgehen, daß es wirklich einen Grund gibt. Erwachsene dagegen reden sich ihre Schmerzen manchmal sogar ein.«

Für Kinder beginnt die Aufarbeitung dessen, was sie erlebt haben, zu Hause. Teilweise brauchen sie ein halbes Jahr, um sich wieder einzusortieren. Sie schlafen schlecht, haben Alpträume, wachen auf, weinen und suchen die Nähe ihrer Eltern. Wenn diese entsprechend reagieren, die Reaktionen der Kleinen weder unterdrücken noch überbewerten, haben die Kinder ihre Erlebnisse irgendwann ganz gut verarbeitet.

Zwei Tage vor Sabines Entlassung bat Professor Neff mich in sein Büro.

»Sie wissen, daß wir auf Grund der Befunde keine Möglichkeit sehen, Ihrer Tochter zu helfen. Sie wissen auch, daß wir Sabines Überlebenschancen nicht gut einschätzen.« Ich nickte. »Aber vielleicht gibt es doch eine Möglichkeit, ihr zu helfen.« Ich spürte, wie mein Körper sich anspannte. Sofort regte sich Hoffnung. »Vorausgesetzt Sie sind einverstanden und geben Ihre Zustimmung.«

»Was meinen Sie?«

»Es gibt da ein Medikament. Es enthält einen Wirkstoff, der die Gefäße im Körper erweitert, auch die Adern in der Lunge. Das würde bewirken, daß der Rückstau, der sich in Sabines Lungengefäßen bildet, nachläßt. Möglicherweise wäre auch das Herz weniger belastet. Herz und Kreislauf könnten sich stabilisieren.« Wie immer vermied Professor Neff es, allzuhohe Erwartungen zu wecken. Jeder seiner Sätze stand im Konjunktiv. Doch war ich sprachlos. Was er beschrieb, war die erste Zukunftschance für Sabine. Der erste, wenn auch winzige Hoffnungsschimmer seit vier Monaten.

»Wir müßten allerdings eine erneute Katheteruntersuchung durchführen, um die exakte Dosierung des Mittels zu ermitteln. Wir müssen untersuchen, wie Sabine auf das Medikament reagiert. Wenn die Dosierung zu hoch ist und die Gefäße sich zu sehr weiten, dann rast das Blut nur so durch den Körper.« Ich versuchte noch, meine Gedanken zu sortieren, da begann Professor Neff bereits Risiken und Gefahren aufzuzählen.

»Der Eingriff wäre nicht ohne Risiko. Sabine ist immer noch schwach, jede Narkose bedeutet eine starke Belastung für ihren Körper. Das Herz ist so angegriffen durch die ständigen überhöhten Druckverhältnisse, Sie müssen damit rechnen, daß Ihre Tochter uns auf dem Kathetertisch liegenbleibt.« Er machte eine kurze Pause und fuhr sich über die Augenbraue. »Außerdem wurde das Medikament bislang nur bei Erwachsenen eingesetzt, man weiß noch nichts über die Wirkungsweise bei Kindern.«

In der für ihn typischen knappen und präzisen Art erklärte der Arzt, daß Herzpräparate in ihrer Dosierung und Wirkungsweise üblicherweise für erwachsene Patienten konzipiert würden. Das gleiche gälte für medizinische Geräte, Herzschrittmacher beispielsweise, was bei Operationen viele unangenehme Nebenwirkungen nach sich zöge. Die Geräte waren für Kinder zu groß, die Schläuche zu lang und dergleichen. Die Erkenntnis, daß Zehntausende herzkranke Kinder in der Bundesrepublik lebten und jedes Jahr mehrere tausend Babys mit Herzfehlern geboren wurden, hatte sich in der Industrie noch nicht durchgesetzt.

Als ich Joachim von dem Gespräch mit Professor Neff erzählte, spürte ich bei ihm die gleiche gespannte und ungläubige Aufmerksamkeit, die auch mich gepackt hatte. Es schien wie ein Wunder, daß es doch noch eine medizinische Möglichkeit geben sollte, unserer Tochter zu helfen.

»Was hat er noch gesagt?«
»Er hat gesagt, wenn Sabine den Katheter übersteht, hat sie möglicherweise eine Chance. Das Medikament erweitert die Adern. Das Blut fließt besser, und das Herz kann leichter Blut in die Lunge weiterpumpen. Die Absencen würden seltener, weil das Gehirn und auch die anderen Organe wieder besser mit Sauerstoff versorgt würden.«

»Dann würde es ihr insgesamt bessergehen.«
»Das wäre – wunderbar ...«
Wir schauten uns an. Ich spürte eine Wärme in meinem Körper hochsteigen. Ich umarmte Joachim, und wir hielten uns fest. Wir wollten Sabine nicht verlieren. Nicht jetzt, nicht so früh.

Trotzdem fiel es uns nicht leicht, dem erneuten Kathetereingriff zuzustimmen. Seitdem Professor Neff uns eröffnet hatte, daß Sabine an einer sehr seltenen Lungen-Herz-Krankheit litt, waren wir unsicher, ob wir ihm vorbehaltlos vertrauen konnten. Wir überlegten, welche Ziele er bei der Behandlung verfolgte. Vielleicht war Sabine in seinen Augen ein seltener Fall. Exotisch und von erhöhtem wissenschaftlichen Interesse. Wollte er etwas an ihr ausprobieren? Oder wollte er unserer Tochter einfach helfen?

In langen Diskussionen legten Joachim und ich jedes Wort des Professors auf die Goldwaage und prüften auch uns selbst. Wir versuchten, uns nicht von der neu aufgekeimten Hoffnung verführen zu lassen. Wir versuchten, Klarheit zu bekommen.

»Neff hat immer sehr deutliche Worte gefunden. Er hat uns zumindest nie etwas vorgemacht.« Ich nickte. Ich erinnerte mich an das erste Gespräch auf dem Stationsflur.

»Nein, er war deutlich bis zur Schmerzgrenze. Aber war er auch ehrlich?«

Joachim zuckte mit den Schultern und schwieg.

»Andererseits hatten die Ärzte Sabine schon totgesagt. Sie hat es geschafft. Sie lebt noch. Dr. Hauser hat mehrmals gesagt, Sabine habe einen ungeheuren Lebenswillen. Sie läßt alles über sich ergehen, jede Untersuchung, sie unterstützt die Ärzte und läßt den Kopf nicht hängen.«

»Ja, sie steckt trotz allem voller Lebensmut.«

»Können wir Neffs Angebot ablehnen? Die Tropfen sind Sabines einzige Chance.«

Die Verantwortung, die auf uns lag, war erdrückend. Ich sah Joachim an. Sein Gesicht wirkte schmaler als sonst, doch seine grüngrauen Augen waren aufmerksam und entschlossen.

»Wenn wir jedes zusätzliche Risiko ausschließen wollten, hätten wir uns schon gegen die Lungenbiopsie entscheiden müssen.« Ich nickte stumm.

»Wir sollten uns auf Professor Neff verlassen und seinen Vorschlag annehmen. Wir müssen für Sabine entscheiden und uns mit dem, was dann geschieht, abfinden. Hoffen wir, daß es für Sabine noch etwas Zeit gibt.«

Am nächsten Tag teilte ich dem Professor unsere Entscheidung mit. Der Eingriff sollte erfolgen, sobald Sabine sich vollständig von der Lungenbiopsie und ihren Folgen erholt hatte.

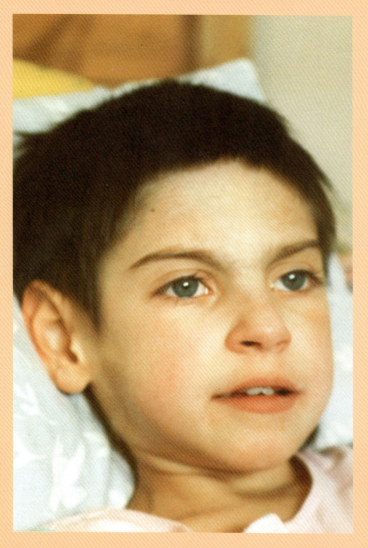

November 1987:
Obwohl erst 8 Jahre alt, beginnt Sabine, sich langsam zu verabschieden.

»Pfingstwäsche« 1985, einen Tag vor dem 3. Krankenhausaufenthalt. Unbeeindruckt davon nehmen Sebastian und Sabine ein Schlammbad.

Mit knapp 7 Jahren stellt Sabine sich der Herausforderung, von ihrer Uroma Stricken zu lernen.

Zur Unterstützung der eingeschränkten Lungenfunktion muß Sabine täglich medizinischen Sauerstoff atmen.

Gruppenbild mit Hase – die Geschwister Sander: Sabine, Charly und Sebastian 1986.

Sabines Sonne hatte immer nur 9 Strahlen – ein Zeichen für das intuitive Wissen, daß sie ihren 9. Geburtstag nicht mehr erleben würde.

Gemeinsam ist es doch am schönsten –
vor allem dann, wenn die anderen auch die süße Last mit tragen,
so wie an Sabines 1. Schultag.

Voll konzentriert bei den Hausaufgaben.

Diese Zeichnung eines seilchenspringenden Mädchens, die Sabine im März 1987 gemalt hat, spiegelt ihre innersten Wünsche wider: In der Realität durfte sie sich nicht körperlich anstrengen.

Stolz und zufrieden trägt sie ihren Schulranzen.

Sabine in ihrem Reich – von der Sauerstoffflasche bis zum Kuscheltier ist alles vorhanden.

Besuch vom »Lieblingsarzt«. Fasziniert beobachtet Sebastian die Behandlung.

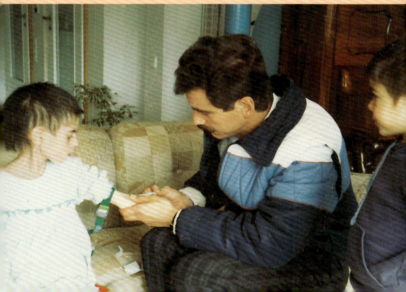

Obwohl bereits todkrank, drückt Sabine ihre übergroße Lebensfreude in ihren Bildern aus. Gerne wäre sie unbelastet über die Meere gefahren oder wie ein Vogel geflogen ...

Als ob sie es geahnt hätte – auf dem letzten Foto von Sabine winkt sie zum Abschied.

5

Zum vierten Mal lief Joachim den Flur hinunter in die Schwesternküche und kochte Tee. Er war nervös. Er hielt es nicht aus, stillzusitzen. Ich stand auf und ging ins Krankenzimmer, wo Charly in ihrer Tragetasche lag. Sie schlief. Leise zog ich die Zimmertür wieder zu. Zwei Stunden waren vergangen und noch immer kein Anruf.

Am Morgen hatten wir Sabine in jenes Gebäude begleitet, in dem das Katheterlabor lag. Vom Haupteingang der Kinderklinik ging man über den Hof, eine Rampe hinunter und durch eine Eisentür, bis man in einen unterirdischen Gang gelangte, eine Art Unterführung, in der Autos fuhren. Es stank nach Abgasen. Überall lagen Zigarettenkippen herum. Gut hundert Meter weiter, an der Pathologie vorbei, gelangte man zu einer dicken Plastikschwingtür, wie ich sie aus Schlachtereien kannte. Kaltes Neonlicht leuchtete jeden dreckigen Winkel aus. Ich verstand, warum die Schwester mich beim ersten Kathetereingriff so schnell zur Station zurückgeschickt hatte. Dieser Gang war so abstoßend, so häßlich, daß man gar nicht mehr dachte, in einer Klinik zu sein.

Kurz bevor wir uns auf den Weg gemacht hatten, hatte Schwester Beate mir einen kleinen Koffer in die Hand gedrückt.

»Bitte nehmen Sie den mit. Das ist das ›Notpaket‹ für Ihre Sabine.« Ich sah sie wortlos an. Es fuhr mir kalt durch alle Knochen. Wir legten nicht nur das Leben unserer Tochter in die Hände der Ärzte, wir brachten auch gleich noch Utensilien mit, die man benötigte, falls Sabine sterben würde.

Joachim kam zurück und reichte mir eine dampfende Tasse. Der Flur war leer an jenem Vormittag, die Station war zur Zeit nicht voll belegt. Am Vortag bei der Aufnahme hatten wir im Treppenhaus Michele wiedergetroffen, den man zur ambulanten Untersuchung bestellt hatte. Sabine und er freuten sich über das Wiedersehen. Es waren Situationen wie diese, die uns nach einigen Tagen zu Hause die Rückkehr in den Klinikalltag leichter machten; Fragmente aus einer Welt, die uns von Mal zu Mal vertrauter wurde, ohne daß wir es gleich bemerkten.

Schwester Britta eilte vorbei. Wir wechselten kurz ein paar Worte, dann lief sie weiter. Durch die Türen drang vereinzelt ein Jauchzen oder Weinen. Wir warteten. Es war Dienstag, der 13. August. Der Tag, an dem sich entscheiden würde, ob unsere Tochter eine Chance bekam, noch eine Weile mit uns zu leben.

»Ich gehe eben zur Toilette.« Joachim sah mich an. »Bleibst du hier?« Ich nickte.

»Soll ich dir auf dem Rückweg noch einen Tee mitbringen?«

»Danke, nein.« Ich sah ihm hinterher. Sein Gang hatte etwas von seiner gewohnten Energie verloren.

Ich dachte an Lydia. Am Wochenende hatten wir bei uns im Garten in der Sonne gesessen. Sebastian und Sabine spielten neben der Terrasse, die noch immer nicht ganz fertiggestellt war. Überall lagen Sandhaufen und Erde. An der Stelle, wo der Wasseranschluß für den Gartenschlauch montiert worden war, verwandelten sie den Platz in eine Matschkuhle. Sebastian hatte sich ausgezogen, lief unter dem Wasserhahn hindurch und suhlte sich im Matsch wie ein Ferkel.

»Mama, kann ich mich auch ausziehen?« Sabine wußte, daß die Ärzte gesagt hatten, sie müsse vorsichtig sein und aufpassen, daß sie sich nicht erkältete. Doch schaute sie mich freudig und erwartungsvoll an, so daß ich nicht nein sagen mochte. Sie war ein Kind. Ich wußte, wie gerne sie mit Wasser und Sand herummatschte.

Ich half ihr, sich auszuziehen, und sie flitzte zurück.

»Ich bin so unsicher, ob ich ihr solche Sachen erlauben soll«, sagte ich zu Lydia. Lydia hatte selbst drei Kinder, ihr jüngster Sohn war so alt wie Sabine. Lydia und ich hatten uns in einer Stillgruppe kennengelernt und waren Freundinnen geworden. Auch die Kinder mochten einander. Nur unsere Männer waren zu verschieden, um sich sympathisch zu finden. Das tat unserer Freundschaft keinen Abbruch. Lydias Ansicht war mir wichtig, ich schätzte ihre Erfahrung. Sie war sensibel und weitsichtig. »Würdest du es Sabine verbieten, aus Angst, sie erkältet sich? Morgen müssen wir wieder ins Krankenhaus, übermorgen ist der Eingriff – aber soll ich zusehen, wie sie neben ihrem Bruder steht und nicht mitspielen darf?«

Lydia dachte einen Augenblick nach. »Ich kann mir vorstellen, wie schwierig solche Entscheidungen für Joachim und dich sind. Ihr wißt, wie gefährdet Sabine ist und wollt sie schützen. Andererseits ist sie ein Kind. Es soll ihr gutgehen.«

»Genauso ist es. Sie soll ihr Lachen nicht verlernen, das ist mir das wichtigste. Wir wollen, daß Sabine ihre Zeit genießt – aber das bringt uns in eine verdammt zwiespältige Situation. Wir wissen nie, welche Folgen es vielleicht hat, wenn wir ja zu etwas sagen, wovor die Ärzte warnen.«

Jedes Vergnügen, das wir Sabine ermöglichten, konnte ihr zum Verhängnis werden. Anfangs hatte ihr Schicksal in den Händen der Ärzte gelegen. Seit das ganze Ausmaß der Krankheit klar war, lag das Leben unserer Tochter immer wieder auch in meinen und Joachims Händen. Jeder noch so heiß ersehnte Aufenthalt zu Hause barg Risiken. Für die waren wir verantwortlich.

»Eigentlich finde ich es richtig, Sabine dieses Vergnügen zu erlauben. Sie soll, im Rahmen ihrer Möglichkeiten, Kind bleiben können.« Lydia sah mich fragend von der Seite an. »Wir können ihr nicht alles verbieten, bloß damit sie geschont wird und vielleicht eine Weile länger mit uns lebt.« Ich starrte ins Leere. Ich hatte etwas ausgesprochen, was ich für mich beschlossen, aber noch nie so klar formuliert hatte. Die Deutlichkeit der Worte machte mich traurig. Ich weinte. Lydia legte den Arm um mich.

Durch die Tränen hindurch sah ich, wie Sabine sich von Kopf bis Fuß mit nasser Erde einrieb. Brust, Arme, Bauch, Beine, Füße, alles war schwarz. Glücklich saß sie im Schlamm. Fasziniert starrte Sebastian seine Schwester an. Er zögerte einen Augenblick, dann machte er es ihr nach. Lachend klatschten die Kinder sich immer neue Ladungen Matsch auf ihre Körper. Ich wischte die Tränen weg, ging ins Haus und holte den Photoapparat.

Später steckte ich die Kinder in die Badewanne. Bei dem Gedanken an die Klinik bekamen Joachim und ich nun doch ein schlechtes Gewissen. Wir waren froh, als Sabine am nächsten Morgen ohne Anzeichen einer Erkältung aufwachte.

Aber die Erinnerung an diesen Nachmittag ist uns geblieben, und die Gewißheit, daß Sabine und Sebastian viel Spaß gehabt haben.

»Frau Sander, Herr Sander!« Eine Stimme riß mich aus meinen Gedanken. Oberschwester Annemarie stand in der Tür zum Schwesternzimmer. »Das Katheterlabor hat angerufen. Sie sollen rüberkommen.« Sie machte ein kurze Pause und senkte ihre Stimme. »Es ist alles gutgegangen.«

Wir liefen die Treppen hinunter, durch den unwirtlichen unterirdischen Gang, hinüber zum Katheterlabor. Die Tür stand offen, und wir gingen hinein. Der Raum wirkte eng. Der fahrbare Röntgentisch war umgeben von Röntgenapparaten, Scheinwerfern, Computertischen und Monitoren. Dr. Seidel, die Schwester und sogar Professor Neff machten erleichterte Gesichter, sie strahlten beinahe, so kam es mir vor.

»Alles ist gutgegangen. Kommen Sie, sehen Sie selbst.«

Der nächste Augenblick war einer der schönsten meines Lebens. Sabine lag auf dem Röntgentisch. Der Anästhesist beendete gerade die Narkose. Da die Betäubung leicht dosiert war, dauerte es nicht lange, bis Sabine aufwachte. Sie schlug die Augen auf und sah uns an. Ich fühlte mich unsagbar erleichtert. Befreit und dankbar. Froh bis ins tiefste Innere, daß unsere Tochter den Eingriff überstanden hatte und lebte.

Wir umarmten uns. Dann mußten wir das Katheterlabor wieder verlassen und draußen warten. Beim Hinausgehen bekamen wir mit, daß Sabine Anstalten machte aufzustehen. Doch der Narkosearzt hielt sie zurück. Typisch Sabine, dachte ich und lächelte.

Das euphorische Hochgefühl begleitete uns durch die nächsten Tage. Wir badeten im Glück. Nach fünf Monaten voller Schicksalsschläge und vergeblichen Hoffnungen genossen wir jede Sekunde. Von allen Seiten spürten wir Freude, ja Begeisterung. Die gesamte Station hatte mit Sabine und uns gezittert, gehofft, gebangt.

Oberschwester Annemarie, die gute Seele der Station, die uns schon in manchen schweren Tagen und Nächten mit einem Lächeln, einem Händedruck und ihrer spürbaren Sympathie getröstet hatte, freute sich für Sabine. Sie war zuversichtlich, daß es nun bergauf gehen würde.

Es war Professor Neff, der uns aus unserer Glückseligkeit riß.

»Als wir den Test mit dem Druckmeßkatheter durchgeführt haben, konnten wir feststellen, daß die Tropfen in der Tat den gewünschten Effekt haben. Der Pulmonalarterienmitteldruck fiel um 23 Prozent, bei einem Anstieg des arteriellen Mitteldrucks um neun Prozent. Die AV-Differenz fiel um die Hälfte ab und lag damit im Normbereich. Andere Werte sind jedoch weiter stark überhöht.« Joachim sah den Professor an.

»Könnten Sie das noch mal sagen?«

»In der Konsequenz bedeutet es: Sabines Adern weiten sich, und ihr Herz wird weniger belastet. Trotzdem ist ihr Zustand nicht optimal, sondern nur eine relative Verbesserung.«

Mehr hatten wir nicht erwarten können. Trotzdem klang die Einschränkung wie die schlechte Nachricht, die offenbar zu jeder guten gehörte. Kaum hatten wir einmal aufatmen können, zeigte man uns umgehend wieder die Grenzen auf.

Dem Professor verdankten wir es, daß wir noch eine Weile mit unserer Tochter leben durften. Mit Hilfe seiner Kompetenz und ihres Willens hatte Sabine überlebt. Gleichzeitig machte Neff uns klar, welche Gratwanderung uns bevorstand. Eine Gratwanderung zwischen Lebenlassen und Gehenlassen; ein ständiges Wechselbad der Gefühle.

Neff reichte uns ein braunes Glasfläschchen.

»Momentan gibt es das Medikament nur als Tropfen. Die Pharmafirma stellt es Ihnen für Sabine zur Verfügung. Sie müssen es unbedingt geschützt aufbewahren, sonst verfällt es. Das Mittel ist äußerst lichtempfindlich.« Ein wenig ehrfurchtsvoll nahm ich die kleine Flasche entgegen. »Geben Sie dreimal täglich drei Tropfen.«

Mit dem Fläschchen in der Tasche verließen wir die Klinik. Sabine war uns geschenkt worden. Für wie lange wußte niemand.

6

Über dem Eßtisch prangte eine dicke Traube Luftballons. Blaue und weiße Bänder und Blumengirlanden schmückten die Eßecke. Mit viel Liebe hatten mein Mann und ich am Abend zuvor den Geburtstagstisch in Sabines Lieblingsfarben geschmückt. In den vergangenen sechs Monaten hatten wir immer wieder Angst gehabt, diesen Tag nicht mehr zu erleben. Nun war er da. Auf dem Kachelofen stand eine Schokoladentorte mit einer großen Sechs aus bunten Smarties. Blumen und Glückwunschkarten und Briefe waren angekommen und lagen an ihrem Platz. Oma und Opa hatten sogar ein Telegramm geschickt.

Auf Zehenspitzen, mit Sebastian an der Hand und Charly auf dem Arm, gingen wir leise nach oben in den ersten Stock. Joachim öffnete die Tür zu Sabines Zimmer. Sie lag in ihrem Bett und tat, als würde sie schlafen.

»Herzlichen Glückwunsch, meine Liebe«, flüsterte Joachim ihr ins Ohr und küßte sie auf beide Wangen.

»Meine liebe Maus, heute ist Geburtstag, aufwachen.« Sabine lachte spitzbübisch. Sie hatte uns längst erwartet, sie wußte, als Geburtstagskind würden wir sie abholen.

»Herzlichen Glückwunsch zum Geburtstag.«

»Komm runter, Geschenke auspacken.« Sebastian zog an der Bettdecke.

»Ab in die Puschen, rein in den Bademantel, wir erwarten dich.« Joachim klatschte in die Hände. Schnell stand Sabine auf.

Im Wohnzimmer brannten die Kerzen.

»Hoch soll sie leben ...«, stimmte Joachim an.

»... an der Decke kleben«, sang Sebastian.

»Dreimal hoch-hoch-hoch.«

»Fällt sie wieder runter, ist sie wieder munter«, neckte mein Mann. Wir lachten, und Sabine und Sebastian alberten herum. Bis unser Sohn es nicht mehr aushielt und seine Schwester energisch zum Tisch mit den Geschenken hinüberzog.

»Halt«, rief Joachim, »erst muß Sabine die Kerzen auspusten.« Sabine holte so tief Luft, wie sie konnte.

Die Geburtstage unserer Kinder waren immer besondere Tage. Jeder durfte sich von Jahr zu Jahr ein größeres Geschenk wünschen. Mein Mann und ich bekamen vorab Wunschzettel zugesteckt. Ich habe diese Zettel gesammelt, und wenn ich sie manchmal hervorziehe, muß ich schmunzeln, weil sie sich teilweise wie Kataloge eines Spielzeugladens lesen. Da waren Bildchen eingeklebt aus Zeitungen, aus der Spielzeugwerbung. Preise standen gleich dabei und manchmal sogar einzelne Bestellnummern. Lange vor dem großen Tag schwelgten die Kinder in Vorfreude und gespannter Erwartung.

Mit Bedacht zog Sabine die Schleifen ihrer Geschenke auf und öffnete das Papier; später faltete sie die schönsten Bögen und hob sie auf. Sebastian stand mit energisch vorgeschobenem Kinn auf der Eckbank. Aufmerksam sah er seiner großen Schwester zu und verfolgte jeden Handgriff. Am Ende hatte Sabine einen Zauberkasten, neue Schwimmflossen und eine Taucherbrille mit Schnorchel, einen Spritzfrosch, ein Spiel und einen Picknickkorb ausgepackt und auf dem Fußboden um sich herum aufgebaut. Ein letztes Geschenk lag noch auf dem Teppich. Langsam löste Sabine die Schleife. Ein Rucksack kam zum Vorschein, ein Geschenk der Großeltern. Sie setzte ihn auf den Rücken und führte ihn vor. Da wurde es Sebastian zuviel.

»Und ich?« rief er lautstark. Er kletterte von der Eckbank und baute sich in voller Größe vor mir auf. »Und ich?«

Sebastian war eigentlich ein ruhiger, geduldiger Junge. Doch er fühlte sich übergangen, wenn jemand anders deutlich im Vordergrund stand. Er empfand es als Ungerechtigkeit, daß alle in der Familie eher Geburtstag hatten, und er erst im Dezember, als letzter, an der Reihe war.

Ich zog ein kleines Päckchen aus der Vitrine neben dem Eßtisch.

»Niemand hat dich vergessen, Sebastian. Heute ist Sabines Geburtstag, aber schau: Dieses Geschenk ist für dich.«

Sebastians Groll wich einem Lächeln. Er nahm den Karton. Schnell, ganz anders als Sabine, riß er die Schleife auf und zerrte ungeduldig an der Verpackung.

»Ein Motorrad«, freute er sich. Motorräder standen bei ihm an erster Stelle. Noch vor Spielzeugautos.

»Ein Triclette mit Schwungradantrieb.« Joachim zog das Motorrad auf und ließ es über den Fußboden knattern. Die Welt war wieder in Ordnung. Bald hörten wir nur noch Sebastians Gemurmel und das scheppernde Aufziehgeräusch. Wir konnten endlich mit dem Frühstück beginnen. Nichts sollte unsere Freude und die glückliche Stimmung an diesem Tag trüben.

Am Nachmittag kamen Gäste. Wir hatten Anne und ihre Familie eingeladen und Sabines Freunde aus dem Kindergarten. Ich hatte Kekse und Kuchen gebacken.

Alle zusammen saßen wir an einem bunt gedeckten Tisch. Später spielten wir Topfschlagen, und Anne, Joachim, eine Nachbarin und ich bastelten mit den Kindern. Sabine war fröhlich und ausgelassen, manchmal sogar rotzfrech. Ab und zu setzte sie sich hin und ruhte einen Moment aus. Sie war schneller erschöpft als andere Kinder und mußte vorsichtig und kontrolliert mit ihren Kräften umgehen.

Seit drei Wochen nahm Sabine die Tropfen, die Professor Neff ihr verordnet hatte, und es ging ihr gut. Man sah ihr die Krankheit nicht an. Sie war ein wenig schmaler als andere Kinder, zierlicher, feingliedriger; aber so war sie immer gewesen.

Als die ersten Eltern kamen, um ihre Kinder abzuholen verschwand Joachim in den Keller. Mit einem Arm voller Luftballons kehrte er zurück.

»Ohhhh ...« Alle staunten. Die Ballons waren mit Luftballongas gefüllt und schwebten durch den Raum, wenn man sie nicht festhielt. Sie waren über und über mit Sternen bedruckt. Wir hatten sie entdeckt, als wir vor einiger Zeit mit unseren Kinder im Zirkus *Roncalli* gewesen waren. Ganz feierlich hatte es ausgesehen, als sie am Ende der Vorstellung durch das Zelt schwebten. Wir waren verzaubert gewesen von dieser besonderen Stimmung, vor allem Sabine. Deshalb hatten Joachim und ich uns diese Überraschung ausgedacht. Wir wollten, daß Sabines Geburtstag mit einem außergewöhnlichen Andenken für jedes Kind zu Ende ging.

Begeistert umlagerten die Kinder Joachim, und er schenkte jedem Geburtstagsgast einen Luftballon.

Nach Sabines Tod hatten Sebastian und Charly eine Idee, für die mein Mann und ich ihnen heute noch dankbar sind. Sie schlugen vor, an Sabines nächstem Geburtstag einen solchen Ballon zu ihr in den Himmel steigen zu lassen. Das machen wir seither an jedem 7. September. Mit dem Luftballon fliegen unsere Gedanken und unsere Sehnsüchte zu ihr hin. Nur wir bleiben auf der Erde zurück.

7

»Morgen ist wieder einer dieser Tage, vor denen mir graut. Ich habe jedesmal ein schlechtes Gefühl, wenn wir zur Kontrolluntersuchung müssen.« Ich saß mit Anne auf der Bank im Garten. Die Herbstsonne schien auf die bunten Blätter der Bäume. Manche Zweige waren schon kahl und schwarz.

»Wovor hast du Angst?«

»Ich glaube, es ist das Ungewisse. Ich bin nicht belastbar genug, um weitere schlechte Nachrichten wegzustecken. Ich fürchte mich vor jedem weiteren schlechten Befund.«

»Für solche Sorgen gibt's doch im Moment gar keinen Grund.« Anne deutete in Richtung der Birke, unter der ihr Sohn Tom und Sabine saßen. Unsere Familie hatte sich um einen Hasen, Mümmel, vergrößert, mit dem die Kinder spielten. Charly, die für ihre zehn Monate bereits recht flink durch die Gegend krabbeln konnte und allen auf Knien folgte, rutschte durchs Gras, den Arm ausgestreckt nach dem Tier. Eine friedliche, ganz normale Szenerie. Kein Außenstehender hätte vermutet, daß eines dieser Kinder schwer krank war. Im Gegenteil, mit ihrer Stupsnase, den kurzen, fransigen Haaren und der ersten Zahnlücke wirkte Sabine frech und munter. Nur wer genau hinsah, entdeckte, daß sie öfter dunkle Ringe unter den Augen hatte und daß sich die Farbe ihrer Lippen und Wangen manchmal ins Bläuliche veränderte.

»Sie sieht prima aus«, sagte Anne. »Und sie hat zugenommen, oder täusche ich mich?«

»Nein, du hast recht. Sie hat ein halbes Kilo zugenommen. Trotzdem ist mir nicht wohl, wenn ich an die Klinik denke.« Unser letzter Aufenthalt lag gut sechs Wochen zurück. Morgen sollte der dritte ambulante Untersuchungstermin seit der Entlassung im August sein.

»Ich glaube, ich habe die Wochen, die wir dort verbringen mußten, noch nicht wirklich verarbeitet. Jedesmal, wenn ich die Klinik betrete, steht mir alles, was ich dort erlebt habe, ganz deutlich vor Augen. Ich kenne jeden Weg, jede Tür, jeden Flur. Ich weiß, wie der Hall meiner Schritte im Treppenhaus klingt, wie es auf den Gängen riecht. Ich höre Geräusche von Türen, die geschlossen werden, und es ist, als hätte ich sie schon mein ganzes Leben lang gehört. Sie sind beinahe ein Teil von mir. Sobald ich auf das Krankenhausgelände komme, umfängt mich diese Vertrautheit, wie eine alte Bekannte. Die Station ist mein zweites Zuhause geworden, ob ich es will oder nicht. Sie ist Teil meines Lebens, und irgendwie, ganz unfreiwillig, bin ich auch ein Teil von ihr geworden. Die Klinik und ich, wir sind zusammengewachsen. Aber mir ist diese Verbindung unangenehm. Sie hat so viel Trauriges in unser Leben gebracht.

Ich will nicht, daß sie feststellen, daß sich Sabines Zustand verschlechtert hat. Ich habe Angst zusammenzubrechen, wenn noch einmal jemand meine Welt erschüttert.«

»Sei nicht pessimistisch, Traudel. Sabine ist stark. Sie hat kritische Zeiten durchgestanden, und sie wird auch weiter durchhalten. Gib die Hoffnung nicht auf.« Anne war eine bodenständige Person, immer umgeben von Freunden und Kindern. Wo sie war, verbreitete sie eine fröhliche, optimistische Stimmung. »Schau die Kinder an – es wird auch für Sabine eine Zukunft geben.«

Ich sah zu der Birke hinüber. Mümmel, der Hase, saß wieder in seinem Stall. Tom, Sabine und Mia gruben im Lehm. Sebastian hatte sich schon wieder ausgezogen und robbte durch den Matsch. Charly rutschte auf Knien hinter ihm her. Sie spielten Seeräuber und waren auf Schatzsuche. Ich dachte an den Nachmittag auf Sebastians Bett, als ich beschlossen hatte, mir nicht mehr den Kopf über unsere Zukunft zu zerbrechen. Ich wollte mich an diesen Vorsatz halten und mir den Augenblick nicht durch Grübeleien über ein ungewisses Morgen verderben.

Ich versuchte, meine negativen Gedanken beiseite zu wischen. Doch die Nervosität blieb.

Als es Abend wurde, riefen wir die Kinder ins Haus.

»Wir waren auf Schatzsuche«, erzählte Tom und schüttelte sich Sand und getrocknete Lehmreste aus der Hose.

»Und, habt ihr ihn gefunden?« fragte Anne.

»Der Schatz ist ...« Weiter kam Sebastian nicht.

»Psst«, zischelte Sabine und legte ihren Zeigefinger auf die Lippen. Ihrem kleinen Bruder hielt sie vorsichtshalber den Mund zu.

»Das verraten wir nicht«, erklärte Tom.

»Das ist geheim«, sagte Sabine. »Seeräubergeheimsache.«

»Ay, ay, Käpt'n. Aber jetzt geht es in die Wanne. Ihr seht nämlich aus wie Seeräuber, die seit Tagen nicht aus den Klamotten gekommen sind.«

Es war nicht schwierig, die Kinder in die Badewanne zu bringen, denn sie war so groß, daß alle fünf auf einmal hineinpaßten.

»Tom und Mia wollen, daß Knut bei uns zu Hause auch so eine Riesenwanne installiert«, lachte Anne.

»Weißt du eigentlich, daß ich mich nur langsam an dieses Haus gewöhne?« Anne sah mich ein wenig verständnislos an.

»Nein, verstehe ich nicht. Bei all den Annehmlichkeiten.«

»Seit wir hier wohnen, machen wir uns Sorgen um Sabines Gesundheit. Kaum waren wir eingezogen, fiel sie zum ersten Mal um. Erinnerst du dich? Diese Momente, in denen sie kurz das Bewußtsein verlor?« Anne nickte. »Dann ging alles Schlag auf Schlag. Ich hatte noch gar keine Zeit und keine Ruhe, mich hier einzugewöhnen.«

»Verstehe«, sagte Anne. Im nächsten Moment kniff sie die Augen zu und schrie. »Ihhhh!«

Tom und Sabine waren begeistert. Unbemerkt hatten sie eine der Perfusorhüllen aus dem Krankenhaus mit Wasser aufgefüllt. Anne rieb sich die Augen. Aber sie lachte. Sie nahm die Spritze und zielte auf Tom. Der tauchte ab. Sebastian füllte eine zweite Spritze auf. Am Ende waren wir alle ziemlich naß. Ich lieh Anne eine trockene Bluse.

»Wie du siehst«, japste sie und fuhr sich mit dem Handtuch durch die kurzen Haare, »sind zumindest die Kinder verliebt in euer Bad und dieses Haus.«

»Ja. Das hilft mir auch. Es dauert nur.«

Am nächsten Morgen fuhr ich mit Sabine und Charly in die Klinik. Sabine freute sich auf die Schwestern in der Ambulanz, auf Dr. Hauser und die Kinder auf der Station. Anders als mich bedrückten sie keine schlechten Erinnerungen.

Mit ihrem neuen Rucksack auf dem Rücken spazierte sie in das Untersuchungszimmer.

»Dr. Hauser, ich habe dir was mitgebracht.« Dr. Hauser setzte ein überraschtes Gesicht auf. »Ein Geschenk?«

»Ja.« Sabine öffnete den Rucksack und holte ein Malbuch hervor. Zwischen den Seiten zog sie ein Bild heraus und reichte es ihm. »Das bist du.«

»Schön wie im wahren Leben.« Dr. Hauser lächelte. Das Bild zeigte einem Mann mit Locken und einem Kittel unter einer Sonne mit neun langen, gelb-orangenen Strahlen.

»Hängst du es bei dir auf?« Dr. Hauser hielt das Bild hoch und betrachtete es.

»Mache ich.«

Die Ultraschalluntersuchung verlief zügig, ebenso das EKG und das EEG. Das Echo fiel positiver aus als beim letzten Mal. Der Druck in Herz und Lunge hatte nachgelassen, weil die Durchblutung besser funktionierte. Ein klarer Erfolg der Tropfen.

»Ich denke, es reicht, wenn Sie in sechs Wochen wiederkommen«, sagte Professor Neff, als er die Befunde auf seinen Schreibtisch bekam. »Wenn beim nächsten Mal auch alles so gut aussieht, brauchen Sie sogar nur noch einmal im Vierteljahr zu kommen.«

Erleichtert verließen wir die Klinik.

Seit etwa eineinhalb Monaten nahm Sabine jetzt ihre Tropfen, außerdem weiterhin ein Herzpräparat und ein entwässerndes Mittel. Sie vertrug die Tropfen gut und litt bis auf vereinzelte Kopfschmerzen und Schwindelanfälle nicht unter Nebenwirkungen. Allein ihr Appetit war nicht sehr groß; sie wog bei einer Größe von 116 Zentimetern gut 18 Kilo. Ein bißchen zu wenig, aber immerhin soviel wie vor ihrem ersten Zusammenbruch.

Nachdem unser Leben im vergangenen halben Jahr völlig auf den Kopf gestellt worden war, kehrte nun wieder eine gewisse Normalität ein. Natürlich nahmen wir Rücksicht auf Sabines Kräfte. Die Tatsache, daß sie sich nicht anstrengen durfte, veränderte unseren gewohnten Lebensrhythmus. Spontane Ausflüge waren nicht mehr möglich, nichts ging mal eben so, leicht und unbefangen wie zuvor. Alle Aktivitäten, alle Unternehmungen, selbst der normale Tagesablauf richteten sich nach Sabines Bedürfnissen. Wir nahmen ihr Wege ab, liefen die vielen Treppen in unserem Haus hinauf und hinunter, um zu holen, was sie brauchte oder vergessen hatte. Auch Sebastian half, wobei ich ihn nie aufgefordert habe. Ich achtete darauf, ihn einzubeziehen, ihm stets das Gefühl zu geben, daß er ebenso wichtig für Sabine war wie mein Mann und ich. Wenn er ging, dann von sich aus.

Er half Sabine auch bei den regelmäßigen Sauerstoffduschen. Anfangs hatte sie schrecklich dabei ausgesehen, Charly hatte sich gefürchtet. Doch seitdem wir die häßliche und viel zu große schwarze Gesichtsmaske, die man uns im Sanitätsgeschäft verkauft hatte, gegen eine kleinere und durchsichtige eingetauscht hatten, hockten die Geschwister gemeinsam im Wohnzimmersessel, wenn Sabine eine ihrer täglichen Portionen Sauerstoff nahm.

Selbstverständlich wollte Sabine vieles allein erledigen. Sie war vorher ein selbständiges Kind gewesen und mochte sich jetzt nicht bedienen lassen. Sie zog sich weiterhin morgens allein an; es dauerte nur etwas länger als bisher. Sie räumte ihr Zimmer auf und versorgte den Hasen. Sie ging die Dinge langsam an, ihrer Leistungsfähigkeit angemessen, aber ohne fremde Hilfe. Sie zog sich nicht in ihre Krankheit zurück. Ich ließ sie gewähren; aber ich hatte ständig ein Auge auf sie.

Eine der gravierendsten Veränderungen war, daß sich unsere Aktivitäten von draußen nach drinnen verlagerten. Wir konnten keine langen Spaziergänge mehr machen und gingen nicht mehr auf den Spielplatz. Jedes Rumtoben, jeder wilde Sprung war tabu; solche Spiele konnten tödlich sein. Sabine fühlte sich eingeschränkt durch ihre verminderte Leistungsfähigkeit, aber sie akzeptierte es. Statt Fangen zu spielen, blies sie Riesenseifenblasen durchs Haus oder schaukelte oder kletterte an der Strickleiter in ihrem Zimmer. Wir schafften Hühner an, und gemeinsam mit einem seiner Schüler schüttete mein Mann im Garten einen Erdhügel auf. Obendrauf bauten sie ein Pfahlhaus mit einem Aussichtsturm, in dem die Kinder sogar übernachten konnten.

Wenn ab und zu Sabines Freunde zu Besuch kamen, spielten sie Spiele, bei denen Sabine mitmachen konnte. Das geschah sogar, ohne daß Joachim und ich uns einmischen mußten. Ähnlich selbstverständlich ergab es sich, wenn wir Anne und ihre Familie besuchten. Nur in Ausnahmefällen tollte Sabine umher. Doch sie spürte, wann ihre Kräfte nachließen. Sie ging behutsam und aufmerksam mit sich um.

Da die Tropfen die Adern erweiterten und das Blut besser zirkulierte, konnte man ihre Wirkung mit bloßen Auge beobachten. Der Professor hatte uns eindringlich erklärt:

»Man hat bei Kindern noch keine Erfahrungen im Umgang mit dem Präparat gesammelt, und ich kann Ihnen nicht sagen, wie lange es wirken wird. Achten Sie deshalb darauf, ob sich die Hautfarbe ihrer Tochter verändert. Überprüfen Sie regelmäßig Arme und Beine, möglichst so, daß Sabine es nicht merkt. Sobald sie das Medikament genommen hat, muß sich die Haut von einem leicht bläulichen zu einem leicht rosigen Erscheinungsbild verändern.«

Joachim und ich hatten schnell gelernt, das mit einem Blick zu erfassen. Auch konnte ich bald jede Hautveränderung ertasten und merkte sofort, wann sich Ödeme bildeten. Es war wichtig, diese so früh wie möglich zu erkennen. Wenn Sabines Körper erst sichtbar anschwoll, wäre es schon gefährlich spät. Mit Argusaugen beobachteten wir ihr Gewicht. Jedes Kilo, das sie zunahm, konnte auf neue Wassereinlagerungen hindeuten. Allerdings war es schwierig, zu unterscheiden, ob eine Gewichtsveränderung von Ödemen herrührte oder einfach daher, daß Sabine etwas mehr gegessen hatte.

Um das Ganze so selbstverständlich wie möglich zu gestalten, kauften wir eine neue Personenwaage und machten ein Spiel daraus. Die ganze Familie wog sich von nun an jeden Morgen, sogar Charly kam angekrabbelt und krakeelte, bis wir sie auf die Waage hoben. Für kleine Kinder ist es schon aufregend, zu sehen, wie sich der Zeiger bewegt. Sabine jedoch wußte um den Ernst, und ich denke, sie hat unsere Bemühungen durchschaut. Aber sie spielte mit, selbst wenn ich es manchmal übertrieben habe. Zwischen uns bestand ein unausgesprochenes Übereinkommen. Sie wußte, daß ich mir große Sorgen um sie machte.

Sebastian und Charly mußten immer häufiger ebenfalls zum Arzt. Sie klagten mal über Bauchschmerzen, mal über ein anderes Wehwehchen. Ich ließ sie untersuchen, mit dem Stethoskop hörte der Kinderarzt Bauch und Rücken ab. Meist fand sich kein Grund für die Beschwerden. Doch versorgte ich die Kinder anschließend so ausgiebig, als hätte der Doktor eine ernsthafte Diagnose gestellt. Ich verstand die Klagen als einen Ruf nach mehr Aufmerksamkeit und ging so gut wie möglich darauf ein. Wir alle steckten zurück; Sebastian und

Charly verlangte die Rücksichtnahme manchmal mehr ab, als sie in ihrem jungen Alter leisten konnten. Die beiden Kleineren brauchten diese Zuwendung, sie wollten sich genauso beachtet, versorgt und geliebt wissen wie ihre große Schwester. Viele gesunde Geschwister reagieren über kürzere oder längere Zeit so, und es ist wichtig, daß die Eltern darauf eingehen.

Mein Mann und ich waren im Dauereinsatz. Immer kümmerte sich einer von uns um die Kinder. Es gab niemanden, dem wir sie für ein paar Stunden anvertrauen wollten, vor allem Sabine nicht. Wir unternahmen nichts mehr zu zweit, als Paar. Wir waren nur noch Eltern, rund um die Uhr. Ich selbst stellte meine persönlichen Bedürfnisse völlig zurück, ja ich hatte kaum noch welche. Ich ordnete mich den neuen Prioritäten und Anforderungen völlig unter. Ich gab mich auf. Doch ich hätte nichts anderes gewollt; die Sorge um Sabine sog mich auf.

Das Medikament, an dem das Leben unserer Tochter hing, war zwar zugelassen, aber noch nicht im Handel. Die Pharmafirma arbeitete daran, es als Kapseln auf den Markt zu bringen. Es war ungewiß, wann das Präparat in den Apotheken erhältlich sein würde. Auch wußte Professor Neff nicht, wie lange uns der Hersteller die Tropfen zur Verfügung stellen würde. Über allem hing die Angst, Sabines Zustand könnte sich plötzlich verschlechtern. Die unselige Kettenreaktion von Ödemen, Atemnot, Klinik, Untersuchungen, Trennung hätte von neuem begonnen. Unsere gesamte Lebensplanung war aus den Fugen geraten. Unsere Wünsche und Zukunftspläne waren ausgelöscht, unsere grundsätzliche Zuversicht verschwunden. Es ging darum, das Leben zu meistern, von Tag zu Tag. Wir wußten nicht einmal, wieviel Zeit uns blieb, um uns dem Gedanken an ihren Tod zu nähern. Niemand konnte sagen, wie lange Sabine leben würde.

Trotzdem ermöglichte uns das Medikament ein vergleichsweise normales Familienleben. Die Tage vergingen, mal bekam Sebastian Schnupfen, mal Charly die Windpocken. Jedes der drei Kinder hatte seine Wünsche und Bedürfnisse. Alle wollten ihre Freunde besuchen und wieder ihr gewohntes Leben leben. Mein Mann ging seinen beruflichen Verpflichtungen nach, hatte eine Abschlußklasse zu betreuen und sprang für einen Kollegen mit zusätzlichen Sportstunden ein. Er verarbeitete die Erlebnisse auf seine Weise; doch sah ich ihn auch wieder lachen.

Das Leben geht weiter; diese Weisheit ist so profan wie wahr. Mit der Zeit gelang es, uns neu einzurichten und Angst, Sorgen und Bedrohung in den Hintergrund zu schieben. Es spielte sich ein geregelter Tagesablauf ein, wenn auch unter anderen Bedingungen und mit neuen Wertigkeiten. Wir gewannen ein bißchen persönliche Sicherheit zurück. Wir wagten uns wieder in die Welt hinaus.

Im Herbst ging Sabine sogar wieder in den Kindergarten.

8

Die Kinder malten Bilder. Sie malten Krankenhäuser, Ärzte, Betten mit kranken Kinder und große Spritzen. Als Sabine fertig war, ging sie zu einer der beiden Erzieherinnen.

»Schreibst du was für mich unter mein Bild?« Frau Delius schrieb: *Als ich im Krankenhaus lag, war immer gutes Wetter, es hat nur einmal geregnet. Ich war am Tropf, darum mußte ich immer im Bett liegenbleiben. Ich hab mich trotzdem gefreut, weil meine Eltern oft da waren. Die haben sich abgewechselt und mir oft was mitgebracht. Aber es war eine ganz schön lange Zeit. Sabine.*

Die Mädchen und Jungen im Kindergarten freuten sich, daß sie wieder da war; noch mehr freute sich Sabine. Wochenlang hatte sie erklärt, sie wolle wieder in den Kindergarten gehen. Sie sehnte sich nach ihren Freunden. Joachim und ich hatten gezögert, uns aber schließlich durchgerungen. Sabine war noch immer ein fröhliches Mädchen, ihr Lachen hatte nichts Schelmisches oder Spitzbübisches verloren. Sie brauchte Kontakte nach außen. Sie sollte erleben können, worauf sie neugierig war.

Eines Morgens packte ich also Brot und Apfelsaft in Sabines *Mickymaus*-Tasche und begleitete sie bis vor die Kindergartentür. Ein Küßchen zum Abschied, dann verschwand sie, in der einen Hand ihre Tasche, in der anderen den Teddy. Sie war wieder in ihrer Welt.

Ihre Spielkameraden hatten auf sie gewartet. Zur Begrüßung schenkten sie Sabine eine Puppe, die sie für sie gebastelt hatten. Frau Delius und Frau Kolbien nahmen die Rückkehr zum Anlaß, über das Thema Krankenhaus zu sprechen. Alle Mädchen und Jungen konnten fragen, was sie wissen wollten. Bis sie schließlich bestens Bescheid wußten über die Krankheit ihrer kleinen Freundin. Es gab im Kindergarten einen Bollerwagen, und damit war ein wesentliches Problem gelöst. Immer, wenn Sabine sich bei Ausflügen schwach fühlte, wenn ihr Wege zu weit wurden, setzte sie sich in den Wagen und ließ sich ziehen. Den anderen Kindern machte das sogar Spaß. Kein Kind lachte über Sabine oder machte sich lustig.

Mit dem Laternenumzug zu St. Martin waren sowohl Sabine als auch Sebastian wieder voll in ihren Gruppen integriert.

Ich wußte Sabine im Kindergarten gut aufgehoben. Anfangs hatten die Erzieherinnen Bedenken gehabt. Doch nach einem längeren Gespräch gaben sie ihre Vorbehalte auf und erklärten sich bereit, Sabine trotz des besonderen Risikos wieder aufzunehmen. Gemeinsam überlegten wir, was in einem eventuellen Notfall zu tun sei. Ich selbst würde während des Vormittags zu Hause bleiben, um jederzeit telefonisch erreichbar zu sein; der Kindergarten lag etwa sechs Kilometer entfernt. Ihre Medikamente nahm Sabine, bevor sie das Haus verließ, und mittags, sobald sie zurückkam. Außerdem trug sie ständig einen selbstgemachten Ausweis bei sich. Darin hatten wir ihre Krankheit beschrieben und auf die speziellen Medikamente hingewiesen, die sie brauchte. Wir fügten die Diagnose von Professor Neff bei sowie eine Liste der behandelnden Ärzte, um zu gewährleisten, daß ein Unfallwagen sie sofort in die

Kinderkardiologische Abteilung der Uniklinik bringen würde. Üblicherweise haben Unfallwagen nämlich die Anweisung, das nächstgelegene Krankenhaus anzufahren. Dadurch hätte Sabine im Notfall kostbare Zeit verloren. In der Uniklinik kannte man sie und konnte sie sofort entsprechend behandeln. Wir hofften, daß der provisorische Ausweis im Notfall akzeptiert würde. Es gab damals noch keine verbindlichen Dokumente, auf die man hätte zurückgreifen können. Glücklicherweise trat jedoch nie eine Situation ein, in der dieser Ausweis wichtig geworden wäre.

Sabines Zustand blieb stabil. Das machte es uns auch leichter, sie morgens gehen zu lassen. In den ersten Wochen, nachdem wir erfahren hatten, daß unsere Tochter todkrank war, hatten Joachim und ich jede Sekunde in der Angst gelebt, es könne ihr etwas zustoßen. Und um sie herum wären womöglich nur Leute, die ihr nicht zu helfen wüßten. Das war auch eine Verantwortung, die wir niemandem zumuten wollten. In dieser Hinsicht hatten die offenen Worte von Professor Neff etwas Positives bewirkt. Die Schonungslosigkeit, mit der er Sabines Zustand und ihre Aussichten beschrieben hatte, machte uns unsere Verantwortung deutlich. Uns wurde bewußt, daß wir künftig alle Menschen, die mit unserer Tochter Kontakt hatten, ungeschönt über die Krankheit und deren Tragweite aufklären mußten. Professor Neff hatte seine Verantwortung gegenüber uns Eltern wahrgenommen. Es war an uns, das Gleiche zu tun.

Es dauerte eine Weile, bis unsere schlimmsten Befürchtungen nachließen. Sobald Sabine das Haus verließ, wurde ich unsicher und unruhig, besonders in der Zeit, in der sie die Schule besuchte. Ich war jedesmal froh, wenn ich mittags ihren Schlüssel in der Haustür hörte. Aber wir mußten sie gehenlassen. Wir mußten uns mit dem Gedanken vertraut machen, daß sie eines nicht zu fernen Tages ganz gehen würde. Wir durften sie nicht unter eine Glasglocke setzen, um ihr Leben zu verlängern. Mit unserer Angst und unserem Bestreben, sie rund um die Uhr zu beschützen, hätten wir Sabine die Lebensfreude genommen.

In solchen Gedanken steckt Sprengstoff. Es gibt viele Menschen, die gestehen dieses Recht – und auch die Fähigkeit, solche Entscheidungen zu treffen – nicht einmal kranken Erwachsenen zu. Geschweige denn einem Kind. Ärzte sind gezwungen, das Leben ihrer Patienten sogar gegen deren Willen zu verlängern. Für uns war die Liebe zu unserem Kind immer die oberste Leitlinie. Daraus ergab sich alles Handeln. Es war Sabines Leben, und sie wollte und sollte es nach ihren Vorstellungen leben. Auch um den Preis, daß sie möglicherweise eher sterben würde. Außenstehende haben das oft nicht verstanden und auf uns eingeredet. Wer Sabine erlebte, in ihrer besonnenen, besonderen Art, begriff jedoch ohne viele Worte, daß es so, wie wir es machten, richtig war.

Unsere Kinder verfügten früh über eine ausgeprägte Sicherheit und Selbständigkeit, und für mich ist das rückblickend die Bestätigung, daß Joachim und ich mit unseren Erziehungsvorstellungen so verkehrt nicht lagen. Als Sabine, Sebastian und Charly klein waren, unternahmen sie von Jahr zu Jahr weitere Ausflüge in ihre Umgebung, ohne sich alleingelassen zu fühlen. Früh gingen sie zu ihren Freunden und übernachteten dort. Fröhlich verließen sie unser Haus, und voll mit neuen Eindrücken kamen sie am nächsten Tag zurück. Sie wußten immer sehr genau, was sie wollten, und sie konnten es auch zum Ausdruck bringen. Joachim und ich lernten bald, ihren Signalen zu vertrauen. Wenn sie einmal ein Problem hatten, war es auch ernst. Besonders Sabine war sich ihrer Bedürfnisse immer sehr bewußt gewesen.

»Schön war's«, sagte sie, als ich sie an diesem ersten Tag mittags abholte, und freute sich.

Im darauffolgenden Sommer, bevor die älteren Kinder in die Schule entlassen wurden, plante man im Kindergarten eine dreitägige Abschlußfahrt, mit Übernachtung in einer Jugendherberge. Sabine wollte mitfahren; Joachim und ich hatten Angst und Bedenken. Schließlich fuhr sie, allen Befürchtungen und Einschränkungen zum Trotz. Mit ihren Medikamenten und der Sauerstoffdusche im Gepäck.

Ein Abenteuer, schlechthin.

Doch alles verlief gut. Am Ende holten wir abends eine stolze, verdreckte und glückliche Sabine auf dem Platz vor dem Kindergarten ab. Joachim und ich waren dankbar über die Unterstützung der Erzieherinnen und froh, weil wir unserer Tochter diese Freude ermöglicht hatten.

Auch heute denke ich mit Freude, Zuneigung und Dankbarkeit an diesen Kindergarten zurück und an die beiden Frauen, die geholfen haben, Sabine ein möglichst alltägliches Leben leben zu lassen. Noch immer besitzen wir viele von den bunten Sternen, die Sabine in jener Zeit gebastelt hat. Ein Sternenband mit goldenen und silbernen Sternen mag ich besonders gern. Mir liegt daran, diese Dinge ab und zu hervorzuholen und auch hier über sie zu schreiben. Es sind Sachen, die wir anfassen können, und die uns nach Sabines Tod geblieben sind. Es ist stets mit einer leisen Traurigkeit verbunden, aber dennoch schön, solche Kleinigkeiten ab und zu in die Hände zu nehmen und in Gedanken bei Sabine zu verweilen.

Am letzten Tag vor der Entlassung schenkten uns die Kindergärtnerinnen zum Abschied eine Mappe mit Zeichnungen von Sabine. Erst später erfuhren wir, welche Bedeutung diese Bilder besaßen.

Nach Sabines Tod hörte ich im Radio einen Bericht über Zeichnungen schwerkranker Kinder. Es hieß, daß in ihren Bildern bestimmte Farben und Motive immer wieder auftauchten. Leider lief die Sendung schon, als ich einschaltete, und ich bekam nicht alles mit. Ich besorgte mir Bücher und begann zu lesen. Das Thema ließ mich nicht los. Sabine hatte immer leidenschaftlich und viel gemalt, und im letzten Jahr bevor sie starb, als sie nur noch liegen oder sitzen konnte, waren Basteln und Malen ihre Hauptbeschäftigungen gewesen. Wir hatten ihre Zeichnungen gesammelt und uns von keiner trennen wollen.

So entdeckten Joachim und ich in einer der vielen Schachteln, in denen Sabine ihre Kinderschätze aufbewahrte, ein Blatt Papier. Als wir es auseinanderfalteten, sahen wir, daß eine Seite mit Bleistift bekritzelt war; von der Rückseite schimmerte eine Zeichnung durch. Sie berührte uns wie ein Hauch aus einer anderen Welt. Leicht, schwebend, fast entrückt. Wir wissen nicht, wann Sabine dieses Bild gemalt hat. Es lag zuunterst in der Schachtel, ganz unscheinbar. Es kam uns vor wie ein kostbares Geschenk, das sie uns hinterlassen hatte; etwas Unvergängliches lag darin.

Das Bild zeigte ein Boot mit einer Figur darin. Der Himmel war mit blauem Buntstift energisch schraffiert, das Meer ebenfalls, ein paar Nuancen heller. Mit einem Bleistift hatte Sabine zusätzlich die Konturen der Wellen hineingezeichnet. In der Mitte des Bildes tanzte das türkisgrüne Boot wie eine Nußschale. Sein Heck krönte eine gelbe Quaste mit vier Zacken, die sich dem Schwung der Bootsform anpaßte. Die Figur im Boot war Quiesel, ein Wesen, das Sabine aus Schulbüchern kannte und sehr mochte. Quiesels Körper war lichtblau ausgemalt, er hatte einen frechen roten Schnabel, gelbe Haare und hielt ein schwarzes Ruder in der Hand. Das Boot schipperte von links nach rechts durch das Bild, die Spitze des Bugs leicht in den Himmel gereckt. Vier Vögel begleiteten es; zwei flogen voraus, zwei hinter dem Boot her. Die Vögel schienen gen Himmel zu fliegen, blieben aber irgendwo zwischen Himmel und Meer, zwischen den blauen Flächen am jeweils oberen und unteren Bildrand hängen. Es gab keine Verbindung zwischen Himmel und Erde.

Die Wellen, das Boot und Quiesel waren mit Bleistift vorgezeichnet und mit Buntstift ausgemalt, die Vögel nur mit Bleistift gemalt. Ich beschreibe diese Details so genau, weil sie große Bedeutung bekamen. Als ich ein Buch der Schweizer Psychologin Susan Bach las, erfuhr ich, daß es sich dabei um eine Art Symbolsprache handelte.

Susan Bach hatte sich bereits in den dreißiger Jahren mit Kinderzeichnungen beschäftigt und eine Methode erarbeitet, nach der sie spontan gemalte Bilder von schwerkranken und todkranken Kindern analysierte und deren Botschaften entschlüsselte. Es scheint, als wüßten diese Kinder um ihr Schicksal. Wenngleich es sich um ein unbewußtes Wissen handelt, das sich dort in den Zeichnungen ausdrückt.

Es dauerte eine Weile, bis ich das Buch durchgelesen hatte, denn es bestand aus zwei Bänden, war auf Englisch geschrieben und enthielt viele Fachwörter. Ich las über die Unterteilung der Bilder in vier Bereiche: So steht der Quadrant oben rechts für die Gegenwart, der unten rechts für die Zukunft. Dinge im linken unteren Teil weisen auf etwas hin, was passieren wird und was das Kind bedrückt. In die linke obere Ecke zeichnen laut Bach nur Kinder hinein, die ihre Krankheit nicht überleben werden.

Ich erfuhr, daß Vögel ein häufiges Motiv sind. Sie können als Symbol für die davonfliegende Seele oder als Bote zwischen Mensch und Gott gesehen werden. Sie stehen als Hinweis auf den Tod. Vögel scheinen eine Antwort auf die Frage zu geben, was geschieht, wenn der Mensch stirbt, denn sie fliegen davon, in Richtung Himmel oder Bildrand.

Ich lernte, Sabines Bilder zu lesen und zu interpretieren.

Sabines Vögel strebten dem Himmel entgegen. Zwei von ihnen schauten nach rechts, zum oberen Quadranten; sie wandten ihren Blick dem Leben zu. Einer der beiden anderen Vögel hat einen freundlichen Gesichtsausdruck. Doch waren alle Vögel farblos und durchsichtig. Schwarze Umrisse, gezeichnet mit Bleistift, ohne einen Hauch bunter Farbe. Ein Kind, das so malt, sei der Welt bereits entrückt, schrieb Bach, es fühle sich dem Tod näher als dem Leben.

Als ich diese Sätze las, mußte ich weinen. Sabine hatte gewußt, daß sie sterben würde. Sie hatte es uns mitgeteilt. Wir hatten es bloß nicht verstanden.

Je weiter ich mich durch das Buch arbeitete, desto mehr Hinweise entdeckte ich in Sabines Bildern. Da waren die vielen Blautöne, in zarten, hellen oder kräftigen, dunklen Schattierungen. Dunkelblau gilt von alters her als Farbe des Himmels, Hellblau als die des Wassers. In der bildenden Kunst wird Blau als die Farbe der Ferne bezeichnet. Klinisch gesehen stehe Blau für die verlorengehende körperliche Kraft, schreibt Susan

Bach. Es spiegele die schon entstandene geistige Distanz zum täglichen Leben wieder.

Auf dem Quiesel-Bild war Blau die dominierende Farbe. Das blaue Meer und der blaue Himmel; Luft und Wasser als die vorherrschenden Elemente. Luft bekam durch das akute Herzversagen eine zentrale Bedeutung in Sabines Leben. Die Luft zum Atmen war etwas, was sie seither bewußter wahrnahm als zuvor. Wasser war schon immer ihr Element gewesen. Als Säugling nahmen wir sie bereits mit ins Schwimmbad, und sie wurde eine richtige Wasserratte. Ein Dreivierteljahr nachdem ihre Krankheit diagnostiziert worden war, hatte sie so lange gebettelt, bis Joachim und ich nachgaben und mit ihr schwimmen gingen. Obwohl sie keine Kraft mehr hatte, ausgelassen herumzuplanschen, genoß sie es, im Wasser zu sein. Sie fühlte sich leichter. Ein simpler physikalischer Effekt, weil die Dichte des Wassers größer ist als die der Luft und minimal größer als unsere Körperdichte. Im letzten Jahr vor ihrem Tod bat Sabine oft, sich in die Badewanne legen zu dürfen. Ich sehe sie noch ausgestreckt liegen, sogar der Kopf zur Hälfte untergetaucht. Sie lächelte und fühlte sich wohl; erleichtert, im wörtlichsten Sinne. Alle Beschwerden wie ihr dicker, von Ödemen geschwollener Bauch oder die Schwierigkeiten beim Atmen waren im Wasser leichter auszuhalten.

Daß Quiesels Boot die Mitte des Bildes bildete, war ein Umstand, den Bach als Lebenswunsch interpretierte. Solange die Dinge, die das schwerkranke Kind zeichne, noch im Zentrum des Bildes angesiedelt seien, hänge es am irdischen Dasein. Je mehr es sich vom Leben verabschiede, desto mehr rücke alles an den Bildrand. Sabine hatte also unbewußt ihren Wunsch, am Leben teilzunehmen, ausgedrückt. Ihren Wunsch nach einem leichteren, unbeschwerteren Leben im Hier und Jetzt, denn die Spitze des Bootes stößt rechts oben in jenen Quadranten, der die Gegenwart markiert.

Das Bild spiegelte ein sehr konzentriertes Dasein im Moment wider. Gleichzeitig schwang etwas anderes mit: die nur mehr angedeuteten Vögel, die zum Himmel flogen; das Blau, das zudem im Quadranten rechts unten – dem, der für die Zukunft steht – an Intensität verlor; die sich von der Erde lösenden Bewegungen. Auch das Boot selbst hatte keinen Kontakt mehr zur Erde, es tanzte auf den Wellen.

Mein Mann und ich waren tief berührt, als wir entdeckten, welche Wünsche, welche Sehnsüchte und wieviel Erkenntnis in Sabines Bildern steckten.

Am bemerkenswertesten ist wohl, daß todkranke Kinder offenbar sogar wissen, wann sie sterben werden. Susan Bach hat dieses Phänomen in einer Serie von Bildern todkranker Kinder immer wieder entdeckt. Sie verschlüsseln ihr intuitives Wissen in Zahlen, Zahlen, die sich kontinuierlich in gemalten Details wiederholen. In der Zahl der Fenster eines Hauses oder der Blumen auf einem Beet. In der Zahl der Äpfel an einem Baum oder der Streifen auf der Mütze eines Hampelmanns. In der Zahl der Strahlen einer Sonne. Als ich an diese Stelle in Bachs Buch gelangte, hielt ich inne. Sonnen hatte Sabine häufig gemalt. Schau sie dir an, dachte ich; was siehst du, nachdem du weißt, wie du die Motive lesen mußt? Wieder zog ich die Schachteln mit Sabines Zeichnungen hervor und begann zu zählen. Die Strahlen der Sonne. Die Wolken am Himmel. Die Fische in einem Fluß. Oft waren es neun. Ich war erschlagen von dieser Deutlichkeit. Sabine starb kurz vor ihrem neunten Geburtstag.

Orange, so las ich bei Bach, gilt als die Farbe zwischen Leben und Tod. Eine tiefgelbe Sonne rechts oben symbolisiert Dauerhaftigkeit und Beständigkeit. Befindet sich die Sonne an einer anderen Stelle, kann das ein Zeichen für die schwindende Energie und die unsichere Lebenssituation des kranken Kindes sein. Später, als es Sabine schlechterging, und sie die meiste Zeit im Bett verbrachte, malte sie Sonnen, die zum unteren Bildrand absackten. Sie zeichnete tiefschwarze Wolken, die die Sonne verdeckten und bedrohlich im linken oberen Quadranten hingen. Manchmal ließ sie schwarze Tropfen aus diesen Wolken regnen. Sabine setzte sich entschlossen gegen die Bedrohung zur Wehr. Sie zeigte in ihrer Bildsprache, daß sie noch die nötige Kraft besaß und den Willen, sich dem Leben zuzuwenden. Erst spät veränderten sich ihre Bilder, sie wurden hell und durchscheinend, so wie sie selbst an Stärke und Energie verlor.

Ein anderes Bild fiel mir ein. Ein kleines Zettelchen, das ich in mein Notizheft klebte, nachdem Sabine es mir geschenkt hatte. Ein Mädchen von kräftiger Statur, in einem roten Kleid und grünen Schuhen. Es streckte seine Arme zur Seite aus und hielt ein blaues Springseil in den Händen. Unten stand das Mädchen mit beiden Beinen auf der Erde, oben schwang das Seil über seinem Kopf. Rechts oben leuchtete eine Sonne mit freundlichem Gesicht. Damals hatte ich mich gefreut und gedacht, es sei ein fröhliches Bild, voll Lebensfreude. Dann stieß mir auf, daß Sabine überhaupt nicht seilspringen durfte. Sie drückte also ihren Wunsch aus, es zu können. Diese Erkenntnis hatte mich wehmütig gemacht.

Jetzt gingen mir die Augen auf. Ich sah das blaue Seil: Sabine hatte noch Verbindung zur Erde, doch war sie dem Himmel bereits genauso nah. Sie stieß bereits an ihre Grenzen. Ein Blick auf die Sonne genügte; sie hatte neun Strahlen. Neun Zacken, die das lachende gelbe Gesicht umgaben.

Ich war blind gewesen, damals. Ich hatte es nicht besser gewußt.

Schwerkranke und todkranke Kinder signalisieren mit ihren Zeichnungen, daß sie wissen, wie es um sie steht. Ihre Symbolsprache ist ein Hilfsmittel. Anders können sie ihr Wissen nicht ausdrücken. Sterbende Kinder äußern sich nur ganz selten in Worten. Intuitiv suchen sie andere Wege, sich mitzuteilen. Gesten, Symbole, Bilder. Sie äußern sich indirekt. Aber sie möchten, daß wir mit ihnen sprechen und ihnen auch nichts vormachen, sondern sie annehmen, wie sie sind. Ihre Zeichnungen sind Aufforderungen, mit ihnen zu reden, denn die Kinder wissen, wie es um sie steht. Sie geben Signale, die uns, wenn wir sie verstehen, zeigen, wie weit das Kind in seinem Verständnis und in seinem Wissen um sich selbst ist. Eltern, die solche Botschaften zu entschlüsseln wissen, können ihren Kindern eine Brücke bauen und der Sprachlosigkeit etwas entgegensetzen.

9

»Sabine ist unser Wunderkind.« Professor Neff war beeindruckt. »Es ist wirklich bemerkenswert, wie du dich entwickelst, trotz deiner Krankheit.« Er nahm sein Stethoskop ab, mit dem er Sabines Brust abgehört hatte, wickelte es zusammen und steckte es in die Tasche seines Kittels. Sabine rutschte vom Untersuchungstisch und schlüpfte in ihren Pullover.

»Ihre Tochter hat eine unglaubliche Energie. Ich staune immer wieder.«

»Ich auch, wenn ich ehrlich bin«, entfuhr es mir. Der Professor lächelte, entgegen seiner Gewohnheit, und ging hinüber zu einem Schrank mit Medikamenten. Ich half Sabine in ihre Jacke.

»Vielleicht verstehen Sie mich heute besser als damals, Frau Sander«, sagte er, während er nach etwas suchte. »Ich äußere mich Eltern gegenüber grundsätzlich zurückhaltend. Wie Krankheit und Heilung verlaufen, hängt auch von der Persönlichkeit eines Patienten ab, das kann man nie genau vorhersagen. Das hat die Erfahrung mich gelehrt.« Professor Neff schloß die Schranktür. In der Hand hielt er ein Fläschchen mit Sabines Tropfen. »Ich will keine zu großen Hoffnungen wecken. Wenn Eltern fragen, tendiere ich eher dazu, auf alle möglichen Probleme hinzuweisen, als daß ich etwas beschönige. Wenn ich Hoffnungen mache, und es einem Kind plötzlich schlechtergeht, fallen die meisten ins Bodenlose. Ich finde es unverantwortlich, in einer so schwierigen Situation Hoffnungen zu wecken, die vielleicht nicht haltbar sind.« Er sah Sabine an, die fix und fertig angezogen neben der Liege stand. »Mir ist es lieber, alle sind überrascht, wenn es einem Kind auf einmal bessergeht, als man es erwartet hat.« Er reichte mir das Fläschchen.

Dankbar nahm ich es entgegen. Meine Vermutung, Professor Neff würde uns aus Wissenschaftlerneugier helfen, die Tropfen zu bekommen, hatte ich aufgegeben. Er schien frei von solchem Ehrgeiz. Ich dachte vielmehr, daß er spürte, daß Sabine nicht bereit war zu sterben und sich in die Pflicht genommen fühlte. Was er jetzt sagte, rückte allerdings einiges andere zurecht. Ich hatte Professor Neff anfangs für seine schonungslose Direktheit und seine mangelnde Sensibilität gehaßt. Mit der Zeit merkte ich, daß er sich hinter seiner kalten Art versteckte. Vielleicht half es ihm zu verkraften, daß um ihn herum häufig Kinder starben. Jedenfalls machte es ihn mir sympathisch, wie er so neben Sabine stand und ihr mit einer flüchtigen Bewegung über den Rücken strich.

Sabine hatte sich in der Tat gemausert. Die Tropfen wirkten unvermindert. Die Narbe von der Lungenbiopsie, ihr fünfzehn Zentimeter langer »Rallyestreifen« zwischen Brustwarze und rechter Achsel, war längst gut verheilt.

»Meinen Sie, Professor, Sabine kann im Herbst eingeschult werden? Es ist ihr größter Wunsch.« Sabine sah ihn gespannt an. Der Arzt Neff überlegte einen Moment. Er war pragmatisch in seinen Ratschlägen, lebensnah, klug und klar. Als Sabine vor einer Weile bettelte, ins Schwimmbad zu dürfen, hatte ich ihn ebenfalls um Rat gebeten. »Gehen Sie ruhig«, hatte er gesagt und meine Unsicherheit und Zweifel ausgeräumt.

»Ich denke, sie sollte es versuchen. Sprechen Sie mit dem Rektor der Grundschule in Ihrer Gegend.«

Daraufhin vereinbarte ich einen Termin an der Schule, die Sabines Kindergarten angegliedert war. Joachim und ich hatten uns für sie entschieden, weil dort auch viele von Sabines Freunden eingeschult würden. Zudem bemühte man sich im Rahmen eines Modellversuchs besonders um die Integration behinderter Kinder. Weil Joachim auf Klassenreise war, fuhr ich allein mit den Kindern zu dem verabredeten Gespräch. Ich war optimistisch.

Als wir bei der Schule ankamen, war Sebastian auf dem Rücksitz eingeschlafen. Er ließ sich nicht wecken, also deckte ich ihn mit einer Decke zu und ging mit Sabine und Charly in das Schulgebäude.

In einem leeren Klassenzimmer saßen wir vier Lehrern gegenüber. Ich begann, ihnen von Sabines Krankheit zu erzählen und von den Konsequenzen, die sich im täglichen Leben ergaben. Alle hörten aufmerksam zu. Ab und zu stellte einer eine Frage. Ein dunkelhaariger Mann machte sich Notizen. Als ich geendet hatte, herrschte einen Moment lang Schweigen. Die Atmosphäre war wie bei einer Prüfung. Schlimmer noch, denn es ging um meine Tochter, die dabei saß und verfolgte, wie über sie beraten wurde. Schließlich räusperte sich ein älterer, schmallippiger Herr.

»Selbstverständlich können wir Sabine bei uns aufnehmen.« Ich sah, wie ein Lächeln über Sabines Gesicht ging. »Sie müßten uns nur noch ein Formular unterschreiben.« Sein Kollege, der sich Notizen gemacht hatte, blätterte in einer Mappe, die auf dem Tisch lag.

»Damit wir für Ihre Tochter ein Sonderschulaufnahmeverfahren einleiten können«, fügte der Schmallippige, noch hinzu.

»Was bitte soll ich unterschreiben?«

»Sehen Sie, Frau Sander, es ist so: In einigen unserer Klassen unterrichtet ein Lehrer die Kinder, während eine zweite Kraft, ein Sonderschulpädagoge, sich um die besonderen Belange der Kinder kümmert. Damit wir Sabine in eine solche Klasse einteilen können, brauchen wir ein Formular, das ihren Sonderschulstatus ausweist.«

»Ich verstehe immer noch nicht. Meine Tochter ist geistig durchaus in der Lage, einem Unterricht zu folgen. Sie ist manchmal ein bißchen konzentrationsschwach, das liegt an der Krankheit. Aber sie ist neugierig und ganz wild darauf, in die Schule zu gehen. Was sie braucht, ist ein gewisses Entgegenkommen. Sie ist körperlich weniger belastbar als andere Kinder, kann keinen Sport treiben und braucht in den Pausen vielleicht etwas Schutz. Aber rechtfertigt das einen Sonderschulstatus?« Professor Neff hatte ausdrücklich betont, daß Sabine nicht in eine Behindertenschule müsse. Seiner Ansicht nach sollten wir sie nicht in eine Sonderrolle zwängen.

»Es tut mir leid, aber ohne den erklärten Sonderschulstatus können wir Sabine nicht aufnehmen.«

Das Gespräch war bald danach beendet. Mit einem Kloß im Hals verließ ich die Schule.

»Die waren aber doof«, war Sabines knapper Kommentar.

Abends telefonierte ich mit meinem Mann.

»Was bedeutet das für Sabines Zukunft, wenn wir sie jetzt zum Sonderschulfall abstempeln?«

Joachim war empört. »Ich finde es eine ziemliche Unverschämtheit, was die verlangen.« Nun regte sich auch in mir Wut. Immerhin war Joachim selbst Lehrer, er konnte die Situation beurteilen, besser als ich.

»Sabine ist nicht blöd!« schimpfte Joachim. »Sie ist krank und kann körperlich nicht mit anderen Kindern mithalten. Aber geistig ist sie ein ganz normal entwickeltes Kind.«

»Ich finde, sie ist sogar überdurchschnittlich intelligent.«

»Ich werde einen Termin mit dem Rektor an der Schule bei uns im Viertel verabreden«, sagte Joachim. »Das ist eine reguläre Schule, aber wer weiß, vielleicht denkt man dort integrativer.«

Ich war einverstanden. Ein weiteres Gespräch würde vielleicht Klarheit bringen und uns die Entscheidung erleichtern. Ich konnte nicht ermessen, ob eine Einstufung als Sonderschülerin Sabine eher schaden oder nützen würde. Vielleicht würde sie eines Tages doch eine weiterführende Schule besuchen können, was dann? Ich wollte unbedingt vermeiden, daß man ihr ein Etikett aufdrückte, das sie vielleicht nicht mehr los würde.

Das Gespräch an der anderen Schule sollte in der Woche nach Ostern stattfinden. Vorher machten wir Ferien auf Borkum.

Alle freuten sich auf diesen Urlaub. Sabine und Sebastian kannten die Insel von einem früheren Aufenthalt mit Tom, Mia und meiner Freundin Anne. Für Joachim und mich war sie bereits seit 1970 ein Stück gemeinsame Heimat. Nur Charly war noch nie am Meer gewesen und neugierig. Auch hierzu hatte ich Professor Neff befragt; und wieder hatte er keinerlei Bedenken gehabt. Im Gegenteil, es würde der ganzen Familie guttun, einmal zu verreisen. »Erholen Sie sich«, sagte er. »Vielleicht stärkt das Nordseeklima auch Sabines Abwehrkräfte.«

Wir quartierten uns in einem Häuschen ein, nicht weit

vom Strand. Das Wetter war typisch für den Frühling auf der Insel – windig und abwechselnd wolkig und sonnig. Jeden Tag luden wir Spielsachen, Eimer, Schaufeln, Proviant und Decken in unseren hölzernen Bollerwagen und marschierten los. Wir bauten Sandburgen, suchten Muscheln und gingen spazieren. Wenn Sabine die Kräfte verließen, setzten wir sie in den Leiterwagen.

Nachmittags hockten meist alle drei Kinder darin, müde und mit vom Wind geröteten Wangen. Oft machten wir einen kurzen Umweg über den Spielplatz; einmal rutschen, einmal schaukeln, dann ging es zurück zum Haus.

Später kamen alle drei Kinder in die Küche und halfen Joachim und mir beim Kochen. Eifrig rührten sie Pfannkuchenteig oder Quarkspeise. Die frische Luft tat ihnen gut. Sebastian, Charly und sogar Sabine aßen mit großem Appetit. Mein Mann und ich freuten uns über verschmierte Kindermünder und leergeputzte Teller. Sabines Kopfschmerzen ließen nach, und bald waren sie ganz verschwunden; ebenso die gelegentlichen Schwindelanfälle.

Abends spielten wir gemeinsam oder malten oder saßen beisammen und erzählten Geschichten. Nachdem wir im Kurhaus ein Kasperletheaterstück gesehen hatten, knieten sich Sebastian und Sabine hinter ihre Betten, hängten die Seitenteile mit Decken ab und gaben für Joachim, Charly und mich eine Vorstellung. Charly schlief meist bald ein.

Sie war inzwischen 17 Monate alt, ein in sich ruhendes, selbstbewußtes Kind mit rundem Gesicht und großen Augen, ähnlich denen von Sabine. Sie liebte Musik. Charly konnte pfeifen, lange bevor sie sprechen lernte. Sie war energisch und wollte überall dabei sein. Zielstrebig lief sie hinterher, wenn ihre großen Geschwister spielen gingen. Wenn Sebastian und Sabine mit Fingerfarben malten, gab Charly nicht eher Ruhe, als bis man sie mit an den Tisch setzte. Am Ende hatte sie genauso bunt verschmierte Finger und Wangen wie Sebastian und Sabine.

Das Meer zog Charly magisch an. Mit ihrem Eimerchen in der Hand lief sie bei Ebbe durchs Watt, die Kapuze tief ins Gesicht gezogen, den Blick selbstvergessen auf die kleine Wellen gerichtet, die sich um ihre Gummistiefel kräuselten. Manchmal konnte sie sich kaum losreißen.

In diesen Tagen hätte unser Familienleben kaum schöner sein können.

Eine Woche nach unserer Ankunft gingen wir vormittags nach dem Frühstück gemeinsam ins Meerwasserwellenbad. Es war ein sehr schön angelegtes Bad, eine große Halle mit vielen Fenstern, durch die man über die Dünen hinweg auf die Brandung der Nordsee sehen konnte. Überall standen Pflanzen, Ruhesessel und Liegen. In einer Ecke hatte man im Fußboden ein großes Schach- und Mühlespiel eingelassen. Das Zentrum bildete ein 50 Meter langes Becken. Dahinter lag ein großer Nichtschwimmerbereich, an den Seiten flach auslaufend, dem Strand nachempfunden.

Joachim blies drei Paar Schwimmflügel auf und zog sie den Kindern über die Arme. Ich ging zum Bademeister. Mir war immer wohler, wenn die Menschen in unserer Umgebung wußten, daß wir ein herzkrankes Kind unter uns hatten. Ich sah, daß im angrenzenden Sanitätsraum eine Sauerstoffflasche stand; und irgendwie beruhigte mich das.

Als ich zurückkam, nahmen Sabine und Sebastian gerade ihre kleine Schwester in die Mitte und stiegen mit ihr ins Nichtschwimmerbecken. Joachim und ich setzten uns zu ihnen ins seichte Wasser. Alle dreißig Minuten wurde die Wellenmaschine eingeschaltet, und es war gerade wieder so weit. Die auslaufenden Wellen umspülten sanft unsere Füße.

»Mir ist zu kalt«, maulte Sebastian.

»Ich friere auch«, sagte Joachim. So waren die beiden, richtig wohl fühlten sie sich erst, wenn es für Charly, Sabine und mich längst zu warm war. Wir ließen die zwei am Beckenrand zurück.

Sabine stand schon bis zum Bauch im Wasser. Charly hielt sich an meiner Hand fest und jauchzte über jede kleine Welle. Zu dritt stapften wir weiter. Ab und zu legte Sabine sich auf den Bauch und ließ sich treiben. Charly versuchte, es ihr nachzumachen, doch schon die erste Welle spritzte ihr mitten ins Gesicht. Sie knatschte ein wenig und wollte zurück. Das Bad war nicht sehr voll, und sie sah Joachim und Sebastian am Beckenrand stehen und wollte zurück. Wir steuerten auf die beiden zu. Sabine robbte durchs Wasser und genoß es. Sie war permanent in Bewegung, saß, watete und sprang sogar durch die Wellen.

Dann brach sie plötzlich zusammen.

Geistesgegenwärtig fing Joachim Sabine auf, bevor sie ins Wasser sank. Sie hatte das Bewußtsein verloren. Mit einem Satz sprang er aus dem Becken und lief mit Sabine auf dem Arm zum Bademeisterhäuschen. Ich rannte hinterher. Als der Bademeister uns kommen sah, verschwand er. Im nächsten Moment tauchte er wieder auf, eine Beatmungsmaske in der Hand. Joachim legte Sabine auf die Liege, und der Bademeister drückte ihr die Maske auf das Gesicht. Sabine lag reglos da.

»Sabine! Sabine, hörst du mich?«

»Wach auf, kleine Maus!«

Mich packte die blanke Angst. Ich war nicht panisch.

Wie immer wußte ich genau, was ich zu tun hatte. Doch ich hatte unglaubliche Angst. Ich spürte nichts anderes. Längst war die permanente Furcht um Sabine Teil unseres Lebens geworden. Doch trat sie immer mehr in den Hintergrund, je länger die Tropfen ihre angekündigte Wirkung zeigten, je weiter die ambulanten Termine wegrückten, je geregelter wir zu Hause lebten. Nun war sie schlagartig zurückgekehrt, drängte nach vorne und füllte alles aus.

Einen Augenblick später schlug Sabine die Augen auf. Der Bademeister atmete tief durch. Die Erleichterung war ihm ins Gesicht geschrieben. Auch Joachim und ich atmeten auf. Im nächsten Moment lief mein Mann wie in einem Reflex hinaus, um nach Sebastian und Charly zu sehen, die erschrocken im Becken standen. Ich blieb bei Sabine. Diese Aufgabenteilung war zu einem Mechanismus geworden. In diesem Moment zeigte sich ganz deutlich, mit welcher Selbstverständlichkeit er funktionierte.

»Möchtest du was trinken, Kleine?« fragte der Bademeister. Mitfühlend sah er Sabine an. Sabine nickte. Sie rutschte von der Liege und setzte sich auf meinen Schoß. Ich zog sie an mich und umarmte sie.

Als der Bademeister mit einem Glas Wasser zurückkam, bemerkte er die Narbe auf Sabines Brust.

»Na, du hast ja auch schon eine große Operation hinter dich gebracht, was?« Sabine nickte und nippte an dem Glas.

»Vor sieben Monaten hat man bei Sabine eine Lungenbiopsie gemacht. Sie hat eine sehr seltene Lungen-Herz-Krankheit.«

»Es war schon klug, daß Sie vorhin hier waren und mich vorgewarnt haben.«

»Obwohl es mir lieber gewesen wäre, wenn wir Ihre

Hilfe nicht gebraucht hätten.« Er grinste. Er war einer von diesen Norddeutschen, die so schnell nichts aus der Ruhe brachte.

»Wie kommt es, daß Sie hier medizinischem Sauerstoff haben? Für uns war das ja ein Glück, aber brauchen Sie den öfter?«

»Bislang nicht. Aber wir sind ein Kurbad. Wir haben viele kranke und gebrechliche Badegäste. Da muß man eben ausgerüstet sein.« Er sah Sabine an und grinste wieder. »Für ein Kind haben wir das Ding aber noch nie anwerfen müssen.«

Wir blieben noch eine Weile im Sanitätsraum, bis Sabine sich erholt hatte.

»Na, dann viel Glück, Kleine«, grinste der Bademeister ein letztes Mal, als wir uns verabschiedeten.

»Bist du sicher, daß es dir wieder gutgeht?« Skeptisch sah ich Sabine an. »Wirklich?«

»Ja, Mama.« Wir gingen zurück zu dem flachen Becken, wo Joachim Sebastian und Charly mit dem Badetuch trockenrubbelte. Sabine sah noch blaß aus und fror. Ich wickelte sie in ihren Bademantel und legte ihr ein großes Frottiertuch um die Schultern.

»Komm, meine süße Maus«, mit einem Griff hatte Joachim Sabine hochgehoben und setzte sie auf seine Schultern. »Wir schauen uns jetzt mal ein bißchen hier um.«

»Ich will auch mit!« rief Sebastian. Ich zog ihm schnell einen Bademantel an, und dann trabten die drei los.

Ich legte mich mit Charly auf einem Liegestuhl. Die Worte des Bademeisters klangen noch nach in meinem Kopf. Glück – das konnten wir brauchen. Alles war so schön gewesen, so normal. Nun hatte sich die Krankheit mit einem Schlag wieder zurückgemeldet. Mir saß der Schreck noch in den Gliedern. Ich machte mir Vorwürfe. Sabine hatte sich überfordert. Wir hatten ihre Kräfte nicht richtig eingeschätzt, hatten zugelassen, daß sie sich verausgabte. Die Quittung kam umgehend; ihr Körper versagte unter der Belastung.

Es war eine ständige Gratwanderung. Was konnten wir ihr erlauben, wann mußten wir einschreiten, welche Unternehmungen besser verbieten? Bewegung ist doch wichtig für Kinder. Was sollte aus ihr werden, wenn wir alles verbaten? Würde Sabine nicht traurig werden und die anderen Kinder beneiden, die herumlaufen konnten, uneingeschränkt, so frei, wie sie es wollten? Wie traurig war sie bereits? Wie sehr beherrschte sie sich, um uns nicht zu ängstigen?

Mit voller Wucht hatte uns die Realität erwischt. Der Kontrast war brutal, deswegen empfand ich die Situation als besonders bitter: eben noch unbeschwerte Urlaubsstimmung, im nächsten Moment diese plötzliche Bewußtlosigkeit. Es kam mir vor wie ein Wink, ein Zeichen, daß wir noch mit einigem zu rechnen hätten. Meine Freude war weg. Zurück blieb dumpfe Niedergeschlagenheit.

Sabine muß es ähnlich gegangen sein. Auch sie hatte sich tragen lassen von ihrer Ferienlaune. Nun war sie verunsichert; mehr als je zuvor. Sie war bedrückt, weil sie, wie wir, gehofft hatte, die plötzlichen Aussetzer hätten ein Ende.

»Meinst du, daß auch das Klima an Sabines Schwächeanfall schuld ist?« fragte ich Joachim am Abend, als wir allein waren.

»Sabines Körper hat hier eine ganze Menge zu verkraften: das Klima, die ganze Umstellung. Selbst der Besuch im Schwimmbad war etwas Besonderes. Sie hat sich gefreut, sie war aufgeregt. Ich denke, das hat alles zusammengewirkt.« Es beruhigte mich, daß Joachim die

Dinge so nüchtern betrachtete. Er schien sich keine Vorwürfe zu machen.

»Du hast doch auch gemerkt, daß die Tropfen heute abend gewirkt haben wie immer. Die Haut wurde rosig, wie der Professor es gesagt hat. Ich glaube, es besteht kein Grund zur Sorge.«

»Du meinst also, wir sollten bleiben?« Zu Hause war immerhin die Klinik in der Nähe, die Ärzte, die wir kannten.

»Laß uns Sabine aufmerksam beobachten und abwarten. Wenn wir jetzt abfahren, kann das Klima nicht das bewirken, was es vielleicht könnte. Und wir wollen doch, daß Sabine kräftiger wird.« Er hatte recht. Außerdem wären die Kinder traurig und enttäuscht gewesen, wenn wir jetzt heimgefahren wären. Sabine hätte sich besonders unwohl gefühlt, sie hätte gedacht, daß sie dafür verantwortlich sei, daß alle eher aus den Ferien heimkehren mußten. Ich wollte nicht, daß sie sich schuldig fühlte. Und was sollten die Ärzte daheim auch tun?

Einen Arzt gab es hier schließlich auch. Ich hatte ihn gleich nach unserer Anreise aufgesucht. Er wohnte in der selben Straße, nur zehn Häuser weiter. In seiner Praxis ließen sich Kurgäste Packungen und Massagen verschreiben. Wer sich erkältete, in eine Scherbe getreten war oder sich im Urlaub das Bein brach, wurde ebenfalls von ihm versorgt. Ein Krankenhaus gab es nicht auf der Insel, dafür aber einen Hubschrauber, der Patienten im Notfall ans Festland flog. Der Landeplatz lag ganz in der Nähe unseres Hauses. Sebastian, Sabine und Charly waren schwer beeindruckt davon und malten Bilder von dem Helikopter. Jedesmal, wenn das Geräusch der Rotorblätter zu hören war, rannten sie zum Fenster und verfolgten das Spektakel.

Sebastian hätte es fast noch geschafft, mitzufliegen.

Ein paar Tage vor unserer Abreise wurde er krank und bekam Fieber. Der Arzt erwog bereits, die Rettungsstation anrufen, falls das Fieber über Nacht nicht zurückginge. Joachim und ich überlegten, wer den Jungen ins Krankenhaus begleiten würde.

»Der Gerechtigkeit halber müßte ich Sebastian begleiten. Ich glaube, er wäre enttäuscht, wenn ich seine Schwester in die Klinik begleite, aber ihn nicht.« Joachim seufzte. Ich fing an, mein Köfferchen zu packen. »Obwohl es mir sehr schwer fällt, Sabine, Charly und dich allein zu lassen.«

»Ich gebe Sebastian jetzt nochmal etwas von dem Medikament und mache ihm einen frischen Wickel. Dann laß uns die Nacht abwarten und morgen weitersehen.«

Als ich am nächsten Morgen aufwachte, hörte ich Stimmen im Garten. Ich ging zum Fenster. Draußen ritt Joachim huckepack mit Sebastian durchs Gras. Ich zog mich an und lief hinunter.

»Ich bin wieder gesund, Mama.«

»Wir waren schon beim Arzt. Es ist alles wieder okay.«

Den Jungen hatte der sogenannte Borkumkoller gepackt; so nannten es die Insulaner, wenn Touristen sich an das fremde Klima gewöhnen mußten. Bei Sebastian kam der Koller allerdings ein bißchen spät, beinahe pünktlich zur Abreise.

Daß er nun doch nicht mit dem Hubschrauber fliegen konnte, wurmte ihn allerdings.

10

Die sechzehn Monate, die nun folgten, empfinde ich im nachhinein als eine Art Zwischenzeit. Eine Zeit der Vorbereitung auf das, was kommen sollte.

Unser Alltag entwickelte sich auf eine Art, die charakteristisch ist für das Leben von Familien mit kranken oder behinderten Kindern. Sabine und ihre Krankheit standen im Zentrum aller Aufmerksamkeit, die Bedürfnisse der anderen wurden drumherum organisiert. Im Rahmen der Möglichkeiten versuchten wir, die Tage so normal wie möglich zu gestalten. Wir wollten unkompliziert und fröhlich leben, und die Wünsche und Bedürfnisse der einzelnen Familienmitglieder so weit möglich und verantwortbar berücksichtigen.

Sabine ging es nach dem Aufenthalt an der Nordsee zusehends besser. Es schien, als könne sie das tägliche Leben leichter bewältigen. Im Mai, als wir wieder zu einer ambulanten Kontrolluntersuchung ins Krankenhaus fuhren, sagte Professor Neff:

»Ihre Tochter paßt sich geschickt ihrer Leistungsfähigkeit an.«

»Wie meinen Sie das?«

»Sie scheint ihre Grenzen gut zu spüren und überschreitet sie nicht.«

»Stimmt.« Aus seinem Mund klang es dennoch wie ein großes Lob. Immerhin war Sabine erst sechs Jahre alt. Doch die Kraft und die innere Größe, über die sie verfügte, erstaunten auch meinen Mann und mich immer wieder.

Seit einem Dreivierteljahr lebte unsere Tochter jetzt mit den Tropfen. Sabine ging weiter in den Kindergarten und traf ihre Freunde; Sebastian ebenfalls, und Charly hatten wir in einer Krabbelgruppe untergebracht. Auch sie brauchte Kontakt zu Gleichaltrigen. Manchmal schaffte ich es kaum, alle Kinder gleichzeitig und rechtzeitig zu ihren Verabredungen zu fahren beziehungsweise sie wieder abzuholen, und mußte ein Taxi rufen. Charly erinnert sich heute noch an den Mann, der sie öfter in die Krabbelgruppe fuhr. Sie saß im Fond und streckte ihm die Zunge raus.

»Eigentlich war der Taxifahrer sehr nett, aber ich saß da und wußte nicht, wie ich mich verhalten sollte. Wenn Basti dabei war, war es nicht so schlimm, aber allein habe ich mich irgendwie geschämt.«

Der Taxifahrer war in der Tat eine Seele von Mensch. Einmal hat er uns geradezu gerettet. So lernten wir ihn überhaupt kennen.

An einem verschneiten Tag im Winter waren Joachim und ich mit allen drei Kindern auf dem Weg zum Arzt, als plötzlich der Motor unseres Autos versagte. Er machte einfach keinen Mucks mehr. Es war kalt. Ich hatte nicht viel Sinn für die Schönheit der verschneiten Landschaft und die gedämpfte, ruhige Stimmung. Anfangs waren wir noch zuversichtlich. Immerhin waren wir mitten in einem Wohngebiet liegengeblieben. Doch die nächstgelegene Telefonzelle war kaputt, und in den Häusern öffnete niemand. Ein Mann öffnete, schlug aber im nächsten Moment die Tür vor unserer Nase zu. So etwas hatte ich noch nicht erlebt.

Zur nächsten Bushaltestelle vorzulaufen, war unmöglich. Sabine konnte kaum gehen, und Charlys Kinderwagen versank im hohen Schnee. Ich hatte Angst, die Kinder würden sich erkälten, besonders Sabine. Kein einziges Auto fuhr vorbei. Es war abenteuerlich. Unwirklich.

Da hörten wir ein Motorengeräusch. Es war ein Taxi. Der Fahrer lud die Kinder ein, ich verstaute das Gepäck. Joachim kümmerte sich um den Wagen, und die Kinder und ich fuhren weiter zum Arzt.

Seither rief ich ihn manchmal. Der Taxifahrer hatte selbst zwei Kinder. Er kannte unsere Lage und konnte unsere Sorgen verstehen. Manchmal war er mein Rettungsanker. Ob er weiß, wie sehr er uns manchmal geholfen hat?

Joachim ging mehr und mehr in seiner Arbeit auf. Wenn er aus der Schule kam, verbrachte er Stunden am Schreibtisch. Trotzdem sprachen wir uns ab und versuchten einander kleine Auszeiten zu ermöglichen. Ein Treffen mit Kollegen, Schulveranstaltungen, Abendtermine. Ich las sehr viel. In der wenigen freien Zeit, die ihm blieb, baute Joachim das Dachgeschoß in unserem Haus aus oder legte im Garten Blumenbeete und einen Teich an. Dabei halfen ihm ein paar von seinen Schülern; vor allem Robert war häufig bei uns. Er besucht uns heute noch manchmal. Antje und Michael kamen ebenfalls regelmäßig vorbei.

Es war auch die Zeit, in der meine Großmutter uns besuchte. Sie war schon 80 Jahre und lebte in der Steiermark, in meinem Geburtsort. Ab und zu hatten wir sie dort besucht, meist schrieben wir uns Briefe. Nun kam sie zum ersten Mal nach Sabines Erkrankung zu uns. Die Kinder freuten sich, denn sie liebten ihre Uroma. Uromi wußte sehr gut mit den dreien umzugehen, auch mit der kranken Sabine.

Meine Großmutter war erschüttert gewesen, als ich

ihr beschrieben hatte, wie es um Sabine stand. Doch bewahrte sie ihren Mut und ihre Zuversicht und steckte uns immer wieder damit an. Stundenlang saß sie mit Sebastian, Sabine und Charly zusammen, erzählte Geschichten, malte oder spielte mit ihnen. Sabine brachte sie das Stricken bei, und es dauerte nicht lange, da fabrizierte unsere Älteste das erste kleine Wollungetüm und schenkte es ihrem Vater. Im Frühjahr säten sie gemeinsam Sonnenblumen im Garten.

Abends saßen alle drei Kinder frisch gebadet und in ihren Schlafanzügen bei Uroma auf dem Sofa. Sie alberten herum, schnitten Grimassen, verdrehten die Augen, spielten Fingerspiele und lachten sich kaputt. Meine Großmutter war für jeden Spaß zu haben, und die Kinder genossen es. Sie spürten Uromis Liebe. Uroma schaffte es immer wieder, daß Sebastian, Sabine und Charly zufrieden und glücklich in ihre Betten krochen.

Uroma war geduldig und liebevoll und wurde stets allen gerecht. Kein Kind kam bei ihr zu kurz. Die Tage mit ihr verliefen ruhig und friedlich, selten gab es Streit. Nur Sebastian war schwierig. Er ließ sich ungern bei etwas helfen. Und wenn, dann höchstens von mir. Seit wir aus dem Krankenhaus zurück waren, forderte er bei allem energisch: »Nein, Mama macht!«

Wollte Uromi ihm die Schuhe zubinden oder eine Jacke anziehen, ihm die Haare kämmen oder seine Spielsachen holen, schimpfte er durch das ganze Haus.

»Mama macht!« schleuderte er meiner Großmutter manchmal richtig wütend entgegen. Anfangs fühlte sie sich zurückgestoßen und verstand Sebastians Verhalten nicht. Sie mochte den Kleinen sehr gern.

»Das wird amol a schön'r Buab!« sagte sie oft.

»Wie kommst du darauf, er ist doch noch so klein?«

»Die verrotzten Kinder san nachher amol die schönsten.« Ich lachte, doch sie meinte es ernst.

Sebastian forderte uns viel Geduld ab. Er ärgerte sich ständig über etwas. Über seine Legosteine, die Autos, über uns. War etwas nicht, wie er es sich wünschte, verlor er die Beherrschung. Er begann wild zu schluchzen und zu weinen, warf sich hin und tobte. War der Anfall vorüber, hörten wir Sabines empörte Stimme: »Dem Basti hängt die Rotze bis zum Knie, und er läßt sie sich nicht wegmachen.«

Meine Großmutter mußte erst lernen, sich in Sebastians Situation hineinzuversetzen, um seine Angst verstehen zu können und das Gefühl, weniger wichtig zu sein als seine Schwestern. Doch bald wußte sie auch mit seinen Ausbrüchen umzugehen. Sie stellte sich auf die kleinen Marotten der Kinder ein. Als unser Sohn eines Tages beim Spielen wieder wütend wurde und sich gerade auf den Teppich fallen lassen wollte, kam Uromi ihm zuvor. Sie ahmte Sebastians Geschrei nach, und alle waren perplex. Der Junge verstummte. Es muß ihn nachhaltig beeindruckt haben, denn fortan fanden solche Szenen nicht mehr statt.

Heute amüsiert sich Sebastian über manche Anekdote mit Uromi, beispielsweise über die um ihre Brille.

»Kinder, wo is' mei Brüll'n? Basti, weißt, wo mei Brüll'n is?«

»Ja, Uromi, auf deinem Kopf.«

»Jo, geh.« Die Kinder lachten. Und Uroma auch.

Manchmal konnte meine Großmutter stur sein. Was und wieviel gegessen wurde, wie man saubermachte oder bügelte, da hatte sie ihre festen Vorstellungen. Ich ärgerte mich, doch hielt der Groll nie lange an. Ich fühlte mich in ihrem Beisein ruhiger und sicherer. Sie war mir eine Stütze. Sie half bei der Wäsche und im Garten, sie wußte, wie die Medikamente gegeben werden mußten. Sabine hatte es ihr gezeigt, und Joachim und ich hatten sie auf die Farbveränderungen der Haut hingewiesen. Das einzige, was Uroma nicht konnte, war, die Tropfen abzuzählen, ihre Augen waren bereits zu schlecht. Also übernahm Sabine die exakte Dosierung. Auch mit der Sauerstoffmaske wußte Uroma bald umzugehen. Ich konnte mich auf die beiden verlassen. Ich konnte sogar aus dem Haus gehen und einen Einkaufsbummel machen oder eine Freundin besuchen.

Meine Großmutter war der erste Mensch, der mir ein bißchen von meiner Last abnahm. Sie ist nie eine gebildete Frau gewesen, sie war eher einfach. Aber sie war weise. Sie hatte in ihrem Leben viel erlebt. Sie war mit neun Geschwistern aufgewachsen; zwei lebten noch, sie war eins davon. Ihre Brüder waren im Krieg gefallen, andere starben an Krankheiten, die damals noch niemand behandeln konnte. Alles, was Joachim und ich zum allerersten Mal erlebten, die Verzweiflung und die Traurigkeit, den tiefen Schmerz und die Angst vor dem Tod und dem drohenden Verlust, das war ihr längst vertraut. Oft sagte sie nur einen Satz, und in ihm steckte eine solche Lebenserfahrung und Weisheit, daß mein Mann und ich uns getröstet fühlten. Immer wieder gelang es ihr, unsere Gedanken in andere Richtungen zu lenken. Mit Uromi konnten wir lachen, laut und herzlich. Das hatten Joachim und ich in den vergangenen Wochen selten getan. Sie gab uns für einen Moment das Gefühl, nicht mehr allein zu sein.

Ansonsten fühlten wir uns recht isoliert. Wer in unserem Bekanntenkreis kannte schon diese Situation, daß das eigene Kind stirbt? Die meisten reagierten unbeholfen und ratlos, nachdem sie sich vom ersten Schock erholt hatten. Sie wußten nicht, wie sie uns und den

Kindern begegnen sollten. Meine Großmutter wußte es. Das einzige, was sie bis zu Sabines Tod nicht begriff, war, daß man ihrer Urenkeltochter medizinisch nicht helfen konnte.

Manchmal saß Uroma auch mit Sabine zusammen. Sie sprachen über den Tod, darüber, wie es ist, wenn ein Mensch stirbt. Ich zog mich zurück in solchen Augenblicken. Meine Großmutter wußte, was sie tat. Außerdem vermutete ich, daß, wenn ich mich dazusetzte, Sabine Rücksicht nehmen würde. Sie würde versuchen, mich nicht zu belasten. Kinder spüren genau, wie entsetzlich traurig ihre Eltern sind, und versuchen, sie zu schützen. Der Schmerz ihrer Eltern ist für sie schwer auszuhalten. Sabine brauchte Menschen, denen gegenüber sie sich öffnen konnte und die ernsthaft mit ihr über das redeten, was sie bedrückte. Eben über Dinge, die sie nicht mit mir und noch weniger mit ihrem Vater besprechen wollte.

Einen Monat nach Sabines Tod haben wir meine Großmutter in der Steiermark besucht. Sie war sehr krank und wußte, daß sie ebenfalls bald sterben würde. Ich saß bei ihr, und wir sprachen über ihren nahen Tod und auch über Sabine. Es geschah in dieser Art, die so unnachahmlich und typisch war für Uroma. Ich wurde fast eifersüchtig, daß sie jetzt sterben und Sabine besuchen konnte, sozusagen. Sie hat mich verstanden. Sie sagte: »Ich erzähle Sabine von euch« und überlegte sich, was sie mit ihrer Urenkelin unternehmen würde. Ich hatte nicht das Gefühl, daß es ihr Schwierigkeiten bereitete, sterben zu müssen.

Sie war einmalig. Ich habe sie sehr geliebt.

Auch wenn es ihr dank der Tropfen relativ gutging, ließen die Prognosen der Ärzte keinen Zweifel daran, daß es für unsere Tochter keine Aussicht auf ein langes Leben gab. Sabine würde sterben.

Bislang hatte ich meine Kraft darauf konzentriert, von einem Moment zum nächsten zu überleben. Im Laufe der Zeit, als das Außergewöhnliche zur Normalität wurde, geriet ich in ein Vakuum. Ich wußte nicht, wie ich der Bedrohung, die sich leise, aber beständig näherte, begegnen sollte. Der Tod ist etwas, was wir beständig aus unserer Wahrnehmung ausklammern. Wir haben keinen selbstverständlichen Umgang mit ihm. Wir laufen davon, verdrängen, wollen unsere Endlichkeit nicht wahrhaben. Unsere Kranken schieben wir ab, in Kliniken, in Pflegeheime und Hospize. Doch die Hemmung vor dem Tod begründet auch die Furcht vor ihm. Wenn er schließlich mit aller Kraft in unser Leben drängt, sind wir hilflos. Ratlos und ohnmächtig. Ich wollte meine Augen nicht verschließen. Ich brauchte Luft. Ich brauchte Austausch und Anregungen, um nicht zu verzweifeln. Ich wollte mich mit dem Tod auseinandersetzen, mich vorbereiten. Ich wollte wissen.

Ich begann, darüber zu lesen. Ich kaufte Bücher der Ärztin, Psychiaterin und Sterbeforscherin Elisabeth Kübler-Ross sowie von der Autorin Ursula Goldmann-Posch und betrat eine Welt, in der der Tod und seine Verarbeitung die Hauptrolle spielten. Ich war erschüttert von dem, was ich las. Mütter berichteten vom Sterben ihrer Kinder; Mütter, deren Kind bei einem Unfall ums Leben gekommen war, deren Baby tot geboren wurde, deren Söhne oder Töchter Selbstmord begangen hatten. Gleichzeitig fühlte ich mich fast erleichtert. Vieles von dem, was ich las, ließ sich auf mich und meine Familie übertragen.

Wir wußten, daß es grundsätzlich keine medizinische Hilfe für Sabine gab; ihr Zustand konnte sich nur verschlechtern. Wir mußten uns darauf einstellen, unser Kind gehen zu lassen. Doch ich hatte keine Bilder, keine Worte dafür, was das bedeutete. Ich stieß in meiner Vorstellungskraft an Grenzen. Wie und wohin sollten wir Sabine gehen lassen? Ich spürte, wie mein Herz und mein Körper sich wehrten. Alles in mir bäumte sich auf. Ich wollte mein Kind behalten. Ich hatte es mit meiner ganzen Liebe in Empfang genommen. Ich wollte zusehen, wie Sabine sich entwickelte, Schülerin wurde, ein junges Mädchen, eine Frau. Das und nur das wollte ich mit ihr erleben. Nicht den Tod, nicht das Ende. Krankheit und Tod waren in meinem Lebensplan, in der selbstverständlichen Vorstellung, mit der ich bis dato gelebt hatte, nicht vorgesehen.

Das Furchtbarste an der Vorstellung, Sabine würde sterben, war, daß ich nicht wußte, was mit ihr geschehen würde. Natürlich wußte ich, was mit ihrem Körper passieren würde. Aber wohin ging ihre Seele, ihr Geist?

Ich traute mich nicht, mit Joachim über diese quälenden Gedanken zu sprechen. Statt dessen vergrub ich mich tiefer in meine Bücher.

Ich begann, mich von meiner Vorstellung vom Tod, die mit Furcht verbunden und durch Unwissenheit gekennzeichnet war, zu verabschieden. Ich lernte viel. Mit jeder neuen Information, jedem Stückchen Wissen um Zusammenhänge, jedem neuen Gedanken über den Tod und das, was ihn umgibt, wurden meine Gedanken klarer. Ich sah, daß es etwas nach dem Tod gab; und das gab mir mein Vertrauen ins Leben zurück. Das Leben war nicht alles, und die Zukunft nicht nur eine Frage der körperlichen Existenz. Diese Gewißheit tröstete mich, wenngleich sie die Trauer und den Schmerz nicht auslöschte.

Elisabeth Kübler-Ross beschreibt den Tod als etwas,

was eigentlich gar nicht existiert, jedenfalls nicht in dem Sinne, wie wir es uns gewöhnlich vorstellen. Der Tod ist nicht das Ende allen Seins. Vielmehr vergleicht sie ihn mit einem Schmetterling. Die Seele verläßt den Körper, wie ein Schmetterling aus seinem Kokon schlüpft. Sterben ist nur ein Umziehen in ein schöneres Haus. Mit diesem Bild bekam ich etwas an die Hand, was mir Zukunft und Hoffnung auf ein Danach vermittelte. Es tat unendlich gut und beruhigte mein aufgewühltes, trauriges Herz.

Ich begriff, daß unsere Kinder uns nicht gehören. Sie sind uns geliehen. Der Satz klingt abgenutzt; doch macht ihn das erstens nicht weniger wahr, und zweitens ist es ein Unterschied, ob man solche Worte dahinsagt oder ihre Wahrheit und Tiefe selbst erlebt. Wir dürfen unsere Kinder führen, bis sie gehen können. Dann müssen wir sie loslassen. Es steht nicht in unserer Macht, sie zu halten, auch nicht, wenn wir sie noch so sehr lieben.

Ich finde es inzwischen sehr verdienstvoll, daß Kübler-Ross uns mit ihrer Arbeit einen neuen Zugang zum Tod ermöglicht. Ihre Bücher haben mich aufgeklärt und in die Erfahrungswelt derjenigen geführt, die sich um sterbende Menschen kümmern.

Man mag einwenden, daß auch die Kirchen ihre Vorstellungen von dem haben, was nach dem Tod geschieht. Ich fühle mich konfessionell nicht gebunden, und vieles von dem, was an Mysterium um den Tod inszeniert wird, ist mir suspekt. Für die Kirche ist der Tod ein Geheimnis, man fürchtet sich vor ihm. Er ist mit der Drohung verbunden, leiden zu müssen, wenn man im Leben gesündigt hat. Er ist dunkel. Er ist grausam. Die Schlußfolgerungen der Sterbeforscherin Elisabeth Kübler-Ross und die Erfahrungsberichte der betroffenen Mütter konnte ich nachvollziehen und für mich akzeptieren. Wenn Kübler-Ross den Tod als das Heraustreten aus dem physischen Körper, als einen Umzug in ein schöneres Haus darstellt, eröffnet sie uns Lebenden den Einblick in einen Bereich, den wir nicht betreten können, in dem es unseren Lieben aber gutgeht. An diesem Bild konnte ich mich festhalten, als ich versuchte, das Sterben meines Kindes zu akzeptieren und Sabine bis in den Tod hinein zu begleiten, um ihr das Weggehen zu erleichtern.

Was mich erschreckte zu lesen, war, daß sich drei Viertel aller Eltern, die ein Kind verloren haben, im ersten Jahr nach dessen Tod trennen. Ich hatte erwartet, ein solcher Schicksalsschlag würde ein Paar zusammenschweißen. Ich wußte nichts darüber, wie Eltern trauern.

Mütter und Väter, die ein Kind verloren haben, fühlen sich oft alleingelassen. Diese Isolation erlebten wir in Ansätzen bereits. Unsere Tochter war krank, ohne Aussicht auf Besserung, doch mußte sie weder das Bett hüten, noch sah man ihr die Krankheit an. Das irritierte viele unserer Freunde, Bekannten und Verwandten.

»Ihr werdet sehen, das gibt sich wieder«, prophezeiten manche. »Die Ärzte haben sich geirrt.«

»Eure pessimistischen Prognosen sind überzogen«, befanden andere. »Das Kind sieht doch ganz normal aus.«

Es war schwierig, solchen Äußerungen entgegenzutreten. Manchmal schien es mir, als müßten wir den drohenden Tod unserer Tochter geradezu rechtfertigen. Ich empfand es als Zumutung, daß ich über die Ernsthaftigkeit und Ausweglosigkeit unserer Lage auch noch debattieren sollte.

Später, als die Krankheit andauerte, wurden die Fragen, ob es Sabine bessergehe, eindringlicher. Sie wurden uns umso häufiger gestellt, je länger Sabine krank war. So, als würden mein Mann und ich etwas falsch machen und die Genesung behindern. Gesund zu sein ist ein Wert, der hoch gehandelt wird. Krankheit ist die Abweichung von der Regel, eine Ausnahme, und wie ein Zwang setzt die Erwartung ein, diesen kranken Menschen wieder fitzumachen. Es fehlt an Geduld im Umgang mit Kranken. Je länger ein Mensch krank ist, desto mehr scheinen sich die Menschen in seiner Umgebung davon gestört zu fühlen.

Ich mußte antworten: »Nein, es geht Sabine sogar schlechter«, und hätte weinen mögen. Wir spürten den Druck, die Erwartung der Menschen um uns herum, daß wir endlich sagten: »Es geht ihr blendend!«

Die Fragen nach dem Befinden wurden immer fordernder. Dahinter steckte sicher der Wunsch, es möge Sabine wieder bessergehen. Sie waren aber auch Ausdruck einer Unfähigkeit, langandauerndes Leid auszuhalten. Die Menschen um uns herum hatten Schwierigkeiten, den Tod zu akzeptieren. Sie waren nicht fähig, sich vorzustellen, daß ein Kind wie Sabine sterben sollte, und das konnte ich gut verstehen. Die Hoffnungslosigkeit war schwer zu ertragen.

Man riet uns, mit Sabine in die USA zu fliegen.

»In Amerika sind sie doch in allem viel weiter. Da wird es Ärzte geben, die das Kind heilen können.« Für mich lag in diesen Worten der Vorwurf, Joachim und ich täten nicht genug, um Sabines Leben zu retten. Eltern von schwerkranken Kinder fehlt für so eine Einstellung das Verständnis.

Dann zogen sich die ersten zurück.

Joachim und ich waren enttäuscht und fühlten uns vor den Kopf gestoßen. Wir begannen, unsere Ansichten über Mitmenschlichkeit und Freundschaft zu überdenken. Sicher trug auch unser Verhalten zu dem Rückzug bei. Wir konnten nicht mehr so häufig Besuche bei anderen machen; die Leute mußten zu uns kommen. Auf Feste, ins Kino oder in ein schickes Restaurant gingen wir nicht; anfangs fehlte uns Zeit und Kraft dafür, später der Sinn. Wir fuhren lieber zum Griechen bei uns in der Nachbarschaft. Die Kinder waren gern gesehen, jeder konnte essen, was er mochte, ich stillte Charly, ohne daß mich skeptische Blicke trafen. Solche Momente waren uns wertvoll; die Familie war beisammen, die Atmosphäre locker und entspannt, und wenn einmal ein Glas umfiel, schimpfte sogar Joachim nur ein bißchen.

Später erfuhr ich, daß es anderen Eltern von schwerkranken Kindern ähnlich erging. Erst reagieren Außenstehende teilnahmsvoll. Nach einiger Zeit, man kann fast sagen: nach etwa acht bis zwölf Wochen, verliert die Umwelt jedoch die Geduld und zieht sich zurück.

Nach dem Tod eines Kindes bleibt diese Isolation häufig noch lange bestehen. Diese Einsamkeit erschwert es, die Trauer um das tote Kind zu verarbeiten. Häufig finden Mütter und Väter, die ein Kind verloren haben, jahrelang keinen Weg, um mit dem Verlust fertigzuwerden. Der Tod eines Kindes ist ein tiefer Einschnitt in das Familiengefüge, aber auch in die Beziehung zwischen Mann und Frau. Schuldzuweisungen spielen eine Rolle, unausgesprochene oder offene. Das Gefühl, verantwortlich für den Tod des Kindes zu sein. Ich wollte nicht, daß Joachim und mir das widerfuhr.

Seit einiger Zeit bereits veränderte sich unsere Beziehung. Die tägliche Unsicherheit und Anspannung zehrten an unseren Nerven. Wir waren reizbar und ungeduldig, uns selbst, dem Partner, den Kindern gegenüber. Weil wir uns sehr bemühten, allen drei Kindern gleichermaßen gerecht zu werden, blieb für Zweisamkeit kaum Zeit und Kraft. Leichtigkeit und Verliebtheit gab es nicht mehr. Joachim und ich lebten miteinander, doch das Miteinander reduzierte sich auf die Versorgung der Kinder und das tägliche Überleben in der Krise. Innerlich entfernten wir uns voneinander.

In einem der Bücher las ich, daß der Dialog zwischen den Ehepartnern in derart existentiellen Situationen häufig daran scheitert, daß die Väter unfähig sind zum Gespräch. Nun war Joachim ein Mann, der durchaus über sich, seine Befindlichkeiten und Gefühle reden konnte. Doch die Vorstellung, Sabine zu verlieren, ließ ihn verstummen. Er wagte sich nicht einmal in Gedanken an diese Perspektive heran. Je tiefer ich einstieg in die Auseinandersetzung mit dem Tod, je klarer ich in meinen Gedanken wurde, desto besser verstand ich Joachim. Die Angst vor dem Tod sitzt tief in den Menschen. Wie bei einem Eisberg sieht man nur die Spitze. Was unter der Oberfläche liegt, ahnt man allenfalls. Ich begriff, daß wir uns auf dem Weg, den wir mit Sabine gehen mußten, keine unüberwindbaren Hindernisse aufbauen durften.

Doch wir hatten keine Basis mehr für Gespräche.

Joachim war traurig geworden, beinahe depressiv. Seit unserem Urlaub auf Borkum hatte er sich verändert, ganz leise und schleichend. Er arbeitete viel, zog sich in sein Büro zurück, redete wenig. Es dauerte, bis ich diese Entwicklung überhaupt ausmachen konnte. Lange spürte ich nur ein diffuses Unbehagen, wenn ich an ihn dachte. Vorsichtig versuchte ich, die Sprachlosigkeit zu durchbrechen. Meist kam ich nicht weit. Wir gerieten in einen Streit, über Nebensächlichkeiten, über meine Wortwahl, über Banalitäten. Irgendwann nahmen wir uns in die Arme; eine stille Botschaft, die sagen sollte, daß es nicht so gemeint war.

Joachims Verzweiflung wurde grenzenlos. Er begann, sich gegenüber jeder Art von Zuspruch zu sperren. Er verschloß sich, arbeitete noch mehr und unternahm immer weniger mit den Kindern. Irgendwann war nur noch ich für die Familie zuständig; fast alle Entscheidungen traf ich allein. Immer häufiger empfand ich seine Rückzüge als ein völliges Sich-Entziehen. Ich spürte, wie das Vertrauen zwischen uns bröckelte. Unsere Basis schwand. Ich fühlte mich sehr einsam.

Ich entwickelte noch mehr Kraft und Stärke. Ich nahm mir vor, alles für meine Familie zu tun, was möglich war. Ich war verzweifelt. Ich hatte keine Distanz zu mir und dem, was geschah. Ich wollte verhindern, daß unsere Familie zerbrach. Das war mein größter Wunsch, und es wurde meine größte Herausforderung.

Doch die Sprachlosigkeit zwischen Joachim und mir blieb.

Erst eine gute Bekannte, Psychotherapeutin von Beruf, fand mit viel Geduld Zugang zu ihm. In langen Gesprächen mit ihr gewann Joachim seinen Mut und seine innere Ausgeglichenheit zurück.

Joachim war als Vater und als Mann zutiefst verunsichert gewesen. Er hatte sich verantwortlich gefühlt für Sabines unheilbare Krankheit und unter Schuldgefühlen gelitten. Weil niemand eine Ursache für Sabines Krankheit fand, warf er sich vor, als Vater versagt und ihren Zustand verursacht zu haben. Über diese angstvollen, irrationalen Vorstellungen verlor er zeitweise den Blick für die Realität.

Eltern trauern unterschiedlich, las ich; sie empfinden sogar entgegengesetzt. Schon vor dem Tod ihres Kindes reagieren Mütter und Väter emotional sehr verschieden. Väter, die meist nicht ständig und unmittelbar ihr Kind pflegen, lenken sich im beruflichen Alltag ab. Sie finden dadurch aber auch weniger Ventile für ihren Kummer und Schmerz. Die Mütter stehen an vorderster Stelle, und bis zuletzt pflegen und kümmern sie sich. Die Tatsache, immer etwas für das kranke Kind tun zu können, führt zu einer Art ständiger Spannungsentladung in der Seele.

Stirbt das Kind, fallen Mütter in tiefe Traurigkeit, während die meisten Väter auch jetzt ihre Gefühle verdrängen. Über lange Zeit fehlen ihnen Orientierung und eine neue Lebensperspektive. Sie trauern still, denken: Ich muß allein da durch, meine Frau leidet viel mehr. Frauen trauern sinnlicher, suchen Gespräche, weinen, geben ihren Gefühlen Raum. Gemeinsame Gespräche und ein gemeinsames Trauern beider Eltern sind bei so unterschiedlichem Umgang mit dem Tod des Kindes äußerst schwierig.

Wenn mein Mann und ich nun abends zusammensaßen oder nachmittags eine Kaffee miteinander tranken, fragte ich: »Möchtest du wissen, was ich gelesen habe?« Meist war Joachim bereit, zuzuhören. Ich erzählte von den Berichten anderer Eltern und dem, was ihre Schilderungen in mir auslösten. Gemeinsam begannen wir, diese Erfahrungen für uns nutzen.

Eines Tages hörten wir, es gäbe so etwas wie vorweggenommenes Trauern. Wir sahen uns an und nickten. Dieses langsame Sich-Herantasten an den Tag X, wir erlebten es ständig. Anders als bei einem plötzlichen Unfall, ermöglicht es ein sanftes, schrittweises Abschiednehmen. Das Wissen um einen bevorstehenden Tod gibt den Angehörigen Zeit, sich vorzubereiten. Doch was rational leicht nachzuvollziehen ist, bleibt emotional eine immense Herausforderung. Die Trauer vor dem Tod ist kein geradliniger Prozeß, der eines Morgens leise beginnt und dann kontinuierlich weiterläuft. Die Auseinandersetzung mit dem bevorstehenden Ende ist eine permanente Gratwanderung. Die Gefühle können von einem Moment zum anderen umkippen. Ein leichter Temperaturanstieg, ein besserer Appetit – jedes Detail kann Eltern verzweifeln oder hoffen lassen. Der Alltag ist ein Lavieren zwischen ängstlichem Anklammern und dem mutigen Wunsch, loszulassen. Eine Zerreißprobe, die nur unter größten Anstrengungen zu bewältigen ist.

Die Tage wurden wärmer, und die roten Blütenkerzen der Kastanie, die wir für Sabine gepflanzt hatten, leuchteten zwischen den grünen Blättern. Auch der kleine Rosenstock stand in voller Blüte. Es wurde Sommer, und das Bewußtsein dafür, daß unser Leben zu fünft eines Tages ein Ende haben würde, ließ uns auch das Schöne intensiver erleben. Mein Mann und ich spürten, daß wir einmal auf die Kraft unserer Erinnerungen angewiesen sein würden.

Im Garten hatten Joachim und Roland den Teich fertig ausgehoben und angelegt, und er war groß genug, daß Sebastian und Sabine sich mit ihren Luftmatratzen hineinstürzten. Der kleinen Charly waren die beweglichen Gummidinger suspekt. Sie stand am Rand und guckte zu. Also kaufte ich zwei kleine Gummiboote. Nun paddelten alle drei Geschwister mit dem Boot durch den Teich. Manchmal kreischten sie laut und überschwenglich. Oft ließen sie sich auch nur leise und sanft auf dem Wasser dahintreiben. In solchen Augenblicken wurde mir bewußt, welches Glück wir hatten, in diesem Haus zu leben.

Ich genoß jede Sekunde, in der unser Leben einen Anschein von Normalität erweckte. Da waren zum Beispiel die Wochenendfrühstücke. Joachim bereitete jeden Morgen das Frühstück, doch Sonnabends und Sonntags ließ er keinen Wunsch unerfüllt. Wenn wir uns an den gedeckten Tisch setzten, lagen dort Smarties und Gummibärchen für Sebastian und Charly und Croissants mit selbstgemachter Erdbeermarmelade für Sabine. Es gab Müsli und Ei, Toast und frische Brötchen. Oft stand eine Vase mit Blumen in der Mitte und auf meinem Teller lagen Pralinen. Nur Sabines Vorliebe für Nudeln hatte mein Mann noch nicht in seine Frühstückvorbereitungen einbezogen. Weshalb Sabine eines Tages selbst zur Tat schritt.

»Heute gibt es Nudeln zum Frühstück«, erklärte sie, ging in die Küche.

»Jippie!« Sebastian schob sein Müsli zur Seite und flitzte hinterher. Er zog die tiefen Kinderteller aus dem Schrank und stellte sie auf den Frühstückstisch. Sabine kochte einen Topf voll Spaghetti.

Es wurde ein unvergeßliches Frühstück, nicht nur wegen des ungewöhnlichen Menüs, sondern auch weil die Kinder ihre Nudeln so aßen, wie Robert es ihnen kurz zuvor demonstriert hatte.

»Kinder«, hatte er gesagt, »jetzt schaut mal her!« Dabei steckte er eine Gabel voller Spaghetti in den Mund. Der größte Teil hing wie nasse Fäden aus seinem Mund heraus. Die Kinder kicherten. Dann steckte Robert beide Zeigefinger in die Ohren und begann, sie langsam im Kreis zu drehen. Stück für Stück wanderten die Spaghetti in seinen Mund. Die Kinder lachten sich kaputt. Immer wieder stoppte Robert seine kreisenden Finger und kaute mit vollem Mund auf den Nudeln herum. Hatte er sie hinuntergeschluckt, drehte er weiter und kurbelte die nächsten zehn Zentimeter Nudeln weg. Sabine, Sebastian und Charly waren fasziniert.

Nun saßen sie selbst am Frühstückstisch, kurbelten vergnügt mit den Fingern in ihren Ohren, zogen eine Fuhre Nudeln nach der anderen in den Mund und schlürften und schmatzten.

Bis zum Herbst blieb Sabines körperlicher Zustand stabil. Sie hatte zugenommen und wog 20 Kilo. Professor Neff ließ die Dosierung der Tropfen konstant; auch die anderen Medikamente nahm sie unverändert. Sie lebte ihr Leben und machte einen relativ zufriedenen Eindruck. Sie traf ihre Freunde, spielte mit ihren Geschwistern im Garten oder mit den Nachbarskindern auf der Straße vor unserem Haus.

»Kommt Sabine raus?« Manchmal, wenn ihr Freund Nils klingelte, hätte ich die Tür am liebsten zugeworfen und gerufen: »Nein.« Diese immerwährende Angst, es könne ihr etwas zustoßen, sie verschwand nie wirklich. Ich wollte fragen: »Seid ihr auch alle gesund? Nicht daß Sabine sich ansteckt ...« Ich wollte die anderen Kinder bitten, auf meine Kleine zu achten, sie zu beschützen, aufzupassen, daß sie nichts Unbedachtes tat, sich nicht zu sehr anzustrengte. Doch ich hielt den Mund und ließ sie gehen. Ich beherrschte und kontrollierte mich.

Durchs Fenster sah ich zu, wie die Kinder nach einem Regen in Gummistiefeln und mit ihren Fahrrädern durch die Pfützen tobten. Ein Teil von mir war bereit, jeden Moment auf die Straße zu stürzen und zu rufen: »Sabine, das kannst du nicht machen. Komm sofort rein.« Der andere Teil zwang mich, mich nicht in ihre Spiele einzumischen. Sabine sollte spielen und Spaß haben wie jedes Kind. Das war das Wichtigste.

Ich sah zu, wie sie versuchten, über die größten Pfützen hinüberzuspringen, ohne hineinzuplatschen. Sabine schaffte es, Charly nicht. Nils lachte so sehr über

Charlys Versuche, daß Sabine ihn beinahe in eine Pfütze geschubst hätte.

»Lach nicht über meine Schwester, sie ist noch klein«, wies sie ihn zurecht.

Am Ende standen alle Kinder naß, müde und glücklich vor der Tür.

Mit meinem Mann sprach ich nun ab und zu über meine Zweifel.

»Wir müssen sie gehen und mitmachen lassen«, antwortete Joachim. Ich sah ihn an; er starrte ins Leere. »Freunde sind für Sabine so wichtig wie Medizin. Es ist auch gut, wenn sie zu Anne geht und mit ihr redet oder mit Tom und Mia spielt.« Seine Stimme klang durchaus entschieden. »Sie braucht ein bißchen Abstand zu uns, Gespräche mit Außenstehenden, ein paar Geheimnisse.«

»Ja. Es ist ihr Leben, und sie soll leben können, wie es ihr Freude macht.« Im stillen dachte ich: Kluge Worte.

Es tat weh. Ich wollte Sabine beschützen, sie bei mir behalten. Gleichzeitig wollte ich nicht, daß sie mein Zögern bemerkte und sich eingeengt fühlte.

Der Wunsch, einen geliebten Menschen festzuhalten, ist verständlich, aber er ist auch egoistisch. Ich wußte, es ging hier nicht um mich oder um Joachim. Es ging um Sabine. Solange sie noch lebte, sollte sie glücklich sein. Ich war bereit, alles zu tun, was ihre Zeit bei uns verlängerte; aber ich durfte sie weder einschränken noch ausgrenzen. Ich mußte lernen, meine Ängste hinter ihre Bedürfnisse zurückzustellen.

Als meine Großmutter das nächste Mal aus Österreich kam, brachte sie einen Tornister für Sabine mit. Sebastian bekam auch einen Ranzen, einen kleineren.

»Ist schon in Ordnung, wenn Sabine den größeren

Ranzen hat«, erklärte er erstaunlich versöhnlich. »Sie muß ihre ganzen Schulbücher und Hefte rein tun, ich brauche nur meine Sachen für den Kindergarten. Ich komme ja erst später zur Schule.«

Beide trugen ihre Tornister im Wohnzimmer spazieren. Ich fragte mich unterdessen, wie Sabine ihre Schulsachen überhaupt tragen sollte. Der Ranzen allein war schon schwer, mit Büchern darin würde er noch mehr wiegen. Würde Sabine das nicht allzusehr belasten?

Ich schob die Gedanken beiseite. Wir würden sehen.

11

»Stellt euch schnell draußen auf. Papa will noch ein Photo machen, bevor wir losgehen.«

Sabine, Sebastian und Charly liefen auf die Straße vor dem Haus. Sabine trug ihren Tornister auf dem Rücken. Stolz hielten alle drei ihre selbstgebastelten Schultüten in die Kamera. Hingebungsvoll hatten sie sie in den Tagen zuvor mit Wachsmalstiften und Wasserfarben bemalt, mit Namen und Ornamenten versehen und mit glänzender Folie verziert. Fast einen ganzen Tag hatten wir im Garten damit zugebracht. Sogar Charly hatte es geschafft, sich eine Tüte zurechtzufalten. Jetzt lächelte sie selig, als wäre sie es, die eingeschult würde.

»Da haben wir uns wohl vermessen, als wir das Papier zugeschnitten haben«, entfuhr es mir mit einem Blick auf die Riesentüten.

»Macht nichts, Mama«, versicherte Sabine prompt. »Dann paßt mehr rein.« Neugierig zupfte sie an dem Kreppapier, mit dem die Schultüte am oberen Ende zugebunden war. Ich tippte ihr auf die Finger.

»Die bleibt zu, bis es soweit ist.«

»Gehen wir«, sagte Joachim.

Zuerst fuhren wir zur Kirche. Es war eine katholische Grundschule, in die Sabine eingeschult wurde, und man hatte einen ökumenischen Gottesdienst angesetzt. Von dort gingen wir zu Fuß zur Schule. In der Aula trafen wir Nils mit seinen Eltern und seiner Schwester Inka.

Aufgeregt rutschte er auf seinem Stuhl herum. Der Rektor hielt eine kleine Ansprache, ein paar ältere Schüler sangen ein Lied und tanzten dazu. Dann versammelten sich die Erstklässler um ihre Lehrerinnen und gingen in die Klassenzimmer. Wir Eltern warteten auf dem Schulhof. Später feierten wir mit Nils und seiner Familie bei uns zu Hause mit einem Spaghettiessen die Einschulung.

Nach jenem ersten unerfreulichen Gespräch im Frühjahr hatte Joachim mit der Schule bei uns im Viertel Kontakt aufgenommen. Der Rektor dort war ohne Umstände bereit, Sabine aufzunehmen.

»Wir dachten schon, es gäbe für unsere Tochter schlicht keine Möglichkeit, in eine normale Grundschule zu gehen.« Wir saßen in seinem Büro. »Man hat uns in der anderen Schule geradezu gezwungen, ein Sonderschulaufnahmeverfahren für Sabine einzuleiten.«

Ich ärgerte mich immer noch über das Verhalten der Lehrer dort. Vor allem war ich enttäuscht, daß ausgerechnet eine Modellschule mit dem erklärten Ziel, behinderte Kinder zu integrieren, Sabine keine Chance gab, sondern sie abstempeln wollte.

»Es ist mir doch lieber, wenn Sabine in eine Regelgrundschule geht.«

Der Rektor, Herr Mayer, war ein zielstrebiger und energischer älterer Mann. »Behinderte und kranke Kinder müssen nicht zwingend in eine Sonderschule gehen«, dämpfte er meine Aufregung. »Eltern können wählen, ob sie ihr Kind in eine Regelgrundschule, eine Modellschule mit Integrationsprojekt oder in eine Sonderschule schicken. Die Entscheidung hängt immer von vielen persönlichen Faktoren ab.«

»Sie meinen den Schulweg?«

»Zum Beispiel. Manche Eltern denken anfangs, der Weg zur Schule sei eines von den kleineren Problemen. Aber die Kinder müssen diesen Weg über mehrere Jahre zweimal täglich zurücklegen. Auch, wenn die Mutter krank ist und der Vater ins Büro muß.«

»Der Bus, der hier zur Schule fährt, hält direkt bei uns vor dem Haus.«

»Das ist günstig. Aber wenn Kinder mit dem Bus zur Schule fahren müssen, stellt sich auch die Frage: Wer übernimmt die Fahrtkosten. Dann gibt es immer wieder Probleme, wenn in einer Schule keine Klassen im Erdgeschoß eingerichtet werden können. Wenn keine Rampen und Sitzmöglichkeiten auf dem Schulhof vorhanden sind.« Herr Mayer war sehr sachlich, deswegen hatten wir nicht den Eindruck, daß er uns abschrecken wollte mit dieser Aufzählung. Wir saßen in seinen etwas altmodischen Sesseln und hörten zu.

»Es ist wichtig, daß die Klassenkameraden nicht zu weit entfernt wohnen, so daß die Kinder sich auch außerhalb des Unterrichts treffen können. Gerade kranke Kinder, die weniger belastbar sind, brauchen solche Kontakte umso mehr.«

»Stimmt.« Ich hatte mich bereits gefragt, wie Sabine wohl reagieren würde, wenn sie ihre Freunde aus dem Kindergarten, die alle in die dort angegliederte Schule gehen würden, künftig seltener sah. Andererseits wäre sie hier mit Kindern aus der Nachbarschaft zusammen.

»Nicht jedes Kind ist in einer Regelschule am besten aufgehoben. In Sonderschulen gibt es Schonräume, da können sich die Kinder zurückziehen und ausruhen. So etwas haben wir hier nicht. Aber wir haben bereits Erfahrung mit Kindern, die körperlich nicht so mithalten können. Wir hatten immer wieder behinderte Kinder bei uns. Darum können wir Ihnen und Sabine entgegenkommen.

Die Atmosphäre an unserer Schule ist sehr gut. Die Schüler sind ansprechbar. Gewalt ist zwar ab und zu ein Thema, aber die Lehrer achten sehr darauf und greifen ein.« Herr Mayer warf einen Blick auf einen Plan, der an die Wand gepinnt war. »Und was die Klassenlehrerin angeht, die Ihre Tochter bekäme – nun, bei der ist Sabine sicherlich in guten Händen.«

Meine erste Begegnung mit Frau Sommer wenige Tage später gab ihm recht. Wir trafen uns nach Unterrichtsschluß auf dem Schulhof und tranken Tee im Schatten der mächtigen Bäume. Ich beschrieb ihr Sabines Krankheit. Ich wollte, daß Frau Sommer wußte, in welcher ständigen Angst wir um Sabine lebten.

»Es liegt viel Verantwortung bei Ihnen, solange Sabine in der Schule ist. Mein Mann und ich haben in den vergangenen Wochen oft darüber nachgedacht und uns gefragt, ob wir Ihnen nicht zuviel zumuten.« Eine Wespe landete auf dem Rand meiner Tasse. »Vielleicht wäre es doch besser, wenn wir Sabine in eine Sonderschule ...« Frau Sommer unterbrach mich.

»Herr Mayer hat mit mir über Sabine gesprochen. Vom Intellekt her ist Ihre Tochter allen Anforderungen gewachsen. Sie kann mit dem Bus zur Schule und wieder nach Hause fahren, sie kennt bereits einige Kinder, die in ihrer Klasse sein werden. Außerdem richten wir die Klassen der unteren Jahrgänge im Erdgeschoß ein, Sabine muß also nicht ständig Treppen steigen. Alles in allem sind das sehr günstige Bedingungen.« Ich war froh, Frau Sommer so klar und pragmatisch reden zu hören. Sie war mir sympathisch. Sie lächelte. »Sabine wird nicht erschöpft sein, bevor der Unterricht überhaupt anfängt.«

Nun lächelte ich auch, unwillkürlich. Sie hatte Humor.

»Ich denke, Ihre Tochter ist bei uns gut aufgehoben.« Frau Sommer schenkte Tee nach. »Aber ich würde Ihnen gerne noch etwas zum Thema Sonderschulen sagen. Sonderschulen sind nämlich heute keine ›Idiotenschulen‹ mehr. Die meisten sind ausgezeichnet ausgestattet, räumlich und personell. Die Lehrer sind speziell ausgebildet und können sich wesentlich besser auf die Bedürfnisse ihrer behinderten Schüler einstellen. Viele Eltern wissen das leider nicht.« Sie strich sich eine Haarsträhne aus dem Gesicht. »Es wäre schön, wenn Sonderschulen ohne Vorurteile in die Wahl der richtigen Schule einbezogen würden. Eine Sonderschule kann die bessere Alternative sein.

Aber was Sabine angeht, denke ich wie unser Rektor. Ihre Tochter ist bei uns gut aufgehoben. Vertrauen Sie mir.«

Ich vertraute ihr, gerne sogar. Was sie sagte, machte mir Mut. Unsere Probleme und Befürchtungen lösten sich auf. Als sie mir zum Abschied die Hand reichte, hatte ich das sichere Gefühl, daß man Sabine an dieser Schule ohne Vorbehalte akzeptierte. Ich war froh, daß wir nicht weiter kämpfen mußten, um unserer Tochter ein weiteres kleines Stück normalen Lebens zu ermöglichen.

Die einzige Auseinandersetzung, die wir noch durchstehen mußten, war eine mit den Behörden. Sabine konnte den Schulweg nicht zweimal täglich zu Fuß zurücklegen. Deshalb hatten wir bei der Stadt eine Monatskarte beantragt. Der zuständige Sachbearbeiter lehnte unseren Antrag ab. Im allerbesten Bürokratendeutsch teilte er uns mit, daß die für die Erteilung der Busfahrberechtigung erforderliche Mindestkilometerzahl in unserem Fall um 500 Meter unterschritten würde. Weshalb wir keinen Anspruch auf die Berechtigungsmarke hätten. Es bedurfte einer Reihe von Telefonaten und persönlichen Gesprächen sowie eines ärztlichen Attestes, das Sabines geringe Belastbarkeit und Mobilität bestätigte, bis man uns die Fahrkarte genehmigte.

Es klingt vielleicht übertrieben, wenn ich so eine Auseinandersetzung als Kampf bezeichne, doch ich fand sie damals wirklich anstrengend. Unser Alltag war schwierig genug. Zumal ich während dieser Zeit nachts kaum schlafen konnte: Die kleine Charly weckte mich zwei- bis dreimal, Sebastian wachte auf, und Sabine mußte wegen der Entwässerungstabletten zwei- bis viermal auf die Toilette. Obwohl sie das längst allein konnte, wachte ich auch dabei auf. Ich hörte jedes Geräusch im Haus.

Sabine ging gerne zur Schule. All meinen Befürchtungen zum Trotz schaffte sie es mühelos, ihre Bücher zu tragen. Ich denke, es war ihr Wille, der ihr half. Sie lernte lesen, schreiben, rechnen, sie schwärmte vom Sachkundeunterricht und freute sich auf die Musik- und die Kunststunden. Sie töpferte Kerzenhalter, Gesichter und Fische. Bei allem war sie begeistert bei der Sache.

Nachmittags saß sie zu Hause an ihrem Schreibtisch und machte ihre Hausaufgaben. Jede Aufgabe, die sie zu erledigen hatte, ging sie mit Ernst und Hingabe an.

Wir haben Sabines Schulhefte aufbewahrt. Jahre später stieß ich auf sie, als Sebastian, Charly und ich den Keller aufräumten.

»Sabine hat ja das Gleiche gelernt wie wir.« Staunend blätterte Charly in einem Heft.

»Natürlich. Sie war auf derselben Schule.«

»Wie sauber sie geschrieben hat.« Sebastian hielt uns ein Heft entgegen. »Jeder Buchstabe superordentlich.«

»Viel sauberer als deine Klaue«, stichelte Charly. Sebastian knuffte sie in die Seite. Ich sah ihm über die Schulter, während er weiter durch die Seiten blätterte.

»Alles, was du so selbstverständlich machst – rausgehen, rumtoben, Sport treiben, Unternehmungen mit deinen Freunden – das war für Sabine nicht möglich. Oder nur eingeschränkt. Darum hat sie sich einen anderen Bereich gesucht, in dem sie glänzen konnte. Die Schule, das Schreiben, Rechnen, Malen, Zeichnen, Basteln. Darin fand sie ihre Bestätigung. Sie konnte sitzen und gleichzeitig etwas schaffen. Später, als sie lesen konnte, las sie Bücher, und wir unterhielten uns darüber.«

Sabine war beliebt in ihrer Klasse. Niemand hänselte sie oder lachte, wenn sie sich ausruhen mußte. Kurz nach der Einschulung hatte Frau Sommer Sabines Krankheit zum Unterrichtsthema gemacht, so wie seinerzeit die Erzieherinnen im Kindergarten. Die Mädchen und Jungen in der Klasse wußten, warum Sabine manchmal ein bißchen schwach war, und weshalb sie nur eingeschränkt am Sportunterricht teilnahm.

Auch dafür hatte sich eine Lösung gefunden. Offiziell war Sabine vom Sport freigestellt, doch vereinbarte ich mit Frau Sommer, daß Sabine mitmachte, solange sie es sich zutraute. Joachim und ich nahmen ausdrücklich alle Verantwortung auf uns, für den Fall, daß Sabine etwas zustoßen sollte.

»Es ist eine gewaltige Verantwortung, die wir Sabine da zumuten.« Frau Sommer war zunächst skeptisch gewesen. »Kinder sind so leicht zu begeistern, besonders bei Dingen, die ihnen Spaß machen. Wenn sie spielen und herumlaufen. Meinen Sie wirklich, daß Sabine ihre Kräfte und Möglichkeiten nicht vielleicht überschätzen wird?«

»Sie kennt ihren Körper und spürt ihre Grenzen. Ich kann es Ihnen auch nicht erklären, aber es ist so. Wir müssen sie zu Hause nie bremsen, sie überfordert sich nie, sie bremst sich selbst. Sie ist schon als kleines Kind immer sehr bewußt mit sich umgegangen.« Ich beobachtete diese Fähigkeit später immer wieder bei chronisch und todkranken Kindern. Sie wußten ihre Kräfte einfach zuverlässig einzuschätzen.

An Tagen, an denen Sabine sich schwach fühlte, ließ Frau Sommer sie Schiedsrichter spielen oder bei Wettspielen die Zeit stoppen. Sie versuchte, Sabine möglichst am Geschehen zu beteiligen, und bewies dabei viel Geschick und Einfühlungsvermögen, denn es durfte für die anderen Kinder nicht so aussehen, als würde Sabine bevorzugt.

Alles lief gut. Trotzdem begleitete mich immer die unterschwellige Angst, Sabine könnte etwas zustoßen. Was, wenn sie erneut das Bewußtsein verlor, stürzte, auf die Straße fiel, ein Auto sie erfaßte? Noch Jahre nach Sabines Tod saß mir diese Angst in den Knochen. Als Sebastian in die zweite Klasse ging und einmal später als gewöhnlich aus dem Unterricht heimkam, fuhr ich mit dem Fahrrad los, um ihn zu suchen. Atemlos stürzte ich in die Schule, rief seinen Namen, doch alles war leer. Als ich nach Hause zurückkehrte, saß Sebastian im Wohnzimmer. Ich bin beinahe durchgedreht. In diesem Moment, denke ich, entlud sich einiges von jener jahrelangen Anspannung.

Als Sabine bereits einige Monate zur Schule ging,

kam sie eines Tages nach Hause, warf ihren Ranzen in den Flur und weinte.

»Kind, was hast du denn?« Ich war erschrocken. Ich konnte mir nicht vorstellen, was geschehen war. Ich nahm sie in den Arm und zog sie hinüber auf das Sofa. Nach einer Weile hörte sie auf zu weinen. Still saßen wir nebeneinander. Meine Gedanken wirbelten durcheinander, doch ich ließ ihr Zeit. Dann brach es aus ihr heraus.

»Warum muß ich es sein, warum muß ich so krank sein?« Wieder fing sie an zu weinen und ihre Nase lief. »Das Schlimmste ist, daß ich keinen Sport machen kann«, schluchzte sie. »Warum, Mama, warum? Sag es mir!«

Die Wut, der Kummer und die Verzweiflung, die sich offenbarten, trafen mich unvermittelt. Zwar hatte ich damit gerechnet, daß so etwas einmal geschehen würde, dennoch überraschte mich die Wucht ihrer Emotionen. Sabine hatte ihre Krankheit stets hingenommen. Sie war immer ruhig und gleichmütig geblieben. Ich wußte nicht, was ich tun sollte.

Ein paar Minuten lang herrschte Schweigen. Nur Sabines Schluchzen war zu hören.

»Ich weiß es nicht, meine kleine Katze. Es gibt keine Antwort auf diese Fragen. Niemand weiß, warum du krank geworden bist. Ich habe es mich schon so oft gefragt, Papa auch. Keiner kann uns das sagen.«

Sabine weinte.

»Meine Kleine. Ich möchte dich gerne trösten. Weißt du – ich bin immer bei dir.«

Ich strich über Sabines Haar. Völlig aufgelöst lag sie in meinen Armen.

»Ich kann gut verstehen, daß du wütend bist, weil du keinen Sport machen darfst. Das ist auch gemein. Ich wünsche mir etwas ganz anders für dich, kleine Katze.« Ich weiß nicht mehr, ob ich damals auch geweint habe; aber jetzt, beim Schreiben, weine ich.

»Weißt du was?« Sabine zog die Nase hoch. Ihre Stimme konnte sich kaum gegen das Weinen durchsetzen.

»Nein, sag's mir.«

»Wenn ich Bibi Blocksberg wäre ...« Bibi Blocksberg war eine Gestalt aus Sabines Kinderhörspiel-Kassetten, ein kleines Mädchen, das hexen konnte. »Wenn ich Bibi Blocksberg wäre, würde ich mich gesund hexen.«

Der Satz traf mich. Er zeigte Sabines ganzes Leid. Er erinnerte mich daran, daß sie nicht nur das tapfere Mädchen war, das ich in ihr sah und das ich oft bewunderte.

Es machte mich traurig, zu sehen, wie fasziniert Sabine von dieser kleinen Hexe war, die sich über alle Hindernisse hinwegsetzte. Ich habe die Kassetten eigentlich nie gemocht. Aber bald begriff ich, daß diese Hörspiele für Sabine – und auch für mich – eine Hilfe sein konnten. Von da an saßen wir oft in Sabines Zimmer, hörten gemeinsam Bibi Blocksbergs Geschichten zu und sprachen über die Abenteuer der kleinen Hexe. Manche kenne ich heute noch auswendig. Ich versuchte, noch genauer herauszuhören und zu erspüren, wie Sabine gestimmt war und auch auf ihre Traurigkeit und Verzweiflung zu reagieren.

Später begeisterte sich Charly für die Geschichten von Bibi Blocksberg, und so begleiteten sie mich auch nach Sabines Tod. Manchmal, wenn meine jüngere Tochter oben in ihrem Zimmer Bibis quieksiger Stimme lauscht, denke ich an Sabine und ihren Wunsch an jenem Nachmittag, hexen zu können. Ich glaube, Sabine hat sich, angeregt durch die Geschichten, im stillen auf Phantasiereisen begeben. Vielleicht hat sie sich vorgestellt, sie wäre Bibi Blocksberg und könnte alles, was andere Kinder auch können.

In Gedanken spreche ich dann mit meiner verstorbenen Tochter. Ich sehe ihr etwas spitzes Gesicht, die kurzen dunklen Haare, die Augen, die alles zu wissen schienen; meine eigenständige, eigenwillige Tochter, die so leicht nicht zu beeinflussen war.

»Siehst du, kleine Katze. Jetzt kannst du wieder alles tun, was du möchtest. Du kannst springen, laufen, klettern, dich frei bewegen. Nichts beeinträchtigt dich, dein Körper ist fit und gesund. Schade, daß ich es nicht erlebe. Aber das kommt auch noch. Bis bald.«

Im Frühjahr 1987 bekam ich einen Anruf von der Kinderkardiologischen Abteilung.

»Mir geistert seit einer Weile eine Idee durch den Kopf«, sagte Dr. Seidel, die Oberärztin. »Hätten Sie Zeit, einmal vorbeizukommen?«

Ein paar Tage später saß ich in ihrem Büro. Dr. Seidel kam ohne Umschweife zur Sache.

»Könnten Sie sich vorstellen, einen Förderverein zu gründen, der sich für die Belange herzkranker Kinder und damit auch für unsere Station einsetzt?«

Ich war überrascht, aber auch angetan von dieser Vorstellung.

»Wie sind Sie denn darauf gekommen?«

»Nachdem Sie damals einen Beschwerdebrief an die Krankenhausverwaltung geschrieben haben, hat sich hier einiges getan. Die Verwaltung hat neue Möbel besorgt, Tische, Stühle, Untersuchungswagen. Es soll renoviert werden. Man hat bauliche Veränderungen in Aussicht gestellt, die wir seit Jahren fordern: einen neuen Fußboden, neue Fenster, sanitäre Anlagen.« Dr. Seidel fuhr sich mit der Hand durch ihr schmales Gesicht. »Es tut sich was.«

Ich war in meinem Brief recht deutlich geworden und hatte die Zustände und meine Entrüstung beschrieben, ohne ein Blatt vor den Mund zu nehmen. Damit der Brief nicht in der Ablage landete, schickte ich ihn nicht nur an die Krankenhausverwaltung, sondern als Kopie auch an den Regierungspräsidenten, ans Wissenschaftsministerium, an verschiedene Zeitungen und den Westdeutschen Rundfunk.

»Offensichtlich ist es hilfreich, wenn Eltern gegenüber der Verwaltung aktiv werden«, sagte Dr. Seidel und sah mich an.

»Ich werde darüber nachdenken.«

Zu Hause sprach ich mit Joachim und Sabine über den Vorschlag der Oberärztin. Sabine war von Anfang an dafür.

»Ja, Mama, das mußt du machen. Man muß den Kindern helfen.«

»Aber wie sollen wir das denn auch noch schaffen?« wandte Joachim ein. »Willst du das wirklich, Traudel?«

Ich selbst zögerte. »Der Gedanke, andere Leute um Geldspenden zu bitten, ist mir unangenehm.«

»Das wird unerläßlich sein, wenn du einen Förderverein gründest«, sagte Joachim.

»Ich weiß. Deswegen habe ich ja Bedenken. Aber die Idee hat viele gute Seiten. Ich finde es zum Beispiel sehr wichtig, daß es mehr menschliche Zuwendung für die betroffenen Kinder und Eltern gibt. Die Schwestern und Pfleger auf der Station brauchen auch Unterstützung. Alle dort sind extrem belastet und dabei mehr oder weniger sich selbst überlassen. Es gibt keine Therapeuten, keine Supervision, nichts. Stell dir einmal vor, du arbeitest dort, und jahrein, jahraus sterben um dich herum Kinder. Ich habe mich schon oft gefragt, wie die Schwestern und Ärzte das aushalten. Bei einigen merkt man es ja – sie werden hart und zynisch und verbittert. Supervision würde ihnen helfen, einen Teil dieser seelischen Belastung aufzuarbeiten.

Außerdem weiß die Öffentlichkeit viel zu wenig über herzkranke Kinder. Eigentlich weiß sie nicht einmal, daß es herzkranke Kinder überhaupt gibt. Dabei werden jedes Jahr 7.000 bis 8.000 Babys mit Herzfehlern geboren. Mehr als 5.000 Kinder werden pro Jahr operiert. In Deutschland leben etwa 100.000 herzkranke Jugendliche, die durch die moderne Medizin überhaupt so alt geworden sind. Und keiner kriegt das mit. Es gibt so viele Vorurteile und so wenig Verständnis.«

Wir überlegten lange. Schließlich gab Sabine den Ausschlag.

»Das ist wichtig, Mama.«

Ich rief Dr. Seidel an und sagte zu. In den kommenden Wochen suchten wir fünf weitere Gründungsmitglieder für unsere Initiative. Wir sprachen Eltern an und hörten uns beim Personal um. Wir ließen uns juristisch beraten und arbeiteten eine Satzung aus.

Die Zeit ging dahin, und wir lebten wie andere Familien auch. Jeden Morgen klingelte der Wecker; Joachim ging als erster aus dem Haus. Die Kinder standen auf, wuschen sich, wogen sich, zogen sich an. Charly, die inzwischen zweieinhalb Jahre alt war, mußte ich versorgen, Sebastian, viereinhalb, brauchte manchmal Hilfe, wobei er sich nicht gerne helfen ließ. Sabine kam allein zurecht, doch war sie pingelig, und es dauerte, bis sie fertig wurde. Schließlich frühstückten wir gemeinsam, Sabine nahm ihre Medikamente, ich schmierte Brote für die Pause. Alle gingen nochmal auf die Toilette, Sabine vor allem der harntreibenden Tabletten wegen. Sie zogen ihre Schuhe und Jacken an. Sebastian war wieder zu stur, sich helfen zu lassen. Irgendwann drängte die Zeit, Sabine mußte in die Schule, und Sebastian sollte pünktlich im Kindergarten erscheinen. Wenn Charly jetzt auch noch eine frische Windel brauchte, war ich reif für die nächste Dusche, bevor wir das Haus überhaupt verlassen hatten. Manchmal wurde Sabine beim Autofahren von einem Moment auf den anderen schlecht, und sie übergab sich.

Bis zum Mittag hatte ich Zeit für die Hausarbeit, zum Einkaufen, für Arztbesuche. Dann holte ich Sebastian und Sabine wieder ab. Nach dem Essen nahm Sabine ihre Medizin, bekam eine Sauerstoffdusche, und für eine Weile war Ruhe, denn alle machten ein Nickerchen. Nachmittags spielten wir, und wenn Joachim frei hatte, war er mit dabei.

Unser Alltag verlief relativ ruhig. Nur die ambulanten Kontrolluntersuchungen in der Klinik rissen uns immer wieder heraus. Die Abstände zwischen den Terminen waren größer geworden, doch ich erlebte sie nach wie vor als einen Einbruch. Es dauerte jedesmal zwei oder drei Tage, bis ich mein inneres Gleichgewicht wiederfand.

Sabine ging weiterhin gern zur Schule. Den Schulweg bewältigte sie ohne Probleme, sie verlor kein einziges Mal mehr das Bewußtsein, die anderen Kinder nahmen Rücksicht. Nur einmal innerhalb des ersten Schuljahres belästigte sie ein Junge aus der Nachbarschaft.

»Mama, weißt du, was mir heute passiert ist?« Aufgeregt und erhitzt kam Sabine zur Tür herein. »Ein Junge hat mir an der Bushaltestelle den Ranzen so auf dem

Rücken verdreht, daß ich meine Arme nicht mehr bewegen konnte. Dabei hat er gesagt, daß ich ein kranker Krüppel bin.«

Oh je, jetzt geht es los, dachte ich. Doch ich war gewappnet, ich hatte damit gerechnet, daß so etwas eines Tages geschehen würde.

»Zeig mir den Jungen, Sabine, und wir sprechen mit ihm.« Sabine nickte heftig. »Und wie hast du dich befreit?«

»Ein anderes Mädchen hat mir geholfen. Und dann kam der Bus.«

Beim Mittagessen erzählte Sabine die Geschichte noch einmal.

»Bine«, sagte Sebastian in allerbester Großer-Bruder-Geste, »das nächste Mal sagst du dem: ›Wenn du mich anfaßt, kommt mein Bruder und haut dich kaputt.‹«

Geschwisterliebe.

Bis zum Juli 1987 waren wir glücklich. Bald würde Sabine zum ersten Mal große Ferien bekommen. An einem warmen Nachmittag holten wir die Luftmatratzen und Gummiboote aus dem Keller und bliesen sie auf, für die diesjährige Saison im Gartenteich.

Aber es sollte anders kommen. Eines Abends bemerkte ich, daß Sabines Haut sich etwas schlaffer anfühlte als üblich, sie schien weniger elastisch. Wenn ich auf ihre Schenkel drückte, blieben die Druckstellen sichtbar. Wie bei einer Schwangeren. Auch Sabines Atem ging schneller. Die Wärme, dachte ich.

Am nächsten Tag schien ihr schlanker Bauch runder. Die Haut an den Beinen färbte sich nicht so rosig wie üblich. Als ich Sabine am Morgen darauf vorschlug, nicht in die Schule zu gehen, sondern zu Hause zu bleiben, nickte sie. Ich merkte, daß ihr das Leben schon seit Tagen schwergefallen sein mußte. Schlagartig krachte mein mühevoll zurechtgezimmertes Kartenhaus zusammen. Die Angst schnürte mir den Hals zu.

»Jetzt laß uns mal abwarten.« Joachim mochte sich meinen Befürchtungen nicht anschließen. »Das kann sich ja wieder bessern.«

»Nein, das halte ich nicht aus. Ich muß wissen, was los ist.«

Ich vereinbarte einen Termin bei Professor Neff. Er hatte von einem Tag auf den anderen Zeit für uns.

12

Professor Neff klopfte über Sabines Rücken und hörte ihre Brust ab. Dann schaltete er das Ultraschallgerät ein und verrieb einen Klecks Gleitmittel auf der Haut über ihrem Herz. Ich sah zu. Ich kannte die einzelnen Schritte genau.

»Jetzt gehst du bitte noch mit Schwester Susanne zum Röntgen, ja? Ich möchte deine Lunge auf dem Röntgenbild sehen.« Sabine nickte. Ich half ihr, das T-Shirt wieder anzuziehen.

Als die beiden gegangen waren, sagte Professor Neff die Worte, die mir bis an mein Lebensende im Kopf klingen werden.

»Das ist jetzt das Ende, Frau Sander.« Ich schaute ihn an. Ich sah durch ihn hindurch.

»Sabines Kräfte sind erschöpft. Unsere Möglichkeiten, ihr zu helfen, sind es auch.«

Ich saß auf meinem Stuhl. Vor mir der Schreibtisch, die Bilder an der Wand. Gestanzte Metallfolien mit Ornamenten. Bronzefarben.

»Das ist das Ende«, sagte Professor Neff noch einmal. Mein Körper ließ sich nicht bewegen. Ich konnte nicht denken. Ich konnte nicht sprechen. Ich hatte es gefühlt.

»Ich hatte diesen Moment schon viel eher erwartet. Die Tropfen habe lange gewirkt, gut zwei Jahre.«

Ein schönes Bild. Es gab mir Ruhe, irgendwie. Wer hat es wohl gemacht? Was er sagt, ist so endgültig. Was jetzt? Wie soll es weitergehen?

»Es bleibt Ihnen nur noch, Sabine bis zu ihrem Tod zu begleiten.«

Es war eingetreten, was man uns von Anfang an prophezeit hatte, und wovor wir uns jeden Tag unterschwellig gefürchtet hatten.

Wie lange würde es dauern, bis Sabine vom Röntgen zurückkam? Ich mußte mich zusammennehmen.

Es schien keine Hoffnung mehr zu geben. Der Zeitpunkt war erreicht. Mutlosigkeit breitete sich wie Blei in meinem Körper aus.

Ich starrte auf die bronzefarbenen Ornamente.

Sabine war noch nicht so weit. Ihr körperlicher Zustand mochte sich verschlechtert haben. Was das Physische anging, hatte Professor Neff sicher recht. Aber ihr Geist, ihre Seele und ihr Wille zu leben waren lebendig; viel zu lebendig, um an ein Ende zu denken. Sabine ist dem Tod noch nicht nahe. Dies ist nicht der Zeitpunkt, um aufzugeben. Reiß dich zusammen, Sabine braucht mutige Eltern.

Aber wie leben mit diesen Worten?

Ich sah Professor Neff an. Er lehnte an einem Regal und schwieg. Ich sah zu dem Bild. Und wieder zu ihm.

»Können wir Sabine zu Hause pflegen?«

»Wenn Sie sich stark genug fühlen. Es gibt nichts, was nicht auch bei Ihnen zu Hause gemacht werden könnte. Vorausgesetzt, Sie haben einen Arzt, der sich um Sabine kümmert.«

Ich nickte.

Vor einigen Monaten hatte ich mit einem praktischen Arzt in unserer Nähe gesprochen. Er hatte mich mit einem Bänderriß behandelt. Dr. Kerner war mir auf Anhieb sympathisch gewesen, und mein Vertrauen zu ihm wuchs, je häufiger ich ihn sah. Mit der Zeit lernte er auch die Kinder kennen, und seine Art mit ihnen umzugehen war es, die mich eines Tages dazu brachte, mit ihm über Sabine zu sprechen.

»Könnten Sie sich vorstellen, Sabine zu betreuen, wenn es einmal so weit ist?«

Dr. Kerner hatte sich Bedenkzeit ausgebeten. Es berühre ihn sehr, Kinder leiden und sterben zu sehen, sagte er.

»Ich wollte eigentlich Kinderarzt werden. Deswegen habe ich mich dagegen entschieden.«

Trotzdem erklärte er sich bereit. Ich hatte nicht gedacht, daß wir so schnell auf seine Zusage zurückkommen müßten.

»Ich werde Dr. Kerner anrufen und ihn noch einmal fragen.«

»Bitten Sie ihn, sich mit mir in Verbindung zu setzen.« Professor Neff ging um seinen Schreibtisch herum. Neben meinem Stuhl blieb er stehen.

»Wenn Sie sich der Situation nicht gewachsen fühlen, können Sie mit Sabine jederzeit zu uns auf die Station kommen. Wir sind immer für Sie da.« Ich spürte den leichten Druck von seiner Hand und kämpfte mit den Tränen. »Es werden schwere Zeiten auf Sie zukommen.«

In dem Moment ging die Tür auf. Schwester Susanne hielt den Umschlag mit den Röntgenbildern unterm Arm. Der Befund war eindeutig. Sabine hatte Wasser in der Lunge.

Im Krankenhaus zu bleiben wäre der übliche Weg gewesen. Wasseransammlungen in der Lunge sind eine Belastung für den gesamten Organismus. Die Körperfunktionen konnten jederzeit zusammenbrechen, das Herz war überlastet. Wo hätte man im Notfall schneller und gezielter helfen können als in der Klinik. Doch ich wollte mit Sabine nach Hause.

Als wir im Auto saßen, fragte Sabine: »Mama, was hat der Professor gesagt?«

Einen Augenblick rang ich mit mir.

»Er hat gesagt, daß dein Zustand schlechter geworden ist.« Aus dem Augenwinkel beobachtete ich sie. »Er sagt, er kann dir nicht mehr helfen. Spürst du es selbst?«

»Ja, Mama.« Sie war niedergeschlagen. »Ich glaube, ich kann auch nicht mehr in die Schule gehen.«

»Ich denke, du bleibst die Tage bis zu den Sommerferien besser zu Hause. Schon dich, Kind. Ich rufe Dr. Kerner an.« Ich hätte sie so gerne ein bißchen aufgeheitert.

»Weißt du was, kleine Katze?«

»Was denn?«

»Am letzten Schultag laden wir einfach deine Lehrerin zu uns nach Hause ein. Dann kann sie dir dein Zeugnis geben, und wir feiern ein bißchen. Was meinst du?«

»Grillen wir dann auch?«

»Wenn das Wetter gut ist, grillen wir auch. Aber bis dahin brauchst du Ruhe. Und wir müssen aufpassen, daß du keine Infektion bekommst.« Ich bog in die Einfahrt und stoppte den Wagen vor der Garage. »Und wir müssen natürlich hören, was Dr. Kerner sagt.«

Als Joachim nach Hause kam, setzten wir uns auf die Bank im Garten. Die Kinder waren drinnen und spielten.

»Professor Neff hat gesagt, das ist das Ende.« Joachim schluckte. Er sagte kein Wort. Minuten vergingen, ohne daß er sich bewegte.

»Das heißt, er kann gar nichts mehr für Sabine tun?« Er sprach leise.

»Neff sagt, es bleibt uns nichts mehr, als Sabine bis zu ihrem Tod zu pflegen ...« Ich brach in Tränen aus. Joachim drückte mich an sich.

»Was machen wir jetzt?« fragte er. Mit Tränen in den Augen sah ich ihn an; er sah alt aus.

»Ich weiß es nicht. Aber – wir sollten Sabine nicht ins Krankenhaus bringen.«

»Wie stellst du dir das vor?«

»Ich habe mit Professor Neff geredet. Er ist einverstanden, wenn wir einen Arzt haben, der ständig ansprechbar ist«

In dem Moment, als ich Professor Neff gefragt hatte, hatte ich nicht über die Folgen nachgedacht. Ich hatte intuitiv entschieden. Alles, was zwangsläufig mit einem stationären Aufenthalt verbunden wäre, wollte ich nicht noch einmal erleben müssen. Ich wollte nicht, daß unsere Familie wieder auseinandergerissen würde – ich mit Sabine in der Klinik, Sebastian und Charly bei Bekannten, Joachim zwischen allen Stühlen. Das würde wieder und wieder geschehen, denn dies wäre sicher nur der erste in einer Reihe von Krankenhausaufenthalten. Ich wollte meine Familie vor neuen Zerreißproben bewahren.

Vor allem sollte es Sabine erspart bleiben. Wie würde es denn sein? Man würde sie behandeln und soweit herstellen, daß sie für Tage oder ein paar Wochen nach Hause konnte. Bei der nächsten Verschlechterung würde sie erneut eingeliefert und schließlich für immer kürzere Zeitspannen wiederhergestellt werden. Ich wußte, was Patienten, deren Tod abzusehen war, erwartete, und die Vorstellung war mir unerträglich. Es mußte möglich sein, Sabine in ihrer vertrauten Umgebung zu versorgen und ärztlich betreuen zu lassen.

Ich sah, wie Joachim nachdachte.

»Ich habe Dr. Kerner angerufen. Er wird mit dem Professor telefonieren und morgen mittag vorbeikommen.« Joachim schwieg immer noch.

»Wenn du einverstanden bist, sollten wir es uns ersparen, Sabine ins Krankenhaus zu bringen.«
Joachim nickte.
Still saßen wir nebeneinander auf der Bank. Jeder hing seinen Gedanken nach. Irgendwie hatten wir beide gehofft, Sabine könnte es doch noch schaffen. Gut, sie würde nie wieder gesund werden; aber vielleicht konnte sie doch noch lange bei uns bleiben. Ihr kleines Leben weiterleben, das sie sich schon so gut eingerichtet hatte. Wir hätten ihr jede erdenkliche Hilfe und Unterstützung zukommen lassen. Wir wollten sie bei uns behalten, ganz nah. Mit ihr schmusen, reden, herumalbern, sie trösten oder ermahnen, alle kleinen Dinge des täglichen Lebens mit ihr gemeinsam erleben. Nun waren die Hoffnungen zerschlagen. Wir waren verzweifelt und mutlos. Das Wissen, daß Sabine an einem Punkt angelangt war, an dem die Medizin versagte und niemand ihr mehr helfen konnte, war schwer auszuhalten.

In den nächsten Tagen nahmen wir nicht viel wahr von dem, was um uns herum geschah. Wir waren wie taub. Wie damals, als die Ärzte uns zum ersten Mal mitgeteilt hatten, daß Sabine an einer tödlichen Krankheit litt, mußten Joachim und ich die ganze Hoffnungslosigkeit neu begreifen lernen.

Und trotzdem hofften wir weiter.

Es ist irrational. Einen bevorstehenden Tod wirklich zu begreifen übersteigt die menschlichen Möglichkeiten. Rational waren wir uns über alles im klaren; man hatte uns die Lage in eindringlichen, deutlichen Worten beschrieben. Emotional konnten weder mein Mann noch ich diesem Wissen folgen. Bis in Sabines letzte Tage hinein hofften wir. Vermutlich war es diese Hoffnung, die uns getragen hat, die uns half, unsere Tochter in ihrem letzten Jahr bei uns zu begleiten. Es war die

Hoffnung, die uns den Mut und die Kraft gab, jede einzelne Stunde durchzustehen. Wie ein Motor trieb sie uns an und bestimmte unser Denken, Fühlen, Handeln.

Langsam kehrten wir zurück. Wir erinnerten uns an unseren Leitgedanken und zwangen uns, nicht an die Zukunft zu denken, sondern dem Augenblick eine Chance zu geben.

Die Tage gingen dahin. Es mag erstaunlich klingen, wenn ich auch an dieser Stelle von Normalität spreche; gemessen an dem, was für andere normal ist. Doch es war genau das, was wieder einkehrte. Normalität, unsere Normalität. Sebastian ging in den Kindergarten und Joachim zur Arbeit. Sabine und ich begannen, Pläne für die Einladung ihrer Lehrerin zu machen. Wir brauchten den Halt im Alltäglichen, in den kleinen Dingen. Ohne ihn hätten wir nicht bestehen können.

Sabine verbrachte die Tage in ihrem Zimmer im Bett oder im Wohnzimmer, wo wir ihr wieder das Sofa herrichteten. Sie hörte ihre Hörspielkassetten, bastelte oder lernte. Manchmal legte sie sich im Schatten der Bäume auf eine Liege, und ich leistete ihr Gesellschaft. Sie saß bei den drei Hühnern oder versorgte ihren Hasen. Sie half mir, im Garten Kräuter zu pflücken und sie zu zerkleinern. Alles, was sie tat, tat sie langsam. Da die gefäßerweiternde Wirkung der Tropfen sich erschöpft hatte, staute sich wieder das Blut in Sabines Lunge, und die Belastung für ihr Herz und den gesamten Kreislauf stieg. Wasser sammelte sich in ihrem Körper, und die Bewegungen und das Atmen fielen ihr schwer. Ihr Zustand ähnelte bald dem bei ihrem ersten Zusammenbruch vor rund zwei Jahren. Doch Sabine ließ sich nicht entmutigen. Sie blieb zielstrebig. Was sie sich vornahm, wollte sie beenden.

Sabine und ich verbrachten viel Zeit miteinander. Über Stunden hinweg war ich die einzige Person, mit der sie reden konnte. Ihre Schulfreunde sah sie nicht mehr, die Uroma besuchte uns sporadisch, unsere Freunde blieben weg, bis auf Anne und Lydia, Antje, Michael und Robert, der Schüler meines Mannes.

Sie begleitete mich gerne bei allem, was ich im Haus tat, und wir sprachen viel miteinander. Zwischen ihr und mir gab es eine innere Verbindung; wir konnten einander nichts vormachen. Wir spürten beide, wenn mit dem anderen etwas nicht stimmte. Manchmal genügte ein Blick, manchmal flüsterten wir uns das, was uns bedrückte, gegenseitig ins Ohr. Manchmal sprachen wir wie Erwachsene miteinander. Ich versuchte, ihr zu beschreiben, was in ihrem Körper geschah. Warum ihr Herz so angestrengt arbeiten mußte, warum sich Ödeme bildeten und sie Ruhe brauchte. Ich erklärte, daß selbst Professor Neff nicht mehr wußte, wie er ihr helfen könnte. Ich redete ernst mit Sabine, aber ich achtete darauf, sie nicht zu erschrecken. Horchte ich in mich hinein, war es dunkel und still. Nichts bewegte sich. Starre. Keine Hoffnung. Nur Schwarz.

Am letzten Schultag kam mittags Frau Sommer und brachte Sabines Zeugnis. Sabine war stolz, sie hatte gute Zensuren und wurde versetzt. Dann zog Frau Sommer noch einen Umschlag aus ihrer Tasche.

»Das haben mir deine Klassenkameraden für dich mitgegeben.« Sabine öffnete den Umschlag. Die Kinder in ihrer Klasse hatten einen Brief geschrieben.

Liebe Sabine,
wir wünschen Dir eine gute Besserung. Quiesel hat versprochen, nach den Ferien wiederzukommen.
Deine Klassenkameraden.

Dazu hatten sie den Rand bemalt, ein grünes Männchen, ein Blümchen, ein Herz von Jakob und ein Herz von Saskia mit einem Pfeil darin.

Wir verbrachten zwei fröhliche Stunden im Garten und grillten Würstchen. Als Frau Sommer sich verabschiedete, gab Sabine ihr die Hand: »Bis nach den Ferien.«

»Bis nach den Ferien, Sabine.«

Sie war zuversichtlich, daß sie ihre Klassenkameraden wiedersehen würde. Offenbar hatte sie die zweite Klasse schon fest in ihr Leben eingeplant. Ich hoffte für sie.

Dr. Kerner sah jeden zweiten Tag nach seiner Vormittagssprechstunde bei uns vorbei. Seine Besuche wurden schnell zu einem festen Bestandteil im Tagesablauf. Mit dem Stethoskop hörte er Sabines Brust ab. Manchmal nahm er auch etwas Blut ab und schickte es ins Labor. Das Wasser in der Lunge blieb; außerdem vergrößerte sich die Leber; Sabines Bauchumfang nahm zu. Dr. Kerner zog ein Maßband hervor und legte es um ihren Bauch. Sebastian war fasziniert von dem Mechanismus dieses Maßbands. Man drückte auf einen Knopf, und es schnappte zurück. Ohnehin interessierten sich die Kinder sehr für den Inhalt der ledernen Arzttasche, und Dr. Kerner führte ihnen bereitwillig vor, was er darin verbarg.

Wenn der Doktor klingelte, lief oft Sebastian zur Tür, Charly im Schlepptau. Die Kinder führten Dr. Kerner hinauf in Sabines Zimmer. In der ersten Zeit verfolgten sie aufmerksam jeden Handgriff des Arztes. Ich ließ sie gewähren. Sie sollten wissen, was mit ihrer großen Schwester geschah.

Nachdem ich anfangs ebenfalls bei jeder Untersuchung dabei gewesen war, zog ich mich bald zurück. Wenn ich mir Sorgen machte, weil Sabine wenig aß, rief ich in der Praxis an oder paßte Dr. Kerner ab, wenn er ging. Ich fühlte, daß es Sabine guttat, wenn sie mit Dr. Kerner allein sein konnte. Erst später erkannte ich, wie wichtig er tatsächlich für sie gewesen war. Er war Arzt, Vertrauensperson und Freund in einem. Er war einer ihrer raren Kontakte nach außen. Mit Dr. Kerner konnte Sabine reden, und sie spürte seine Zuneigung und Unterstützung. Er erleichterte ihr Leid und gab ihr ein Gefühl von Sicherheit. Er war ein Mensch, der nur ihr vorbehalten war. Außerdem machten die beiden immer kleine Späße miteinander; ich höre Sabine noch oben lachen, ihr leises, von der Krankheit erschwertes, immer etwas zurückgehaltenes Lachen.

Ich weiß nicht, worüber sie sprachen, wenn sie allein waren, aber ich glaube, Sabine fühlte sich zu Dr. Kerner hingezogen. Sie vertraute ihm uneingeschränkt und ließ sich von ihm leiten. Sie bemühte sich, seinen Ratschlägen zu folgen und ihn nicht zu enttäuschen. Sein Einfluß war groß. Manchmal nach seinen Besuchen mochte sie sogar wieder etwas mehr essen. Eine Zeitlang verschrieb Dr. Kerner Sabine eine Zusatznahrung, die sie trinken konnte. Dabei handelte es sich um ein Pulver, das mit Wasser angerührt wurde und das bei den beiden »Astronautennahrung« hieß. Es schmeckte nach Schokolade; dafür konnte man Sabine eigentlich immer begeistern.

Dr. Kerner war kompetent und erfahren und tat alles medizinisch Mögliche, damit Sabines Körper das Wasser abbaute und das Herz entlastet wurde. Er half Sabine immer. Hatte sie Schmerzen, so ging es ihr besser, nachdem Dr. Kerner dagewesen war. Ich glaube, manchmal hat er wirklich gezaubert. Dr. Kerner war ein sehr menschlicher Arzt. Er ging liebevoll mit Sabine um, nahm sie ernst, achtete sie und beschrieb sie als ein besonderes Kind, hochintelligent, ernst, humorvoll und sehr wissend. Er war immer ehrlich. Wenn er manchmal wirklich nicht weiter wußte, sagte er auch:

»Sabine, ich weiß wirklich nicht mehr, was ich jetzt noch machen könnte.« Es folgte eine Pause. Dann fügte er hinzu: »Weißt du was, ich glaube, wir machen jetzt das oder das. Und dann geht's schon wieder.«

Es war ein bißchen das Bild von einem Großvater, der zu seiner Enkelin spricht, obwohl Dr. Kerner jung war, nicht einmal so alt wie Joachim.

»Dann mußt du mir aber auch versprechen, daß du bis übermorgen, bis ich wiederkomme, wenigstens zwei Brötchen gegessen hast.« Das war dann wieder die kindgerechte Ebene.

In den letzten Monaten, die Sabine bei uns war, gab es einige Menschen, die sie regelmäßig besuchten. Darunter war auch Dr. Kerner, und er tat das nicht nur, weil er unser Hausarzt geworden war. Sabine zu betreuen schien für ihn mehr als eine berufliche Verpflichtung geworden zu sein. Wir alle spürten das und waren ihm dankbar.

Ende August, als die Ferien zu Ende gingen, stellte Dr. Kerner Sabine eine Schulunfähigkeitsbescheinigung aus.

13

Wieder hingen Luftballons über dem Eßtisch. In der Küche zündete ich Kerzen an und stach sie vorsichtig in die weiche Torte. Es war September, und Sabine hatte Geburtstag; sie wurde acht.

»Hoch soll sie leben ...«, sang der Familienchor. Sabine saß im Schlafanzug auf der Eckbank im Wohnzimmer. Sie lächelte. Ihr Gesicht war blaß, und ihre dunklen Augen wirkten riesig. Es ging ihr von Tag zu Tag schlechter, ihr Bauch nahm beständig an Umfang zu, außerdem hatten sich Ödeme an den Unterschenkeln gebildet. Mein Mann und ich hatten nur selten bis zu diesem Tag vorausgedacht; wir versuchten, nicht an die Zukunft zu denken. Nun schlossen wir unsere Tochter in die Arme und gratulierten.

Daß sie nicht zur Schule gehen konnte, hatte Sabine nicht davon abgehalten, ihren Geburtstag zu feiern. Schon vor Tagen hatte sie überlegt, wen sie einladen könnte. Sie bastelte Einladungen und verschickte sie schließlich an ihren Freund Tom, an Nils von nebenan und an Ilka und Maike, zwei Freundinnen aus ihrer Klasse. Auch Frau Sommer, ihre Klassenlehrerin, lud sie ein.

Am Nachmittag vor ihrem Geburtstag hatte Sabine mir in der Küche Gesellschaft geleistet, als ich gerade ihre Torte buk. Wir besprachen die bevorstehende Party und machten Pläne. Sabine dachte über das Geburtstagsessen nach.

»Was findest du besser, Mama: Nudeln mit Tomatensoße oder Hühnerbeinchen oder Nudelsalat?« Wir einigten uns auf Nudeln mit Tomatensoße. Zu trinken gab es ausnahmsweise Coca-Cola.

Als die kleine Gesellschaft am nächsten Tag Ratespiele spielte und Topfschlagen, Schokoladenwettessen veranstaltete und Seifenblasen durch den Garten blies, da war Sabine mittendrin. Wenn ich mir die Photos der Feier anschaue, finde ich Sabine genauso ausgelassen wie ihre Gäste. Nur manchmal hielt sie sich etwas zurück. Wenn ihre Kräfte nachließen, setzte sie sich auf das Sofa im Wohnzimmer, und die anderen versammelten sich um sie herum. Die Kinder waren ganz unbeeindruckt von ihrem dicken Bauch. Charly und Sebastian, die die ständigen Veränderungen hautnah miterlebten, hatten ohnehin keine Scheu. Sabines Aussehen hatte nichts Befremdliches oder Unheimliches für sie, es war Teil ihres Alltags.

Sebastian und Tom liefen mit dem Funkgerät durchs Haus, das Sabine geschenkt bekommen hatte. Sie hatte wieder einen dieser präzisen Wunschzettel gebastelt und sich lauter Dinge gewünscht, von denen sie auch profitieren konnte, wenn sie im Bett lag. Von oben, aus dem Dachgeschoß, funkten die Jungen die anderen Kinder im Erdgeschoß an. Kichernd tauschten sie geheime Botschaften aus und taten, als seien sie Geheimagenten.

Sabine ließ sich die Freude an ihrem großen Tag nicht verderben. Es war ihr letzter Geburtstag. Sie schien es zu wissen und teilte es uns indirekt mit. So sprach Sabine nach der Feier nie über ihren nächsten Geburtstag. Als ich sie später daran erinnern wollte, daß es Zeit sei, mit dem Wunschzettel zu beginnen, schüttelte sie den Kopf.

»Das brauche ich nicht, Mama«, sagte sie.

Ich dachte, sie wolle sich diesmal überraschen lassen. Immerhin kam sie kaum noch aus dem Haus, war lange nicht in Geschäften gewesen oder hatte in Schaufenster geschaut. Ich verstand ihr Signal nicht. Todkranke Kinder wissen, daß sie sterben werden. Es ist ein unbewußtes Wissen, doch es leitet sie. Wir, die von ihnen Abschied nehmen müssen, sind schwerhörig vor Angst. Unsere Ohren sind taub gegenüber den Botschaften der Sterbenden.

Im Oktober 1987 gründete ich mit Dr. Seidel, Oberschwester Annemarie und vier weiteren Betroffenen die *Elterninitiative herzkranker Kinder, Köln e. V.* Durch einen Aushang auf der Station fanden sich schnell weitere Mitglieder. Dr. Seidels Idee hatte konkrete Gestalt angenommen.

Unmittelbar nach der Gründung begannen wir mit der Betreuung der kleinen Patienten und ihrer Eltern auf der Kinderkardiologischen Station. Für mich persönlich war dies die wichtigste aller Aufgaben, die wir zum Programm erhoben hatten. Dort, wo das Leid am größten war, schien mir unser Einsatz am sinnvollsten. Heute, zehn Jahre später, denke ich immer noch so, und daß die Frauen unserer Initiative auf der Station stets sehnsüchtig erwartet werden, bestätigt mich.

Den meisten Eltern versetzt es einen Schock, zu hören, ihr Kind sei herzkrank. Das gilt für Mütter und Väter, deren Kinder bereits älter sind, genauso wie für Eltern eines neugeborenen Babys. Wenn ein Arzt nach der Geburt Unregelmäßigkeiten des Herzens feststellt, läßt er das Kind in eine Spezialklinik bringen; nicht immer liegt sie in derselben Stadt. Die jungen Eltern, deren Leben durch die Geburt ohnehin umgekrempelt wurde, fallen in ein Loch; damit haben sie nicht gerechnet. Alle Vorstellungen einer gemeinsamen Zukunft brechen zusammen. Die Mutter wird von ihrem Kind getrennt. Der Vater zerreißt sich, fährt von ihr zum Neugeborenen, ins Büro, nach Hause und wieder ins Krankenhaus. Die Zeit des Bangens und Hoffens beginnt. Wird das Kind überleben? Wird es alt werden? Wie wird das gemeinsame Leben aussehen? Das Baby ist schwach, kann vielleicht nicht getragen und nicht gestillt werden. Es ist auf medizinische Technik und eine Versorgung rund um die Uhr angewiesen.

In dieser Situation finden die Eltern oft nur in den Schwestern und Ärzten Gesprächspartner, und die sind kaum in der Lage, ihnen psychisch beizustehen. Auch innerhalb der Familien gibt es selten den nötigen Rückhalt, weil das Wissen und das daraus erwachsende Verständnis für die Krankheit des Kindes und die Verzweiflung der Eltern fehlen. So bleiben die Mütter und Väter mit ihrer Verzweiflung, dem Kummer, Schmerz und der enttäuschten Hoffnung, kurz: mit ihrer ganzen seelischen Not völlig allein. Gemeinsam mit einer anderen Mutter verabredete ich deshalb, zweimal wöchentlich auf die Station zu gehen.

Monika Billo war auch eine von denen, für die die Kinderkardiologie längst zum zweiten Zuhause geworden war. Ihr Sohn Christian hatte seine erste große Herzoperation im Alter von vier Jahren hinter sich gebracht. Er trug einen Herzschrittmacher. Da solche Geräte stets für Erwachsene konzipiert wurden und zu groß waren für Kinderkörper, mußte Christian in der Folge sechs weitere Operationen über sich ergehen lassen. Mal war der Schrittmacher verrutscht, mal stimmte etwas mit der Batterie nicht, ständig bangte man, das Ding könne plötzlich den Geist aufgeben. Zwischen den Eingriffen wurde Christian jedesmal nach Hause entlassen, so daß er in diesen Zeiten ein einigermaßen normales Leben führen konnte. Heute ist Christian 17 Jahre. Er überlebte Sabine und trägt immer noch einen Schrittmacher.

Christians Mutter hatte den Körper einer Tänzerin, und in der wenigen Freizeit, die ihr blieb, tanzte sie Ballett. Sie lebte damals schon getrennt von ihrem Mann, die Ehe war unter den Belastungen der Krankheit zerrieben. Monika Billo und ich hatten gemeinsam an der Satzung der Elterninitiative gearbeitet und saßen beide im Vorstand. Nun nahmen wir die Begleitung der Eltern und Kinder auf der Station in Angriff.

Wichtiger noch als mit ihnen zu sprechen, war, ihnen zuzuhören. Das merkten wir bald; doch ich wußte es auch aus eigener Erfahrung. Immer wieder erinnerte ich mich an die Gespräche und stummen Umarmungen mit jener fremden Frau, die ich eines Morgens auf dem Flur getroffen hatte, als Sabine nach der Lungenbiopsie zum zweiten Mal um ihr Leben kämpfte. Die Nähe zu einer Leidensgenossin hatte mir damals sehr geholfen.

Die Art, auf der Station mit Fremden ins Gespräch zu kommen, hat sich durch die Arbeit der ehrenamtlichen Helferinnen verändert. Es platzte förmlich ein Knoten. Wo zu der Zeit, als ich Sabine auf der Station betreute, eher ängstliches Schweigen geherrscht hatte, begannen Eltern, aufeinander zuzugehen. Plötzlich wollten alle reden. Die Eltern fingen an, sich untereinander zu organisieren. Inzwischen, das muß ich hinzufügen, bleiben auch mehr Mütter oder Väter Tag und Nacht bei ihren kranken Kindern in der Klinik. Das korrespondiert mit einem veränderten Bewußtsein in der Gesellschaft. Vor einer Weile besuchte uns eine Mutter, deren

Kind vor 15 Jahren auf der Station gelegen hatte. Sie war außer sich vor Staunen.

Manche Kinder waren nach einer Operation geheilt. Zu denen, deren Krankheit andauerte, hielten wir Kontakt. Ihre Eltern hatten auch nach der Entlassung ein dringendes Bedürfnis, sich auszutauschen. Wir begannen, regelmäßige Treffen zu organisieren. Später boten wir auch Trauergespräche an für diejenigen, die den Tod ihres Kindes verarbeiten mußten.

Einige Kontakte wurden mit der Zeit sehr intensiv und vertraut. Unter Umständen lagen Kinder wochenlang auf der Station; bei manchen dauerte es Monate, bis sie entlassen wurden. Nicht nur die emotionalen, sondern auch die Belastungen im täglichen Leben der Familien während dieser Zeit waren groß. Viele Patienten kamen von außerhalb, nicht alle Krankenhäuser führen Herzoperationen bei Kindern durch. Manche Eltern legten über Wochen Entfernungen bis zu 100 Kilometern und mehr zurück, um ihre Kinder für ein paar Stunden besuchen zu können. Das war – neben der Sorge um das kranke Kind – mit einem organisatorischen und finanziellen Aufwand verbunden, den sich Außenstehende kaum vorstellen können. Ich habe Eltern getroffen, die nicht einmal genug Geld hatten, um sich täglich telefonisch nach ihren Söhnen oder Töchtern zu erkundigen. Auch da halfen wir.

Von unseren ersten Spendengeldern kauften wir Klappbetten und stellten sie der Station zur Verfügung. Wo es nötig war, organisierten wir Übernachtungen im privaten Kreis für Mütter oder Väter, die sich aus den Familien lösten, um ihre kranken Kinder zu betreuen. Später rangen wir der Klinikverwaltung einen Raum ab, in dem sich Begleitpersonen zurückziehen und ausruhen konnten.

Je mehr Spenden wir sammelten, desto stärker investierten wir in die Ausstattung der Kinderkardiologischen Abteilung. Wir richteten die Krankenzimmer freundlicher und kindgerechter ein. Eine der gravierendsten Veränderungen war, daß wir den unsäglichen unterirdischen Gang, durch den man zum Katheterlabor gelangte, von einer Künstlerin gestalten ließen. Seit ihrer Gründung hat die Elterninitiative der Station inzwischen eine Waschmaschine und einen Trockner finanziert; wir haben eine Elternecke eingerichtet, mit Mikrowellenherd, Kühlschrank und Kaffeemaschine; wir schafften Betten und Schränke sowie Balkonstühle an; wir kauften medizinische Apparaturen, beispielsweise ein Diagnosegerät, das für herzkranke Erwachsene an nahezu jeder Klinik eine Selbstverständlichkeit ist, für Kinder aber noch nicht einmal an Universitätskliniken zur Standardausrüstung gehört. Wir kauften transportable Perfusoren, damit schwerkranke Kinder auch einmal mit ihren Eltern und Geschwistern hinaus können auf die Wiesen des Klinikgeländes, ohne daß die Infusion unterbrochen werden muß. Wir ließen den Spielplatz wiederherstellen. Wir haben Spiele, Videorecorder, Kassettengeräte und Lehrmaterialien besorgt und viele Dinge, die das Leben aller Beteiligten auf der Station erleichtern. Den Eltern, die nicht oder sehr schlecht deutsch sprechen, organisieren wir Dolmetscher. Mittlerweile fördert die Elterninitiative Sportgruppen für herzkranke Kinder. Seit 1996 werden die Kinder vor und nach einer Operation kunsttherapeutisch betreut.

Dr. Seidel hat sich mehr als einmal bei der Elterninitiative bedankt.

Durch das Engagement der Eltern schaffen wir es immer wieder, Not zu lindern, Mut zu machen und Zuversicht zu vermitteln. Längst erreichen uns auch

Anfragen aus anderen Bundesländern und dem benachbarten Ausland. Es entsteht ein Gefühl von Solidarität, wenn Mütter und Väter, die Gleiches oder Ähnliches erlebt haben, mitleiden und mittrauern. Vor allem aber wenn sie mitkämpfen, für jedes einzelne kranke Kind. Manchmal auch gegen die Meinung der Ärzte, der Klinikverwaltung, der Krankenkassen, der Behörden. Sei es im Fall jener alleinerziehenden Mutter, die für sich und ihr herzkrankes Kind eine Wohnung im dritten Stock zugewiesen bekam. Oder im Fall der Eltern, die für ihren herzkranken Sohn einen Schwerbehindertenausweis beantragten und beim Ausfüllen der entsprechenden Fragebögen entdeckten, daß die Schwierigkeiten herzkranker Kinder darin gar nicht auftauchten. So wurde beispielsweise gefragt, ob das Kind sich selbständig anziehen könne. Ja, schrieben die Eltern. Wo das Problem sei, fragte daraufhin der Sachbearbeiter. Worin denn bitte die Behinderung bestünde. Danach, daß der Jungen nicht Treppensteigen konnte und immer getragen werden mußte, hatte der Fragebogen nicht gefragt.

Oder auch im Fall einer Mutter, der verschiedene Ärzte unterschiedliche Therapien in Aussicht gestellt hatten. Die Mediziner waren sich uneinig im Bezug auf den Fortgang der Behandlung, einer verwies auf den anderen, und der antwortete schließlich, wenn das so sei, hielte er sich fortan ganz aus der Sache heraus. Bis die Mutter nicht mehr wußte, woran sie war und es dem Kind sichtlich schlechterging. Wir ermutigten sie, sich vor das Sprechzimmer zu setzen, bis man ihre eine klare, definitive Auskunft gab.

All das nahm seinen Anfang zu einer Zeit, als Sabine noch lebte. Sie lag bereits zu Hause im Bett, und wir pflegten sie Tag und Nacht. Obwohl sie immer anhänglicher wurde, immer weniger akzeptierte, wenn ich sie für eine kurze Zeit allein ließ, ließ sie mich ohne Widerspruch gehen, wenn ich zu einem Treffen der Initiative mußte. Ihr war dieses Engagement wichtig. Sie unterstützte es auf ihre Weise. Für mich ist die *Elterninitiative herzkranker Kinder e. V.* Sabines Vermächtnis.

Als kurze Zeit nach ihrem Tod ein Leitmotiv gesucht wurde, entschieden wir uns für das Bild von Quiesel, das Sabine meinem Mann und mir hinterlassen hatte. Es vereint unserer Ansicht nach alles, was das Leben eines kranken Menschen ausmacht, und trägt die Hoffnung auf eine Zukunft in sich – im Hier und Jetzt oder in einer anderen Welt.

Draußen begann es zu schneien. Sabine lag die meiste Zeit im Bett. Sie schlief viel und aß kaum. Ihr Gesicht wurde immer schmaler, ihre Augen größer, die dunklen Schatten tiefer. Wir alle hatten gehofft, sie würde früher oder später wieder zur Schule gehen können. Doch an einen Schulbesuch war nicht zu denken. Trotzdem war Sabine psychisch in guter Stimmung, sie wirkte weder bedrückt noch traurig oder niedergeschlagen. Sie teilte sich die Tage nach ihren Möglichkeiten ein, und wir anderen verbrachten möglichst viel Zeit bei ihr und leisteten ihr Gesellschaft. Wenn sie wach war, malte sie, hörte Bibi Blocksbergs Abenteuern zu oder ließ sich Geschichten erzählen. Manchmal trugen Joachim oder ich sie umher, machten kleine Ausflüge im Haus, damit Sabine nicht nur in ihrem Zimmer lag. Sie wurde immer leichter in unseren Armen.

Regelmäßig kamen dicke Briefumschläge von Frau Sommer und Sabines Klassenkameraden. Die Kinder malten Bilder und schrieben kurze Briefe. So war Sabine auf dem laufenden. Sie wußte, wer ein neues Haustier hatte, daß die ganze Klasse in den Zoo fahren wollte, und daß das Diktat am vergangenen Montag richtig schwierig war.

Schon kurz nach den Sommerferien war der erste Brief gekommen, von Markus.

Liebe Sabine,
 wir sind im zweiten Schuljahr. Jetzt kriegen wir schon viel mehr Schulaufgaben auf. Wir denken oft an Dich. In der letzten Woche waren wir im Wald. Wir haben Blätter gesammelt.
 Viele liebe Grüße von Markus.

Sabine schrieb zurück. Ich half ihr, und sie malte Bilder oder bastelte etwas und legte es mit in den Umschlag. Kurze Zeit später erhielt sie wieder Post.

Liebe Sabine,
 vielen Dank für Deinen Aufkleber. Wir haben uns sehr gefreut. Ein Brief, den wir Dir neulich schicken wollten, kam wieder zurück, weil wir den Absender vorne drauf geschrieben hatten. Letzte Woche haben wir Laternen gebastelt. Wir haben Luftballons mit Kleister und Papier beklebt, später wurde der Luftballon kaputtgemacht. Das war sehr lustig.
 Liebe Grüße, Deine Klasse 2b.

Manchmal schrieb auch Frau Sommer.

Liebe Sabine,
 die Kinder und ich denken oft an Dich. Wir haben Dein Bild in der Klasse aufgehängt, und so bist Du bei uns.
 Viele liebe Grüße, Deine Frau Sommer und alle Kinder der Klasse 2b.

Der Briefwechsel half Sabine über die Trennung hinweg. Sie wußte, daß man sie in ihrer Klasse nicht vergessen hatte. Trotzdem war sie traurig, daß sie nicht selbst zur Schule gehen konnte. Ihr Wille zu lernen und ihre Neugier waren ungebrochen. Ich erkundigte mich beim Schulamt über die Möglichkeit, Sabine Hausunterricht zu erteilen; Joachim war auf diese Idee gekommen. Wir hatten Glück, das Schulamt stimmte zu; was nicht zuletzt daran lag, daß Frau Sommer sich bereit erklärt hatte, Sabine zweimal wöchentlich außerhalb des regulären Stundenplans zu unterrichten.

Jeden Dienstag und Donnerstag nachmittag lernte Sabine nun weiter Lesen und Rechnen, Rechtschreibung und Sachkunde. Frau Sommer saß bei ihr im Zimmer am Bett und bevor sie ging, gab sie Sabine Hausaufgaben auf. Wir sahen unserer Großen wieder dabei zu, wie sie gewissenhaft Buchstaben in ihre Hefte malte und Rechenaufgaben löste. Sabine ließ keine Stunde ausfallen, selbst wenn sie schwach war, bestand sie darauf, zu lernen. Sie war beschäftigt und zufrieden.

Neben Frau Sommer hielt auch Sabines Religionslehrerin Kontakt zu ihr und schrieb Briefe. In diesen Tagen zeigte sich, daß wir mit der Wahl der Schule noch mehr Glück gehabt hatten, als wir anfangs dachten. Bevor klar war, daß Sabine nicht mehr am Unterricht teilnehmen konnte, hatte Herr Mayer, der Rektor, sogar dafür gesorgt, daß die 2b nicht, wie es für zweite Klassen üblich war, in den ersten Stock zog, sondern in einem Raum im Erdgeschoß blieb.

Die einzigen Menschen, die uns neben Frau Sommer besuchten, waren Lydia, Anne mit ihrem Mann und Tom und Mia, Antje und Michael sowie Roland und die Therapeutin, die Joachim geholfen hatte und inzwischen zu einer guten Bekannten geworden war. Zwischen einer anderen Bekannten, der Frau eines Kollegen meines Mannes, und Sabine entwickelte sich eine regelrechte Brieffreundschaft. Nach einem zufälligen Gespräch mit Joachim und mir begann Hannah, Sabine jede Woche einen Brief zu schicken. Regelmäßig zum Wochenende lagen sie in der Post; sie wurden bald zu einem festen Bestandteil in Sabines Leben.

Hannah schrieb von einem Teddybären mit zwei Köpfen, den sie auf der *Documenta* in Kassel gesehen hatte und legte ein Photo dazu. Sie dachte sich Rätsel für Sabine aus, kleine Denkaufgaben oder ein Rechenquiz. Mit einem Brief schickte sie sogar ein selbstgebasteltes Puzzle. Und immer gab es kleine Berichte über das, was Hannah während der Woche erlebt hatte.

Sabine antwortete, so gut sie konnte. In den Tagen vor Weihnachten bastelte sie für alle ihre Lieben Sterne. Scherenschnitte, die sie mit Transparentpapier unterlegte. Auch Hannah bekam einen. Daraufhin schrieb sie:

Liebe Sabine,

heute ist nicht Freitag, aber vielleicht hast Du meinen letzten Brief, den aus Paris, noch nicht bekommen. Ich habe jedenfalls heute Post von Dir gekriegt, Deinen schönen Stern und Eure lieben Grüße. Ich habe den Stern gleich aufgehängt. Am Adventskranz wollte er nicht hängenbleiben, der ist so trocken, daß alle Nadeln runterrieseln. Es sah aus wie ein Gerippe, auf dem ein Stern leuchtet!

An dieser Stelle lachte Sabine und stellte verrückte Überlegungen an. Wie würde es wohl aussehen, wenn sich aus dem Adventskranzgerippe ein Dinosauriergerippe entwickelte, auf dem dann der Stern glänzte?

Über Dein Marienkäferbild habe ich ein echtes Marienkäferchen krabbeln lassen, das ich in den Geranien fand. Es war ganz erstaunt, auf so einer großen roten Fläche zu sein. Die Laus rechts daneben (es war doch eine?) hat es gar nicht bemerkt, an der ist es einfach vorbeigekrabbelt. Dabei war die Laus so groß, daß das Marienkäferchen für eine Woche zu Essen gehabt hätte!

Auch das amüsierte Sabine. Der etwas hintergründige Humor freute sie.

Jetzt ist bald Weihnachten, und ich bin sicher, daß Dein Bettchen nahe beim Tannenbaum steht. Laß Dir alles Gute wünschen und grüße auch Deine Eltern und Geschwistern ganz lieb,
    Deine Hannah.

Hannahs Briefe waren ein Stück großer, weiter Welt in Sabines Leben, das immer mehr auf die nächste Umgebung – ihr Zimmer, das Haus – begrenzt war.
Sabine lag schon seit Monaten im Bett, als wir eines Nachmittags *Memory* spielten.
»Mama, meinst du Maike und Ilka können mich mal besuchen?«
»Ich weiß nicht, kleine Katze. Wünschst du es dir?«
»Mhh.«
»Meinst du nicht, daß es zu anstregend wird?« Sabine schüttelte den Kopf. »Dann ruf ich sie an.«
Ilka stand drei Tage später bei uns vor der Tür. Tuschelnd und kichernd zogen sich die Mädchen in Sabines Zimmer zurück und schlossen die Tür. Sie wollten unter sich sein, und ich ließ sie. Sabine brauchte dieses Stückchen eigenen Lebens, und daß sie es an diesen Nachmittag fand, freut mich heute noch.

Maikes Vater reagierte sehr reserviert am Telefon.
»Was hat Ihre Tochter überhaupt?«
»Eine Lungen-Herz-Krankheit, eine sehr seltene.« Ich wollte gerade in eine detailliertere Erklärung einsteigen, als er mich unterbrach.
»Stimmt das auch?«
»Wie – stimmt das auch? Was meinen Sie?« Ich verstand nicht. Und ich mochte seinen aggressiv-süffisanten Ton nicht.
»Na, Sie können mir viel erzählen. Ich habe Sie mit Ihrer Tochter neulich gesehen, im Auto. Die Kleine sah ziemlich ausgemergelt aus.«
Ich holte tief Luft. »Meinen Sie, Sabine hätte Aids oder sonst etwas Ansteckendes und ich würde Ihnen das verheimlichen?«
»Das haben Sie jetzt gesagt.«
»Wissen Sie was – vergessen Sie meinen Anruf.« Wütend knallte ich den Hörer auf die Gabel.
Zu Weihnachten kündigte sich erneut meine Großmutter aus Österreich an. Fünf Tage vor Heiligabend holte Joachim sie vom Bahnhof ab. Sie war schockiert, als sie Sabine nach einem guten halben Jahr jetzt wiedersah. Ich spürte, wie traurig es sie machte, ihre Urenkelin derart krank erleben zu müssen. Sie litt. Trotzdem war sie die gute Seele und beschäftigte sich von morgens bis abends mit den Kindern, die sie dafür liebten.
Ich bewunderte meine Großmutter für diese Haltung. Kein einziges Mal in der Zeit, in der sie bei uns war, ließ sie sich ihr Erschrecken, ihre Betroffenheit und ihren Kummer anmerken. Sie klagte nicht, sie jammerte nicht, wie es manche unserer Bekannten taten. Sie war einfach da und erzählte den Kindern viele Geschichten aus ihrer eigenen Kindheit. Geschichten, die heiter waren, aber auch solche, in denen Krankheit und Tod vorka-

men. Intuitiv fand sie auch jetzt im Umgang mit Sabine stets die richtigen Worte.

Es wurde unser letztes gemeinsames Weihnachten mit Sabine und Uromi. Wir machten auch diesmal ein besonderes Fest daraus, ganz feierlich, mit einem besonderen Menü, Weihnachtsliedern, Tannenbaum und feinen Kleidern.

Lange vor Heiligabend hatte ich überlegt, eines für Sabine zu kaufen. Obwohl Sabine Kleider nicht sehr mochte, war sie einverstanden gewesen. Ihre alten Hosen paßten längst nicht mehr, da ihr Bauch weiter unter den Wasseransammlungen wuchs. Also hatten wir eine ganze Kollektion lustiger Pyjamas gekauft, mit Elefanten darauf und Mickymäusen. Alle hatten weite Oberteile, ähnlich wie Umstandskleider, und Hosen, die ich so ändern konnte, daß sie weit genug waren. Ich suchte in verschiedenen Geschäften, bis ich schließlich ein Samtkleid fand, das so weit geschnitten war, daß Sabine Bauch hineinpaßte. Auch Charly bekam ein neues Kleid und Sebastian eine schwarze Hose. Als ich nach Hause kam, durften die Kinder die Tüten auspacken und die neuen Sachen kurz anprobieren. Dann packte ich alles wieder ein.

»Ssst – Heiligabend dürft ihr euch schönmachen.«

Es wurden traurig-schöne, sehr innige Tage. Meine Großmutter und ich sprachen viel über vergangene Zeiten.

»Das arme Madl, sie muß grad-a-so leid'n wie mei klein's Res'rl domals.«

Oft saßen wir auch zu dritt beisammen. Bedrückt, niedergeschlagen, erschöpft und müde hingen wir unseren Gedanken nach. Doch schon in der nächsten halben Stunde änderte sich die Stimmung. Wir wollten uns der Traurigkeit nicht hingeben; noch war Sabine bei uns. Auch Sebastian und Charly waren da, und sie wollten fröhliche Tage verleben. Wir bestärkten einander. Es mußte weitergehen, und wir hatten mittlerweile gelernt, daß wir unsere Aufgabe nur mit Mut und Zuversicht bewältigen konnten.

Auf jeden Abend folgte ein neuer Tag; auch wenn es manchmal sehr schwere Tage und noch schwerere Nächte waren.

14

Nachdem meine Großmutter abgereist war, ging es Sabine jeden Tag schlechter. Sie war erschöpft, ihr Körper deutlich von der Krankheit gezeichnet. Sie aß kaum, Essensgerüche waren ihr zuwider. Es gab beinahe nichts mehr, was sie noch mochte. Manchmal hatte sie Appetit, beispielsweise auf Hähnchenschenkel. Brachten wir ihr welche, nahm sie ein paar Bissen und schob den Teller beiseite. Meist übergab sie sich kurze Zeit später. Auch ihre Astronautennahrung mochte sie nicht mehr trinken. Ich war verzweifelt. Ein bißchen Kakao und ein Stückchen Brot mit Joachims selbstgemachter Erdbeermarmelade waren das einzige, was Sabine den Tag über zu sich nahm. Groß und eindringlich stachen ihre schönen Augen aus dem schmalen, beinahe weißen Gesicht heraus; es war, als würde ihr Gesicht nur aus diesen Augen bestehen.

Hatte Sabine vor ein paar Tagen noch mit meiner Großmutter gelacht und gemalt, lag sie jetzt still in ihrem Bett. Der Kassettenrecorder lief, doch immer seltener drehte sie die Kassetten um. Wenn wir zu Mittag aßen, kam sie dennoch manchmal herunter und setzte sich dazu. Sie wollte in unserer Gesellschaft sein. Ich lüftete dann wegen der Essensgerüche gut durch, damit ihr nicht übel wurde. Eines Mittags saßen wir wieder beisammen. Sebastian hatte seinen Freund Sören aus dem Kindergarten mitgebracht. Mitten im Gespräch sah Sören plötzlich Sabine an, zögerte einen Moment und sagte dann: »Wenn Sabine stirbt, ist das aber sehr schade.«

Mir blieb der Bissen im Hals stecken. Ich schaute in die Runde. Keines der Kinder sah aus, als sei es erschrocken. Dann reagierte ich genauso wie Sören.

»Ja, du hast recht. Das wäre sehr schade.« Damit schien das Thema für die Kinder beendet. Sören und Sebastian erzählten weiter von ihrem Vormittag im Kindergarten. Wieder merkte ich, wie ungezwungen Kinder über den Tod reden und denken. Sie haben einen so wohltuend naiven Umgang mit diesem Thema, einfach weil sie noch nichts wissen von der Tragik, die sich für uns Erwachsenen damit verbindet. Sie stehen seiner ganzen Schwere unbefangen gegenüber. Sören bot mir sogar an, es ihm ein wenig gleichzutun, seine Art aufzugreifen.

Mitte Januar stellte Dr. Kerner eine weitere Schulunfähigkeitsbescheinigung aus. Sabine verbrachte fast den ganzen Tag im Bett. Ich ließ sie keinen Augenblick mehr allein. Ihr Bauch schwoll weiter an. Inzwischen hatte er einen Umfang von 90 Zentimetern.

Der Bauch machte Sabine das Leben beschwerlich. Sie trug viel Gewicht mit sich herum, das Gehen strengte sie sehr an. Sie konnte kaum liegen, weder auf dem Rücken noch auf der Seite. Ich stopfte ihr Kissen in den Rücken, so daß sie sich halb sitzend anlehnen konnte. Das Atmen fiel ihr schwer, jeder Atemzug verursachte ein rasselndes, röchelndes, pfeifendes Geräusch, das uns ins Herz schnitt. Es ging Sabine wie seinerzeit Till im Krankenhaus.

Mehrmals am Tag benötigte sie Sauerstoff. Bislang hatte Sabine das Gerät selbst einschalten und die Maske aufsetzen können. Nun schaffte sie es nicht mehr, jede Bewegung war unendlich mühsam. Sie rief, und sofort flitzte jemand los. Manchmal schlummerte ich tagsüber in Sabines Zimmer ein. Ganz entfernt nahm ich wahr, was um mich herum geschah. Wenn Sabine etwas brauchte, holten Sebastian und Charly es. Sie gingen in die Küche hinunter, um ihr etwas zu trinken zu bringen. Sie kümmerten sich um den Sauerstoff und ließen mich schlafen. Sie drehten das Gerät an, damit Sauerstoff aus der Flasche in die Gesichtsmaske strömen konnte, und stellten es später wieder ab. Wir hatten die Maßangabe als Hilfe für Sabine gekennzeichnet, damit sie das selbst regeln konnte. Nun benutzten die Kleinen den Strich und halfen. Selbst Charly, die inzwischen dreieinhalb Jahre war, beherrschte das. Niemals überhörten die Kinder Sabines leise Rufe. Die Geschwister gingen sehr lieb miteinander um.

Die beiden Kleinen suchten die Nähe zu ihrer großen Schwester. Sebastian und Charly verließen in diesen Tagen ungern das Haus. Zwar ging Sebastian weiterhin in den Kindergarten. Jetzt zeigte sich, daß es eine weise Entscheidung gewesen war, den Jungen bei uns in der Nachbarschaft anzumelden und nicht in dem Kindergarten, in den Sabine gegangen war. Sebastian kannte den Weg und konnte allein hingehen, ich mußte ihn weder holen noch bringen. Wenn er mittags nach Hause kam, war seine erste Frage: »Wie geht es Sabine?« Er lief hoch in ihr Zimmer, leistete ihr Gesellschaft und erzählte die neuesten Geschichten aus dem Kindergarten. Wenn Sabine nicht zu erschöpft war, spielten die beiden. Doch auch jetzt flog manchmal das Spielzeug durchs Zimmer, weil Sebastian die Geduld und die Lust verlor; er konnte nicht verlieren. Er kann es bis heute nicht.

Auch in diesen Wochen, in denen es Sabine sehr schlechtging, gab es ein dauerndes Auf und Ab. Ihr Zustand schwankte, an manchen Tagen ging es ihr etwas besser, an anderen war ihr Zustand umso kritischer. Kurz vor meinem Geburtstag Ende Januar saßen wir zu viert in der Küche. Sebastian und Charly rührten mit dem Mixer Kuchenteig an. Sabine verzierte kleine Käsestükke mit Oliven und Weintrauben und richtete die Häppchen auf einem Tablett an. Ich freute mich, wenn sie sich eine Weintraube oder ein Stück Käse in den Mund schob. Schließlich leckten die Kinder die Teigschüssel aus, Bine wie ein Vögelchen.

In Augenblicken wie diesem fühlte ich mich in meiner Entscheidung bestätigt. Ohnehin haben wir unseren Entschluß, Sabine zu Hause zu pflegen, nie bereut. Unsere älteste Tochter war unter uns. Wir lebten gemeinsam als Familie weiter, buken Kuchen, feierten Geburtstag und hatten Freude. Die ärztliche und menschliche Unterstützung von Dr. Kerner half uns dabei.

Im Februar 1988 verschlechterte sich Sabines Zustand rapide. Sie aß fast nichts mehr und wurde apathisch. Ihr Bauch war zu fast unheimlicher Größe angeschwollen. Joachim und ich waren übernächtigt und verzweifelt, weil wir unserem Kind nichts von seinem Leiden abnehmen konnten. Wir waren überlastet, rund um die Uhr an der äußersten Grenze unserer Belastbarkeit. Fast schien es, als seien wir allem nicht mehr gewachsen.

Es gab Stunden, in denen Sabine kaum noch ansprechbar war. Sie war zu Tode erschöpft und am Ende ihrer Kräfte. In diesen Tagen, besonders aber in den Nächten, erwarteten wir ihren Tod. Ich hatte mich auf einer Matratze in ihrem Zimmer eingerichtet. Die Kleinen schliefen auf demselben Flur, in ihren Zimmern. Rückblickend erinnere ich mich an ein Gefühl tiefster Zusammengehörigkeit während dieser Zeit. Mein Mann schlief unterm Dach. Ich wollte ihn wenigstens nachts freihalten von dem Kummer und der Last am Krankenbett. Er mußte jeden Morgen pünktlich zur Arbeit.

Die Zeit schlich dahin.

In dieser Phase traten Dr. Kerner und Dr. Hauser an uns heran und konfrontierten uns mit der Möglichkeit einer Herz-Lungen-Transplantation. Eines Nachmittags standen dann beide vor der Tür. Oben sahen Sabine, Sebastian und Charly das Kinderprogramm im Fernsehen.

»Frau Sander, Herr Sander«, Dr. Hauser eröffnete das Gespräch. »Dr. Kerner und ich haben noch einmal eingehend über Sabines Situation gesprochen.« Dr. Kerner räusperte sich. »Wir möchten mit Ihnen über die Möglichkeit einer Herz-Lungen-Transplantation reden.«

Ich erstarrte. Joachim blieb ruhig. Reglos saß ich da und starrte in Dr. Hausers feingeschnittenes Gesicht.

»Sabine geht es körperlich bereits sehr schlecht. Eine Doppeltransplantation ist ein komplizierter Eingriff.« Dr. Hauser wirkte mitfühlend und ganz unverkrampft, wie immer. Dr. Kerner räusperte sich noch einmal.

»Ich verstehe nicht«, sagte Joachim.

»Wir möchten, daß Sie beide sich noch einmal eingehend mit der Möglichkeit einer Herz-Lungen-Transplantation auseinandersetzen«, sagte Dr. Hauser. Mich packte eine ungeheure Wut.

»Ich denke, Sabines Zustand ist, wie es bei Ihnen heißt, inoperabel.« Joachim war gleichbleibend ruhig.

»Ja, und es ist fraglich, ob sie eine Narkose überleben würde.«

»Wir denken an die Zeit, wenn Sabine nicht mehr da ist«, schaltete Dr. Kerner sich ein. »Es könnte sein, daß Sie sich eines Tages Vorwürfe machen, weil sie sich nicht genügend mit der Möglichkeit einer Transplantation auseinandergesetzt haben. Sie werden vielleicht denken, Sie hätten Sabine möglicherweise doch helfen können.«

»Was soll das? Wir haben uns damit abgefunden, daß unsere Tochter sterben muß. Es gibt keine medizinische Hilfe für Sabine.« Dr. Kerner legte eine Hand auf meinen Arm. Seine Worte drangen kaum noch zu mir durch. Ich kochte vor Zorn. Was wollen die? Das können die doch nicht ernst meinen, dachte ich. Welche Absicht steckte dahinter? Ich verstand nichts mehr.

»Alle Ärzte haben gesagt, es gibt keine operative Möglichkeit, Sabine zu helfen.« Joachim sprach leise. »Wir haben mit dieser Möglichkeit längst abgeschlossen. Wir begleiten Sabine bis zum Ende. Keine Transplantation.«

»Wir haben uns entschieden, Sabine in Ruhe sterben zu lassen. Und jetzt kommen Sie! Jetzt kommen Sie mit ihrem – Vorschlag.« Ich spuckte ihm das Wort vor die Füße. »Wissen Sie, wie mir das vorkommt? Wie eine ganz teure Sterbehilfe. Das muß nicht sein.«

Daß ich die beiden Männer nicht hinauswarf, lag nur daran, daß mein Mann dabei war. Joachim war immer bereit, erst einmal zuzuhören; dann reagierte er. Bei mir war es umgekehrt.

Ich wollte diese Situation beenden.

»Wir haben uns doch damit abgefunden, wir wollen doch mit Sabine bis zum Ende gehen. Jetzt lassen Sie uns bitte in Ruhe. Alles andere hat sich eh erledigt.«

Es dauerte lange, bis ich mich beruhigte und erkannte, was die beiden Ärzte beabsichtigt hatten. Sie hatten nicht alles noch einmal aufwühlen wollen. Sie waren gekommen mit dem guten Willen, noch einmal ausführlich mit uns Eltern über medizinische Möglichkeiten zu debattieren. Sie wollten uns dazu bringen, daß wir über eine Herz-Lungen-Transplantation nachdachten, um schließlich zu erkennen, daß sie keine Alternative für Sabine war. Dr. Kerner und Dr. Hauser wollten verhindern, daß mein Mann und ich uns später Vorwürfe machten, nicht alles für unser Kind getan zu haben. Sie wußten, daß manche Dinge an Eltern in einer Situation wie der unseren vorbeigehen. Vielleicht lag es auch ein bißchen an der Zeit: Herztransplantationen verliefen damals sehr erfolgreich, man war allgemein optimistisch gestimmt und traute sich manches zu. Professor Neff war mit seiner Skepsis eine Ausnahme.

Insgesamt also ein löblicher Gedanke der beiden Ärzte, nur hatte ich ihn völlig falsch verstanden. Ich war blockiert. Dünnhäutig, überempfindlich, mit den Nerven am Ende. Dr. Kerner und Dr. Hauser bekamen meine nackte Verzweiflung zu spüren. Der erneute Gedanke, es könnte möglicherweise doch noch etwas für Sabine getan werden, warf mich spontan aus dem Gleichgewicht. Längst verbat ich mir solche Spekulationen. Ich lebte hin- und hergerissen zwischen der Hoffnung auf ein Wunder und dem selbstauferlegten, unfreiwilligen Entschluß, mein Kind gehen zu lassen. Diese Entscheidung war die schwierigste, die ich in meinem ganzen Leben habe treffen müssen.

Ich habe ihnen unrecht getan, das aber später hoffentlich wieder bereinigt.

Die Arbeit der Elterninitiative entwickelte sich. Ein halbes Jahr nach unserer Gründung planten wir, uns im März 1988 mit einem Fest der Öffentlichkeit vorzustellen. Das schönste für mich war, daß Sabine an diesem Fest teilnahm. Für ein paar Stunden mobilisierte sie ihre Kräfte und feierte mit uns. Es war fast wie ein Wunder.

Ein paar Tage zuvor waren wir zum Friseur gefahren,

der Sabine wieder ihre kurze Fransenfrisur geschnitten hatte. Dann gingen wir in das Kindermodengeschäft nebenan, um ein weites Kleid zu kaufen. Sowohl der Friseur als auch die Verkäuferin in dem Geschäft wußten um Sabines Krankheit und bemühten sich ganz unaufdringlich um sie. Doch ich merkte, daß Sabine keine große Lust hatte, sich etwas auszusuchen. Das Angebot war nicht sehr groß. Da entdeckte sie plötzlich in einem der Regale einen leichten, weiß-blau gestreiften Overall. Er war weit geschnitten und sehr bequem. Wir kauften ihn. Nun war sie gerüstet und freute sich auf das Fest und die Menschen in der Klinik. Am Abend vor dem Fest las ich ihr vor dem Schlafengehen eine Gute-Nacht-Geschichte vor.

»Weißt du, Mama, ich bin froh, daß du das mit dem Verein machst. Wir müssen den Kindern helfen.« Ich war übermüdet, überarbeitet und gerührt; ein Kloß steckte mir im Hals.

»Ja, Sabine.« Ich strich ihr über das Gesicht; ich dachte ja wie sie.

Das Fest am nächsten Tag wurde ein Erfolg. Wir hatten zahlreiche Gäste eingeladen, und sie kamen fast alle: Kinder, Mütter und viele Väter. Die Presse war ebenfalls anwesend und berichtete später in mehreren Artikeln, was der Elterninitiative weitere Aufmerksamkeit und Spenden einbrachte.

Die Attraktion war ein Clown, der die Kinder mit seinen Kunststückchen begeisterte. Er zog große Luftballons und bunte Seidentücher aus seinem Köfferchen und zauberte sie weg und holte sie wieder hervor. In der Initiative planten wir, jeden Monat eine Theatervorstellung stattfinden zu lassen, für alle kranken Kinder, aber auch für ihre gesunden Geschwister, Freunde und Eltern; zur Vermeidung weiterer »Sonnenscheinpillen«. Es dauerte allerdings noch Jahre, bis wir diese Idee realisieren konnten.

Sabine mußte sich bald in einen fahrbaren Krankenstuhl setzen, weil ihre Kräfte nachließen. Doch sie hielt durch, bis zum Ende der Veranstaltung.

»Du bist das achte Weltwunder, Sabinchen«, sagte Professor Neff beim Abschied. Seine dunklen Augen ruhten auf ihr, sein Gesichtsausdruck war beinahe liebevoll. Man mußte ihn wirklich lange kennen, um seine weiche Seite zu erleben.

Was mich auch freute, war, daß es uns an diesem Tag gelang, die kranken Kinder mit einigen ihrer gesunden Geschwister zusammenzubringen. Energisch bemühte ich mich im Rahmen der ehrenamtlichen Arbeit, auf die schwierige Lage der Schattenkinder hinzuweisen. Zu Hause erlebte ich immer wieder, wie Sabines Krankheit auch Sebastian und Charly belastete. Ein Erlebnis sollte Joachim und mir das Ausmaß sehr deutlich vor Augen führen. Auf unserem ersten Spaziergang nach Sabines Tod kamen wir an einem Spielplatz vorbei. Charly und Sebastian zögerten und sahen abwechselnd mich und ihren Vater an.

»Dürfen wir auf den Spielplatz?« fragte Sebastian schließlich.

»Selbstverständlich«, entfuhr es Joachim. Sebastian und Charly rannten los.

»Wir warten auf euch.« Ich nahm Joachims Hand, und wir setzten uns auf eine Bank. Als wir unseren Kindern zusahen, wurde uns bewußt, wie selbstverständlich sie vor Sabines Tod auf solche Wünsche verzichtet hatten. Ihre Schwester konnte nicht mehr viel unternehmen. Aus Solidarität taten die Jüngeren es ihr gleich. Es dauerte ungefähr ein halbes Jahr, bis Sebastian und Charly zu ihrer alten Unbeschwertheit zurückgefanden. Nur langsam wich der Ernst, der sich in ihren Gesichtern niedergelassen hatte. Zögernd begannen sie, ihre Umgebung mehr zu erkunden, wurden neugierig und fröhlicher. Es dauerte, bis ihr Leben wieder freier wurde.

Abends, als wir wieder zu Hause waren und ich Sabine ins Bett brachte, sagte sie: »Es war so schön heute. Ich bin ganz glücklich, Mama, daß du das geschafft hast. Ich wünsche mir für alle, daß es viel hilft.«

In dieser Zeit begann Sabine, ihren kleinen Besitz zu ordnen.

»Mama, ich möchte, daß du Sebastian meine Lokomotive gibst. Er findet sie so toll, er soll sie haben.« Unsere Tochter nahm Abschied. Sie machte ihr Testament.

Später, im Jahr nach ihrem Tod, las ich einen Artikel über einen todkranken Jungen; auch er hatte eines Tages begonnen, sein Spielzeug zu verteilen. Es gibt diesen Zeitpunkt, an dem Kinder beginnen, Abschied zu nehmen. Sabine ging es damals so schlecht, sicher wußte sie selbst, daß sie nicht mehr lange bei uns bleiben würde. Auch wenn mir das ganze Ausmaß nicht klar war, habe ich doch in diesem Moment intuitiv begriffen, daß es wichtig war, Sabine nicht zu widersprechen. Ich bin froh, daß ich es nicht getan habe. Obwohl ich sehr ergriffen war und es mir schwerfiel, zuzusehen, wie sie regelte, welche von ihren Dingen Sebastian, Charly, Joachim oder ich bekommen sollten.

Kurze Zeit später fuhr ich in die Klinik, weil Monika Billo und ich einen Beratungsnachmittag auf der Station angekündigt hatten. Zwar standen meine Besuche jetzt unter einem anderen Vorzeichen; aber auch zu ihnen mußte ich mich durchringen. Meine Verbindung zur Kinderkardiologischen Abteilung war unlösbar mit jenen Erlebnissen verbunden, die mein Leben zutiefst erschüttert hatten. Bis heute muß ich mich überwinden, das Gebäude der Kinderklinik zu betreten. Bin ich erst drinnen, finde ich meine innere Sicherheit, Kraft und Stärke wieder. Vielleicht liegt es daran, daß ich weiß, ich kann helfen.

An diesem Nachmittag sprach mich Oberschwester Annemarie an.

»Haben Sie noch einen Augenblick Zeit?«

Ich sah auf die Uhr. Ich wußte, daß Sabine mich zu Hause erwartete. Trotzdem nickte ich. Wir gingen hinaus auf den Flur. Sie musterte mich mit ernstem Gesicht.

»Haben Sie schon einmal mit Sabine über das Sterben gesprochen?«

Einen Moment lang überlegte ich. »Wir haben ein paarmal darüber gesprochen, daß ihre Lage aussichtslos ist. Über das Sterben direkt nicht – irgendwie hoffe ich auch jetzt, daß Sabine noch möglichst lange bei uns bleibt. Daß es noch dauert. Wie lange auch immer.« Ich strich mit dem Zeigefinger über das Treppengeländer. Schwester Annemarie sah mich unverwandt an. Prüfend, fand ich.

»Aber Sabines Zustand hat sich sehr verschlechtert. Ich glaube, es ist an der Zeit, daß Sie beide auch darüber sprechen. Sabine ist ein gescheites Mädchen. Sie ist sehr reif, wie viele Kinder, denen es so ergeht. Ich bin sicher, daß sie weiß, daß sie sterben muß. Wenn Sie auch darüber mit ihr reden, gibt es nichts mehr, was Sie voreinander verstecken müssen. Dann gibt es nichts, was noch zwischen Ihnen steht, Sie können ohne Vorbehalte miteinander umgehen, so, wie Sie sich wirklich fühlen.« Ich spürte, daß sie wußte, wovon sie sprach.

Oberschwester Annemarie hatte viele Kinder sterben sehen.

»Das können wir jetzt auch, finde ich. Ich muß Sabine kein Theater vorspielen. So, als würde eines Tages alles wieder gut. Ich muß mich nicht verstellen. Ich kann ihr zeigen, daß ich traurig bin. Ich habe oft erschöpft an ihrem Bett gesessen. Sie hat es mir angemerkt, mich getröstet und mir mit ihrer Kraft weitergeholfen.« Ich zögerte. »Vor ein paar Wochen haben wir darüber gesprochen, wie es im Himmel sein könnte. Sabine wollte es wissen, sie konnte sich keine Vorstellung machen.«

»Was haben Sie ihr gesagt?«

»Ich habe ihr von einem Bild erzählt, auf das ich in einem der Bücher von Elisabeth Kübler-Ross gestoßen bin. Sie schreibt, daß die Menschen im Augenblick ihres Todes von Schutzengeln oder sogenannten Geistführern abgeholt werden. Sie überschreiten eine Schwelle – einen Bergkamm, einen Tunnel, einen Fluß oder etwas Ähnliches. Dahinter erwartet sie ein helles Licht, eine Quelle reiner spiritueller Energie. Es ist eine Sphäre, in der Negativität keinen Platz hat. Es ist ein Ort der Liebe und des Verstehens. Als ich das gelesen habe, war ich war sehr beeindruckt.«

Schwester Britta kam aus dem Schwesternzimmer. Sie wollte wissen, ob Daniel aus Zimmer 107 schon seine Spritze bekommen hatte. Annemarie nickte. Im Hintergrund klingelte das Telefon.

»Ich habe Sabine auch beschrieben, was in dem Moment geschieht, wenn der Tod kommt. Der kranke Körper wird zurückgelassen, und das Eigentliche, das, was einen Menschen ausmacht, sein Geist, seine Gefühle, seine Seele, wechseln über in eine andere Welt, eine Daseinsform, die den Zurückbleibenden verschlossen ist, die aber für die Sterbenskranken in jeder Weise schön sein wird. Sabine wird dort nicht mehr leiden, ihr kranker Körper wird sie nicht mehr belasten, im Gegenteil, sie wird ihren Körper als heil und gesund erleben. Sie wird ohne Zeit und Raum sein, kann sich in Sekunden von hier nach da denken. Sie wird ohne Angst und Schmerzen sein. Ich hatte den Eindruck, daß es Sabine beruhigte. Sie wirkte zufrieden, anschließend.«

Schwester Annemarie nickte. Melanie rutschte mit einem alten Tretauto über den Fußboden. Eine Mutter kam die Treppen hoch und grüßte.

»Ich habe so viel gelernt durch diese Bücher. Ich weiß, wovor Sterbende sich fürchten und wie wir ihnen helfen können. Nämlich indem wir sie ernst nehmen und ihre Angst nicht abwehren, sondern sie zulassen.« Ich fror. »Es wäre mir unerträglich, wenn Sabine zusätzlich zu ihrem Leid Angst vor dem Sterben haben müßte.«

»Die Angst vor dem Tod und dem, was sich damit verbindet, ist für die meisten Kranken ein großes Problem. Für ihre Angehörigen auch. Das erleben wir hier immer wieder. Uns Schwestern fehlen da auch die Worte, es ist sehr schwer, Menschen im Angesicht des Todes zu unterstützen.«

»Ich lerne langsam, mich von meinem Kind zu verabschieden. Ich weiß, daß ich Sabine helfe, wenn ich sie gehen lasse. Ob es mir letztlich gelingt – ich weiß es nicht. Zu wissen, daß man Sterbenden den Abschied um so schwerer macht, je mehr man sich an sie klammert, ist eine Sache. Aber dieses Wissen umzusetzen, es mit den eigenen Gefühlen zu vereinbaren, ist nochmal was ganz anderes. Aber ich denke, ich habe kein Recht, Sabine zu halten. Es würde sie quälen, wenn ich versuchen würde, sie zu halten.«

Die Vorstellung, daß ein Teil von Sabine, nämlich ihr

unsterbliches Selbst, von einem Haus – ihrem Körper –, in ein anderes, schöneres Haus umzieht, das war für uns beide bislang eine große Hilfe. Das Bild brachte Licht ins Dunkel.

»So wie Sie es beschreiben, ist es sehr gut zu verstehen und nachzuvollziehen.« Wieder kam Schwester Britta. Sie konnte die Ampulle für Daniels Spritze nicht finden. Oberschwester Annemarie gab ihr den Schlüssel zum Medikamentenzimmer.

»Ich habe lange gezögert«, seufzte ich. »Manche Bücher habe ich immer wieder zur Seite gelegt, weil ich richtig Angst hatte, weiterzulesen. Trotzdem habe ich sie irgendwann wieder hervorgeholt. Ich habe geweint über die Berichte von Kindern und Erwachsenen, die bereits einmal klinisch tot waren. Es hat mir wahnsinnig weh getan, zu lesen, wie ein leukämiekrankes Mädchen im Sterben liegt und ihre Mutter sich über das Bettgitter lehnt und fleht: ›Liebling, stirb nicht, tu mir das nicht an. Ich weiß nicht, wie ich ohne dich leben soll.‹ Und wie das Gewissen des Mädchens schwer wird, sie sich schuldig fühlt und sagt: ›Mama, fahr nach Hause und schlaf dich aus. Mir geht es gut, wirklich.‹ Eine halbe Stunde nachdem die Mutter zu Hause angekommen war, klingelte das Telefon, und eine Schwester teilte ihr mit, daß ihre Tochter gestorben war. Allein, um ihre Mutter nicht noch mehr zu belasten.

Dann wieder habe ich mich fast gefreut, zum Beispiel als ich las, daß kleine Kinder die Schutzengel, die sie abholen, oft »Spielkameraden« nennen. Sterbende Kinder haben beschrieben, daß sie diese Wesen bemerken und von ihnen geleitet und geführt werden.

Das, was ich gelesen habe, hat mir Mut gegeben, Zuversicht. Ich fühle mich nicht mehr nur meinem Schicksal ausgeliefert. Ich glaube, ich kann es für mein

Kind und mich in die Hand nehmen. Seit ich das begriffen habe, läßt meine Angst nach.

Und noch etwas hat mich sehr beeindruckt. Kübler-Ross schreibt, daß der Mensch, der uns verläßt, in seiner neuen Welt von jemandem empfangen wird, der ihm vorausgegangen ist und der ihn geliebt hat. Das ist ein schöne und beruhigende Vorstellung, nicht wahr? Als ich mit Sabine darüber sprach, dachten wir gleichzeitig an ihre beiden Großväter. Mein Vater starb vor fünf Jahren, der Vater meines Mannes vor kurzem. Sabine mochte beide sehr gerne. Ich hatte den Eindruck, daß ihr die Vorstellung, ihre beiden Opas bald wiederzusehen, auch etwas Angst vor dem Unbekannten genommen hat.«

»Ich merke, ich muß Ihnen gar nicht ins Gewissen reden.« Oberschwester Annemarie lächelte.

»Nein, es war schon gut, daß Sie mich darauf angesprochen haben. Ich denke, ich werde noch einmal versuchen, mit Sabine zu sprechen. Auch wenn es mich aufwühlt – schauen Sie.« Ich streckte ihr meine zitternde Hand entgegen.

Das Gespräch ging mir nicht aus dem Kopf. Es hatte mich bislang jedesmal Überwindung gekostet, mit Sabine ganz allgemein über den Tod zu reden. Noch mehr schreckte ich davor zurück, mit ihr über ihren Tod zu sprechen. Sie signalisierte auch kein Interesse. Vielleicht hatten wir uns doch schon ausreichend mit diesem Thema beschäftigt? Andererseits hatte ich wiederholt gelesen, man solle Sterbenden Gespräche anbieten, weil es ihnen selbst noch schwerer falle, sich zu öffnen.

Auch fragte ich mich, ob Sabine bereits so weit war. Schwester Annemarie hatte ihr eine große Reife attestiert; aber war sie nicht doch zu klein? Ich ertappte mich bei dem Wunsch, Sabine zu schonen – und schob die Gedanken beiseite. Nein, Sabine wußte sehr viel für ihr Alter. Unsere Gespräche waren wie die zwischen Erwachsenen. Sie konnte sich gut in ihr Gegenüber hineinversetzen, spürte Stimmungen und reagierte entsprechend. Beim letzten Martinstag hatte sie das eindrucksvoll unter Beweis gestellt.

Es war offensichtlich gewesen, daß Sabine nicht am Umzug teilnehmen würde. Sie ging nicht mehr zur Schule. Sie lag im Bett. Nicht einmal eine Laterne hatte sie gebastelt. Ich fragte mich, wie sie es verkraften würde, wenn ihre Geschwister ohne sie losgingen. Ich überlegte, wie ich verhindern konnte, daß sie traurig wurde und sich ausgeschlossen fühlte. Am liebsten hätte ich den Tag stillschweigend aus dem Kalender gestrichen. Dann machte sie eines Nachmittags selbst einen Vorschlag.

»Weißt du was, Mama, in diesem Jahr zu St. Martin geht Papa mit Sebastian und Charly zum Laternenumzug. Und wir zwei bleiben hier.«

Ich muß sie in dem Augenblick ziemlich entgeistert angeschaut haben.

»Du hast gewußt, daß ich mir die ganze Zeit Gedanken mache wegen St. Martin, nicht wahr?«

Sie nickte. Sabine hatte meine Sorgen gespürt, die Situation durchschaut und sie mir aus der Hand genommen. Ich umarmte sie. Wir weinten, aber es waren weniger Tränen der Traurigkeit, als Tränen der Verbundenheit.

Mit der Erleichterung kehrten auch meine Ideen zurück.

»Was hältst du davon, wenn wir morgen anfangen, eine Dinosaurierlaterne zu basteln? Das kannst du auch auf dem kleinen Tisch an deinem Bett schaffen. Am Martinsabend stecken wir die Laterne draußen in einen

Blumenkasten. Dann singen wir, und die Zeit geht schnell vorbei, bis die anderen wiederkommen und uns einen Weckmann aus Hefeteig mitbringen.«

»Essen mag ich den nicht, aber seine Tonpfeife, die möchte ich haben.«

»Einverstanden.«

So haben wir es dann gemacht.

Ich wartete ab, doch es ergab sich keine Gelegenheit, Schwester Annemaries Rat aufzugreifen. Schließlich nahm ich meinen Mut zusammen.

»Sabine, laß uns über das Sterben und den Tod sprechen.«

Ich hatte den Satz kaum zu Ende gesprochen, da sah ich, daß ihre Augen sprühten.

»Mama, ich beiß dich gleich ins Knie und schmeiß dich raus.« Ich beiß dich ins Knie – das war ein geflügeltes Wort zwischen uns. Ein Ausdruck dafür, daß ich ihr zu nahe rückte. »Ich will nicht darüber reden.« Mir blieb nichts übrig, als zu gehen. »Aber wenn du irgendwann möchtest, dann sag es mir bitte.«

Ich bereute, nicht doch gewartet zu haben, bis Sabine von sich aus auf das Thema kam. Aber zumindest wußte sie nun sicher, daß ich bereit war, und ich denke, das war wichtig für sie. Ich hoffte, sie würde sich irgendwann ebenfalls bereitfinden, mit mir über ihren Tod zu sprechen. Ich nahm mir vor, sehr aufmerksam darauf zu achten, ob sie mir irgendwelche Zeichen geben würde, in ihrer symbolischen Sprache.

Nachts malte ich mir manchmal in Gedanken Dialoge aus. Je öfter ich das tat, desto ruhiger fühlte ich mich. Ich begriff, auf welche Weise ich als Mutter gefordert war. Es war die Aufgabe meines Lebens, meiner Tochter den Weg vom einen ins andere Leben zu erleichtern, ihr hinüberzuhelfen, ihr den Wechsel so einfach wie möglich zu machen. Je mehr ich mich auf diese Herausforderung einließ, desto mehr wuchs ich in die Verantwortung hinein.

Dann wieder spürte ich nichts als den Drang, mein Kind zu behalten. Ich wollte es nicht hergeben. Sabine war so ein wertvoller Mensch, mitfühlend, warmherzig, intelligent. Was ging der Welt verloren, was für ein Potential, was für ein Wille, welche Kraft. Meist griff ich in solchen Momenten nach meinen Büchern. Ich brauchte Unterstützung. Es gab nur wenige Menschen, mit denen ich über meine Gedanken und Gefühle sprechen konnte. Lydia. Und Joachim.

Zwei Jahre lang hatten wir mit Sabine dank der Tropfen ein beinahe geregeltes Leben führen können. Wir hatten uns in einer gewissen Sicherheit gewiegt. Es war uns gelungen, das Drohende in den Hintergrund zu verbannen. Wir hatten uns gegenseitig versichert, daß wir es gemeinsam schon schaffen würden. Nun war es soweit, wir konnten nicht mehr ausweichen. Heimlich hatten wir uns tief innen an die Vorstellung geklammert, daß Sabines Tod uns erspart bliebe. Jetzt mußten wir unserer Tochter und uns selbst gegenüber ehrlich sein. Wir durften uns unseren egoistischen Wünschen und Hoffnungen nicht mehr hingeben. Wir mußten unser Kind gehen lassen. Es ohne Vorbehalte und eigene Wünsche stützen und seinen Weg gehen lassen. Wir mußten das Loslassen lernen. Unsere Gespräche darüber drehten sich oft im Kreis.

»Ich weiß, daß wir loslassen müssen. Doch ich kann mich nicht an die Vorstellung gewöhnen, daß wir unsere Tochter beerdigen werden. Normalerweise überleben Kinder ihre Eltern, nicht umgekehrt.«

»Wir werden nicht sehen, wie sie erwachsen wird.

Sie wird nicht eines Tages nach Hause kommen und sagen: ›Mama, Papa – ihr werdet Großeltern‹.«

»Es tut so weh, alles zu vergessen, was ich mir für sie und uns gewünscht und erhofft habe. Alles aufzugeben.«

»Sabine geht. Wir bleiben. Ich kann mir ein Leben nach diesem Tag nicht vorstellen.«

»Ich will es auch nicht!«

»Aber wir dürfen sie nicht halten. Wir haben kein Recht, es ihr noch schwerer zu machen.«

Es war tückisch, denn es geschah ganz schnell, daß wir uns selbst etwas vormachten. Immer wieder erlagen wir der Versuchung und hofften und wollten Zeit schinden. Es ist ein Paradoxon, sich verabschieden zu wollen und gleichzeitig zu hoffen.

15

Anfang Mai ging es Sabine so schlecht, daß sie sogar die winzigen Mengen Nahrung und Flüssigkeit, die sie noch zu sich nahm, kaum bei sich behalten konnte. Trotzdem hatten wir Karten für den Zirkus *Roncalli* bestellt. Noch einmal in der märchenhaften Manege zu sitzen und die Clowns und die Akrobaten zu sehen, war ein langgehegter Wunsch von Sabine. Vielleicht, dachten Joachim und ich, vielleicht wäre es ja möglich.

Am Vormittag des Tages war ich kurz davor, den Plan aufzugeben. Es ging Sabine schlechter als je zuvor. Sie konnte fast nur noch mit Sauerstoffunterstützung atmen. Ihr Gesicht war grau. Ich fürchtete mich. Joachim war bei der Arbeit, Sebastian im Kindergarten. Beide würden erst mittags nach Hause kommen. Nur Charly spielte um uns herum. Doch auch sie schien die Stimmung wahrzunehmen und war sehr leise. Es war auf eine unwirkliche Weise still im Haus. Die Zeit begann stehenzubleiben.

Ich rief Dr. Kerner an. Er versprach, in der Mittagspause sofort zu uns zu kommen. Ich setzte mich zu Sabine ans Bett und las ihr eine Geschichte vor. Ich wartete.

Kurz vor zwölf kam Sebastian aus dem Kindergarten.

»Sebastian, Sabine geht es sehr schlecht. Ich glaube, sie und ich können nicht mitgehen in den Zirkus.« Ich sah, wie die Freude aus seinem Gesicht verschwand.

Mit trauriger Stimme antwortete er: »Wenn Sabine nicht mitkommen kann, gehe ich auch nicht.« Ohne ein weiteres Wort lief Sebastian hoch in Charlys Zimmer und schloß die Tür hinter sich. Er wandte sich ab, aber ganz allein wollte er auch nicht sein.

Dr. Kerner kam früher, als ich erwartet hatte. Ich begleitete ihn in Sabines Zimmer und ließ die beiden allein. Draußen hörte ich Joachim vorfahren. Ich erzählte ihm kurz, wie es um Sabine stand. Ich war erschöpft.

Es dauerte eine Weile, bis sich die Tür von Sabines Zimmer wieder öffnete. Dr. Kerner kam die Treppe herunter. Ich lief nach oben. Ich wollte nicht hören, was er sagte, ich wollte zu Sabine.

Als ich das Zimmer betrat, war ich sicher, daß Dr. Kerner zaubern konnte. Sabine saß in ihrem Bett, gestützt von den Kissen.

»Mama, jetzt gehen wir in den Zirkus.« Sie war wie ausgewechselt.

»Kind, was ist passiert?«

Ich habe nie gefragt, was die beiden miteinander gesprochen haben. Aber es muß eine von diesen Situationen gewesen sein, in denen Sabine sich absolut auf Dr. Kerner verließ. Und er, in seiner grundehrlichen Haltung, mit der er ihr und ihren Sorgen begegnete, gab Sabine neuen Mut. Ich konnte den überraschenden Wandel kaum begreifen. Nicht, daß ihr körperlicher Zustand sich so schnell verbessert hätte, das geschah erst in den kommenden Tagen. Aber Sabine hatte ihre Kraft wiedergefunden.

Charly und Sebastian reagierten schnell. Geschwind zogen sie sich um, und Sebastian rief Sören an. Also half ich Sabine in ihren gestreiften Overall hinein. Joachim lud das Sauerstoffgerät ins Auto, und wir fuhren wir los.

Es wurde ein wunderbarer Nachmittag. Die Kinder ließen sich verzaubern von den Clowns, dem Jongleur, den Raubtieren und Kunstturnern, den Pferdenummern, der Musik, den Ballons, dem Konfetti. Alle lachten und freuten sich. Erst auf der Rückfahrt, als wir beinahe schon wieder zu Hause waren, wurde Sabine schlecht, und sie übergab sich.

In den nächsten Wochen, den letzten ihres Lebens, zehrte unsere Tochter von der Erinnerung an diesen Nachmittag. Der Rest der Familie zehrt noch heute davon. Wir sind froh, daß wir diese Stunden mit allen unseren drei Kindern erleben durften.

Bei dem unseligen Gespräch mit Dr. Kerner und Dr. Hauser vor wenigen Wochen hatten die beiden Ärzte auch vorgeschlagen, Sabine ein weiteres Medikament zu geben. Möglicherweise würde es ihrem Körper helfen, das Wasser abzubauen. So begann Sabine, zusätzlich ein fünftes Präparat einzunehmen; auch jetzt klagte sie nicht und schluckte – ohne daß ich mich darum hätte kümmern müssen – regelmäßig Tropfen und Tabletten.

Das zweite Diuretikum bewirkte, daß sich Sabines aufgeschwollener Bauch bis zum Sommer beinahe vollständig zurückbildete. Sie konnte wieder leichter atmen und auf einen Teil der Sauerstoffduschen verzichten. Sie schleppte deutlich weniger Gewicht mit sich herum, und das war eine spürbare Entlastung. Sie wurde munterer und unternehmungslustiger. Doch ihre Bewegungen blieben langsam. Nach wie vor war sie schwach und schnell erschöpft. Auf ihren Appetit wirkte sich das neue Mittel nicht aus, sie aß weiterhin wenig. Jeder sah jetzt, wie ausgezehrt ihr Körper war, sie wog gerade noch 15 Kilo. Es ließ sich nicht mehr leugnen, daß Sabines Körper am Ende war.

Doch unsere Tochter nutzte das bißchen neue Energie, um aufzuholen, was sie versäumt hatte; Frau Sommer hatte in den vergangenen Wochen mit dem Hausunterricht ausgesetzt. Sabine lag im Bett oder saß im Wohnzimmer und lernte, und wir waren glücklich, ihr zuzusehen. Im Juni rief ich Frau Sommer an. Bald darauf setzten die beiden Dienstag und Donnerstag nachmittags ihren Unterricht fort. Mit jedem Tag wurde Sabine ausgeglichener und zufriedener. Eines Nachmittags, kurz vor Ende der Stunde, riefen mich die beiden in Sabines Zimmer.

»Sabine hat Sehnsucht nach ihrer Klasse«, begann Frau Sommer.

»Kann ich nicht für eine Stunde in die Schule gehen? Oder für zwei? Bitte, Mama.«

Ich zögerte und überlegte. »Wir müssen Dr. Kerner fragen. Und Papa.« Ich sah die Blicke, die zwischen Sabine und Frau Sander hin- und hergingen und schmunzelte. »Das ist ja eine abgekartete Sache, die ihr mir hier vorschlagt.« Doch die Vorstellung gefiel mir. »Vielleicht ist es ja möglich. Es wäre schon toll.«

»Sabine könnte sogar am Unterricht teilnehmen.«

Dr. Kerner war einverstanden, und schon am übernächsten Tag brachte ich Sabine zur Schule. Ich trug sie bis vor die Tür ihres Klassenzimmers. Dann nahm sie ihren Ranzen und verschwand.

Im nächsten Moment war ich völlig frei.

Das hatte es seit Monaten nicht mehr gegeben. Sabine im Unterricht, Sebastian im Kindergarten, Charly in der Krabbelgruppe; ich konnte kaum fassen, daß ich plötzlich etwas Zeit für mich hatte. Es dauerte, bis ich etwas mit der geschenkten Zeit anzufangen wußte. Ich fuhr in die Stadt. In einer Boutique kaufte ich mir ein blaues Kleid.

Sabine erholte sich. Dr. Kerner hatte keine Bedenken, sie weiterhin zur Schule gehen zu lassen, vorausgesetzt sie traute es sich zu. Also ging Sabine jeden Tag für zwei Stunden zur Schule. Ich fuhr sie hin und holte sie wieder ab. Als ein paar Wochen später die großen Ferien begannen, feierten wir alle ein Fest. Wir hatten das Gefühl, zu schweben, so glücklich waren wir. Niemand hatte solch eine Wendung erwartet.

Am letzten Schultag bekam Sabine ihr Zeugnis. Mit Hilfe ihres Willens und Frau Sommers Unterstützung hatte sie es geschafft und wurde wie die anderen Kinder in die dritte Klasse versetzt. Sabine war sehr zufrieden mit sich. Wir Eltern waren stolz und voller Bewunderung für unsere Älteste.

Ein wenig andächtig steckte Sabine das Zeugnis in ihren Tornister. Zu Hause legte sie ihre Schultasche zur Seite; sie sprach danach nie wieder über die Schule. Ich denke, sie wußte, daß dies ihre letzten großen Ferien werden sollten.

Freunde hatten uns auf die Idee gebracht, ein paar Tage Urlaub zu machen, und uns ihr Wochenendhaus im Westerwald angeboten. Wir fuhren los. Alle fünf waren wir fröhlich und ausgelassen. Die Fahrt dauerte nicht lange. Zwischendurch stoppten wir bei unseren Freunden. Sie freuten sich, Sabine wiederzusehen. Während ich dies schreibe, wird mir bewußt, daß diese Reise einen tieferen Sinn hatte. Sie wurde zu einer Abschiedsfahrt, denn in den wenigen Tagen trafen wir nicht nur unsere Bekannten, denen das Haus gehörte, sondern auch meine Freundin Lydia, die uns mit ihrer Familie einen Nachmittag lang besuchte.

Das Häuschen lag mitten zwischen blühenden Sommerwiesen. Ringsherum waren weitläufige Wälder. Gleich am ersten Tag machten wir einen Spaziergang zu einem nahe gelegenen Wildgehege, wo Hängebauchschweine und Ziegen lebten. Es war ein zauberhafter Sommertag. Durch die Blätter der Bäume fielen hier und da Sonnenstrahlen und setzten helle Lichtpunkte auf Büsche und Wiesen. Charly und Sebastian zogen den Bollerwagen, in den wir Sabine gebettet hatten. Am Ende eines breiteren Weges gelangten wir auf eine kleine Lichtung, auf der man einen Spielplatz für Kinder eingerichtet hatte. Ein paar Spiel- und Klettergerüste, eine Hütte zum Unterstellen, mitten in der Natur.

Ein Stückchen weiter entdeckten wir einen Platz, auf dem Elektroautos herumfuhren, so ähnlich wie bei einem Autoskooter. Wir waren ganz allein, weit und breit war niemand zu sehen. Die Kinder fuhren mit den Autos über den Platz. Wir halfen ihnen hinein, so daß sie richtig saßen und Gas und Bremspedal bedienen konnten. Dann setzten Joachim und ich uns auf eine Bank. Wir sahen zu, wie sie ihren Spaß hatten, und ließen uns von der Sonne wärmen. Mit dem Blick auf die Kinder spürten wir auch eine innere Wärme, eine Dankbarkeit für den Augenblick, die beinahe ungetrübten Minuten, in denen wir glücklich und zufrieden waren. Wir atmeten durch. Wir schöpften kurz Kraft und ermahnten uns, die Zuversicht nicht zu verlieren.

Nach zwei Stunden machten wir uns auf den Rückweg. Keiner unserer Ausflüge dauerte länger. Wir gingen zurück zum Häuschen und machten es uns auf der Veranda gemütlich. Sabine kuschelte sich ins Bett und ruhte sich aus. Nachmittags amüsierten sich die Kinder beim Ferienprogramm im Fernsehen. Ich glaube, wir alle staunten insgeheim über die Tage, die wir dort verbracht haben. Diese wenigen Urlaubstage bedeuteten uns sehr viel; es waren die letzten gemeinsamen schönen Stunden für unsere gesamte Familie.

Am dritten Tag verschlechterte sich Sabines Zustand. An ihrem Körper breitete sich ein unangenehmer roter Ausschlag aus, der sehr juckte. Sie mochte kaum mehr das Bett verlassen. Wir begannen, uns innerlich zu verabschieden und auf die Rückfahrt einzustellen.

Am vierten Tag besuchte uns Lydia mit ihrer Familie. Beim Abschied kam Sabine kurz hinaus auf den Balkon. Sie winkte Lydia hinterher. Joachim photographierte sie, wie sie neben Sebastian auf der Veranda stand, dünn, fast nur noch Haut und Knochen, die Hand zum Gruß gehoben, mehr eine Andeutung als ein Winken. Das war ihr Abschied, denke ich, wenn ich jetzt die Photos anschaue.

Am fünften Tag fuhren wir zurück und direkt zu Dr. Kerner. Er diagnostizierte eine Herpes-Zoster-Infektion, eine Gürtelrose.

Die vier Wochen, die nun folgten, sind nur noch gekennzeichnet von Leiden und Schmerz. Die Gürtelrose breitete sich schnell über die gesamte rechte Körperseite aus. Die roten Bläschen juckten und brannten und waren von heftigen Nervenschmerzen begleitet. Sabine litt, und wir litten mit ihr. Dr. Kerner ging ein und aus. Aus der Apotheke ließen wir die Medikamente vorbeibringen, ich ging nicht mehr aus dem Haus. Draußen war Hochsommer, die Luft war heiß und drückend. Trotzdem schloß ich manchmal das Fenster in Sabines Zimmer, damit die Nachbarn ihr Wimmern nicht hörten.

Eine Woche später fuhren wir überstürzt ins Krankenhaus. Dr. Kerner hatte, als er Sabine abhörte, keine Darmgeräusche mehr ausmachen können. Es bestand der Verdacht auf einen Darmverschluß.

Im Krankenhaus herrschte große Aufregung. Da die Gürtelrose ansteckend war, isolierte man Sabine. Zwei Nächte verbrachte ich sitzend vor ihrem Bett. Schließlich erklärten die Ärzte, sie könnten keinen Darmverschluß feststellen, und vermuteten, daß Sabines starke Verspannungen durch die permanenten Schmerzen zu dem Verdacht geführt hätten.

Dann machte Sabine der Situation ein Ende.

»Mama, ich möchte nach Hause. Bitte bring mich sofort nach Hause.« Das Sprechen strengte sie an. Doch ich spürte ihre Entschlossenheit. Ich rief Joachim an.

Diesmal verstand ich Sabines verschlüsselte Botschaft; ich hatte von solchen Situationen bei Elisabeth Kübler-Ross gelesen. Unsere Tochter wollte zu Hause sterben.

Wir fuhren heim.

Am 5. August, es war ein Freitag, reiste mein Mann schweren Herzens, aber mit Sabines Zustimmung, aus beruflichen Gründen ins Sauerland. Die Kinder und ich lebten sehr eng beieinander.

Ich verbrachte jede Nacht in Sabines Zimmer, wenngleich ich kaum schlief. Sabine lag die meiste Zeit wach. Tagsüber, wenn die gewohnten Geräusche im Haus sie beruhigten, schlummerte sie für eine Weile ein. Sebastian und Charly verließen kaum das Haus und leisteten ihrer Schwester Gesellschaft. Wir lebten zu viert wie in einem Vakuum. Und trotzdem mag ich nicht schreiben, daß wir wußten, daß Sabines Tod unmittelbar bevorstand.

Am Sonnabend vormittag holte Antje Sebastian und Charly ab und ging mit ihnen ins Schwimmbad. Sabine und ich waren allein. Zweimal kam Dr. Kerner. Der Apotheker brachte ein weiteres schmerzstillendes Medikament vorbei. Ich sollte es nach eigenem Dafürhalten dosieren. Mittags bat Sabine um ein Stück Croissant mit ihrer geliebten Erdbeermarmelade. Später fror sie, und ich brachte ihr zwei Wärmflaschen. Ich legte mich zu ihr ins Bett, um sie zu wärmen. So verbrachten wir den Nachmittag.

Abends kamen Sebastian und Charly zurück. Sie waren müde und legten sich bald schlafen. Sabine dagegen wurde etwas munterer, die Medikamente schlugen an und dämmten ihre Schmerzen etwas ein. Ich stellte mein Bügelbrett in ihrem Zimmer auf, und während ich bügelte, erzählten wir uns Geschichten.

Irgendwann am Abend wurde Sabines Atem unregelmäßig. Sanft drückte ich die durchsichtige Maske auf ihr Gesicht. Doch der Sauerstoff bewirkte kaum mehr etwas.

Es war soweit.

Ich nahm mein Kind in die Arme. Leise sagte ich: »Meine liebe kleine Katze, du kannst gehen. Ich werde dir dabei helfen, wenn es an der Zeit ist.«

So ist Sabine in meinen Armen gestorben.

Ich fühlte, wie sie ruhig wurde. Ich sah, wie ihre Miene sich aufhellte, als sie von einem Haus in ein anderes, schöneres umzog. Die Falten in ihrem gequälten Gesicht glätteten sich. Ihr Gesichtsausdruck vermittelte vollkommene Friedlichkeit, beinahe Glück.

16

Am Tag nach Sabines Tod nahmen wir Abschied von ihr.

Joachim war noch in der Nacht zurückgekehrt. Später am Vormittag klingelten Nachbarn, Kinder aus der Nachbarschaft kamen, Sabines Freundin Ilka. Sabine lag in ihrem Bett, in ihrem kleinen Reich, und jeder saß bei ihr, so lange er wollte. Wir sprachen mit ihr und über sie.

Sebastian berührte Sabines Gesicht.

»Sabine ist jetzt kalt wie Schnee«, sagte er. »Aber viel wertvoller.«

Ich irrte in diesen Tagen ziellos durchs Haus und durch den Garten. Die Sonne schien, der Himmel war blau. Doch für mich schien keine Sonne mehr. Ich spürte jede Sekunde das Fehlen meiner Tochter. Bis eben hatte ich mich mit meiner ganzen Kraft um sie gekümmert. Nun war Sabine weg.

Alles war leer um mich herum.

Ich spürte keine Energie mehr in mir, zu jedem Handgriff mußte ich mich zwingen. Ich weinte.

In den ersten Wochen der Trauerzeit lebten wir alle wie in Watte gewickelt, seltsam gedämpft. Erst später kam der Schmerz, stark, hart und unausweichlich.

Fünf oder sechs Monate nach Sabines Tod hatte ich das Gefühl, mein inneres Bild von ihr zu verlieren. Ihre Gestalt und alles, was sie ausgemacht hatte, verblaßte.

Ich sah meine Tochter nicht mehr vor mir. Ich konnte sie spüren, aber ich konnte sie nicht mehr sehen. Nichts als grauer Nebel war in meinem Kopf, wenn ich versuchte, an sie zu denken. Ich verzweifelte beinahe daran. Ich dachte, etwas mit mir sei nicht in Ordnung, ich würde langsam durchdrehen – durch die Beanspruchung oder was auch immer. Intensiv suchte ich nach Dingen, die Sabine in der Hand gehabt hatte, die nach ihr rochen. Ich hatte Angst, mein Kind ein zweites Mal zu verlieren. Die Endgültigkeit des Todes ist ohnehin schwer zu begreifen, man braucht sehr lange, um sich innerlich mit ihr abzufinden. Bis heute habe ich Sabines Tod nicht begriffen; allein, ich habe mich mit ihm abgefunden.

Mir war damals, als würde auch niemand um mich herum mehr an sie denken. Ich wurde bitter vor Kummer.

In dieser Zeit rief Lydia an.

»Ich wollte dir nur sagen, daß ich ganz oft an Sabine denken muß.«

Ein paar Tage später kehrte die Erinnerung zurück.

Inzwischen sind neun Jahre vergangen. Ich trauere immer noch. Die Trauer begleitet mich jeden Tag. Sabines Tod ist Teil meines Lebens geworden, und sie, sie ist immer bei mir. Meine tote Tochter hat einen festen, unverrückbaren Platz in meinem Herzen und in meinen Gedanken. Sie ist in mir und sonst für niemanden mehr greifbar.

Sie ist mir sogar näher denn je. In den Monaten, in denen ich an diesem Buch arbeitete, lebte ich noch einmal in der Vergangenheit, in jenen Jahren mit ihr. Ich war mittendrin; auch in meinen Träumen. Sabine wurde wieder sehr lebendig. Manchmal war sie mir zum Greifen nahe.

Nils' Mutter hatte in ihrem Kondolenzbrief einen Satz geschrieben, der damals nicht zu mir durchdrang. *In der Mauer des Winters jedoch gibt es immer ein Loch, durch das man den schönsten Sommer wiedersieht.* Damals hatte ich die Möglichkeit eines Neuanfangs nicht wahrhaben wollen. Ich dachte, für mich gäbe es nach Sabines Tod keinen Sommer mehr. Keine Unbeschwertheit, Heiterkeit, Leichtigkeit. Kein Glück. Doch seit einiger Zeit kann ich wieder richtig fröhlich und glücklich sein. Ich freue mich über Sebastian und Charly; und über Sabine, in meinen Gedanken.

Vor etwa zwei Jahren habe ich mich bei einer Gelegenheit absichtlich und sehr deutlich an Sabine erinnert. Ich sah sie oben in ihrem Bett liegen, mit ihrem bunten Schlafanzug, sah ihr schmales Gesicht mit den großen Augen, ihre kurzen Haaren, die ein wenig von ihren Köpfchen abstanden. Ich versuchte, mir vorzustellen, wieviel Platz ihr ausgezehrter Körper beanspruchte hatte, wenn sie sich im Bett ausstreckte. Plötzlich wurde mir bewußt, wie klein und zerbrechlich sie für ihre neun Jahre gewesen war. Und mir ging auf, daß Sebastian und selbst Charly inzwischen größer waren als ihre verstorbene große Schwester. Sebastian wurde dreizehn, Charly elf; beide hatten Sabine längst überholt. Sie trugen nicht mehr Sabines alte Hosen und Pullover, was sie eine Zeitlang sehr gern getan hatten. Es hatte ein Wandel stattgefunden, und ich hatte ihn nicht bemerkt. Meine älteste Tochter war in meiner Vorstellung stehengeblieben – stehengeblieben an dem Tag, an dem sie starb. Für mich war sie immer noch das Kind, das ich in meinen Armen wiegte; dabei wäre Sabine heute achtzehn Jahre. Ich brauchte eine halben Tag, um diese Erkenntnis zu verdauen.

Wenn ich die Nachbarskinder sah, habe ich mir nie

erlaubt, zu denken: Wie groß sie geworden sind, wie sie sich entwickeln. Neid und Verzweiflung darüber, daß es für Sabine nicht so gekommen ist, habe ich nicht zugelassen. Du bist ein realistischer Mensch, sagte ich mir; was soll das? Du willst doch Menschen nicht beneiden, nur weil sie leben. Aber es war ein Selbstschutz. Er unterdrückte manche Gefühle. Und sie kamen an die Oberfläche, als ich merkte, daß sogar bei uns im Haus die Kinder größer und älter waren als meine Sabine.

Sebastian und Charly trauerten auf ihre Weise um ihre Schwester. Sebastian schuf unmittelbar nach ihrem Tod neue Tatsachen.

Als das Bestattungsunternehmen Sabine abholte, geleiteten wir alle die Bahre mit ihrem Körper bis zum Auto. Wir sahen dem schwarzen Wagen nach, bis er um die Ecke bog und verschwand. Einen Augenblick starrten Joachim und ich ins Leere; dann hörten wir Sebastian von drinnen rufen.

Wir gingen in sein Zimmer, doch dort war er nicht.

»Wo bist du?«

»Hier.« Die Stimme kam aus Sabines Zimmer. Sebastian saß in ihrem Bett. Seine Bettdecke, seinen Kuschelteddy und ein paar Motorräder, die er zusammengerafft hatte, lagen neben ihm.

»Das ist jetzt mein Bett und mein Zimmer. Ich will hier bleiben.« Wir konnten nichts dagegen einwenden. Dann legte er sich hin und wurde krank. Sebastian bekam Fieber und die Windpocken. Beinahe übergangslos mußte ich wieder ein krankes Kind versorgen. Wie am Tag zuvor ging ich mit Medikamenten und kalten Wickeln in Sabines Zimmer; nur lag dort jetzt ihr Bruder.

Sebastian hatte eine Situation schnell entschieden, die für Joachim und mich noch völlig unklar gewesen war. Er befreite uns davon, Sabines Zimmer auflösen zu müssen. Er übernahm einfach alle Kuscheltiere, Kleinigkeiten und Kassetten, alle Spiele und die Möbel mit ihrem Geruch. Sehr langsam sortierte er seinen eigenen Besitz dazu. Über ein Jahr hat Sebastian das Zimmer so gelassen, wie es für seine Schwester hergerichtet worden war. Erst dann nahm er ein Plakat von der Wand oder räumte die Regale auf.

»Jetzt ist Sabine in den Himmel geflogen«, sagte Charly an jenem Tag, als Sabine abgeholt wurde und streckte ihre Ärmchen in den wolkenlosen Himmel. »Und da geht es ihr gut.« Sie war damals knapp vier Jahre alt. Vor einem Jahr legte sie mir wortlos ein Blatt Papier auf den Schreibtisch. Sie hatte ein Gedicht geschrieben. Es heißt *Der Tod*.

Der Tod ist etwas Wunderbares,
auch wenn du ihn noch nie sahst.
Aus der Familie gehen so viele.
Auch wenn sie zugrunde gehen,
sie sagen immer Auf Wiedersehen.
Es gibt dort etwas, was du nie gesehen hast.
Warum willst du mich nicht verstehen?
Alle müssen mal gehen,
und die Menschen machen dort Rast.
Dort gibt es einen Elch, und einen goldenen Kelch,
du darfst daraus trinken, und alle werden dir winken.
Dann gehst du in das Land unbegrenzter
Möglichkeiten und dort beginnen herrliche Zeiten.
Dort lebst du ziemlich lange,
doch dann wird dir angst und bange,
du wirst immer älter und allmählich auch kälter,
dein Leben schießt dir durch den Kopf
und dein Herz klopft.

Du hast dich in deinem neuen Land
nicht einmal verbrannt,
du hattest keine Schmerzen
nicht einmal am Herzen.
Dein Leben wird ewig weitergehen,
auch wenn du dich nicht mehr spürst.
Du wirst es noch sehen,
wie immer ein neues
Leben du führst.

So versuchte Charly, den Tod ihrer Schwester zu verarbeiten.

Beide Kinder trauern auf unterschiedliche Weise. Mal sind sie still und ziehen sich zurück. Oder sie gehen zu ihren Freunden, und wir erfahren erst später davon. Manchmal weinen sie. Noch heute geschieht es, daß sie nach einem schönen, erfüllten Tag abends eine große Traurigkeit packt. Gerade in solchen Momenten scheinen sie besonders unter dem Verlust zu leiden.

Einige Monate nach Sabines Tod waren beide Kinder tieftraurig und weinten sehr. Ich wußte nicht, wie ich ihnen helfen konnte, mit ihrem Schmerz besser fertig zu werden. Ich war selbst voll Trauer und verlor meine Zuversicht. Dann wurde mir klar, daß es wichtig war, sie weinen zu lassen, so lange, bis sie von allein wieder aufhörten. Heute setzen Joachim oder ich uns zu ihnen und warten, bis die Tränen versiegen. Dann können wir reden.

Joachim und ich brauchten lange Zeit, Jahre genaugenommen, um wieder zu einer inneren Gemeinsamkeit zu finden. Lange Zeit hatten wir uns ausschließlich auf die Kinder und das tägliche Überleben konzentriert. Beide litten wir darunter, daß wir so wenig Kraft und Zuspruch füreinander übrig hatten. Jetzt mußten wir neu zueinanderfinden, und das brauchte Zeit. Mein Mann und ich hatten vorher viele gute Jahre miteinander verbracht, hatten voneinander gelernt, waren aneinander gewachsen. Nach Sabines Tod schien alles verschüttet. Zeitweise hatte ich große Angst, daß es uns ergehen würde wie vielen anderen Eltern, daß geschehen würde, was ich am meisten fürchtete.

»Ich will nach Sabine nicht auch noch dich verlieren.« Ich versuchte zu ihm vorzudringen, doch lange blieb Joachim verschlossen. Mühsam mußte ich erneut erfragen, wie es ihm ging, was er dachte, was er fühlte. Fragte ich nicht, schwieg er weiter. So lebten wir über Monate. Manchmal war ich wütend, weil ich mich so mühen mußte, um ein Gespräch zwischen uns zustande zu bringen. Viele bittere Auseinandersetzungen waren nötig, damit wir wieder zusammenfanden. Es war eine anstrengende Zeit, in der uns einmal mehr Dr. Kerner half.

Erspart geblieben sind uns Schuldgefühle und peinigende Gedanken, zu wenig für Sabine getan zu haben. Vielleicht hat uns das letztlich geholfen, uns gegenseitig in unserer Trauer zu stützen. Wenn ich mich seelisch stärker fühlte und mein Mann einmal sehr traurig war, konnte ich ihn in den Arm nehmen und seine Trauer aushalten; und umgekehrt. Das konnte er, nur reden konnte er kaum.

Oft denke ich, es war gut, daß wir uns schon lange vorher auf Sabines Tod einstellen konnten. Fast möchte ich sagen: einstellen durften. Diese vorweggenommene Trauer hat uns das Leben später leichter gemacht. Wir sind dankbar für die Zeit, die wir noch mit Sabine verbringen konnten; auch wenn jede Sekunde von der Gewißheit überschattet war, daß sie nicht mehr lange bei uns sein würde.

Auf den Rat von Dr. Kerner hin legten wir ein Photoalbum an. Wir klebten alle Photos von Sabine hinein, sammelten alte Wunschzettel zusammen und ihre Zeichnungen. Später erweiterten wir das Album. Wenn Sabine Geburtstag hatte, konnten ihre Geschwister eine Zeichnung hineinlegen oder ihr einen Geburtstagsbrief schreiben. Wir ergänzten die alten Photos um neue und holten das Buch immer wieder hervor, wenn einem von uns schwer ums Herz wurde. Geschichten, Anekdoten und viele Erinnerungen kamen dabei zum Vorschein. Durch das Photoalbum hatten wir eine sehr faßbare Möglichkeit, mit Sabine in Kontakt zu bleiben.

Mittlerweile ist das Album voll. Wenn ich es heute auf den Tisch lege, schauen die Kinder immer noch gern hinein. Sie entdecken vieles neu, sehen Dinge mit anderen Augen. Sie sind selbst erwachsener geworden. Trotzdem sind ihnen viele Erlebnisse mit ihrer Schwester noch sehr nahe. Vor einer Weile stand ich mit einer Nachbarin, die erst nach Sabines Tod in unsere Straße gezogen war, bei uns im Hausflur.

»Das ist also Ihre älteste Tochter.« Sie betrachtete die Photos, die dort hängen. »Ich wußte lange nicht, daß Sabine nicht mehr lebt. Ihre Kinder erzählen immer so lebendig von ihr.«

In den vergangenen Jahren haben mich viele Eltern gefragt, warum gerade ihr Kind sterben muß. Warum dieses Kind, das sein ganzes Leben noch vor sich hat. Der Tod zur Unzeit – dieses Zitat habe ich einmal irgendwo gelesen. Der Tod zur Unzeit ist seit jeher für Eltern, vor allem für Mütter, ein beinahe unerträglicher Schmerz. Trotzdem leben Eltern nach dem Tod ihres Kindes weiter. Auch ich lebe weiter; und ich habe etwas verstanden. Sabine hat mich dazu gebracht, über das Sterben nachzudenken und auch darüber zu sprechen.

Ich habe meine Scheu verloren und kann inzwischen auf andere Eltern zugehen und mit ihnen über den bevorstehenden Tod ihres Kindes sprechen. Ich kann ihnen damit die Kraft geben, sich gedanklich auf den Tod einzulassen und versuche auch, ihnen die Sprache ihrer sterbenden Kinder zu vermitteln.

Das ist die Aufgabe, die meine Tochter mir hinterlassen hat.

Glossar

Anamnese   Die Vorgeschichte einer Krankheit, basierend auf den Angaben eines Patienten.

Antibiotikum   Ein Medikament, das Mikroorganismen – vor allem Bakterien – im Wachstum hemmt oder abtötet, beispielsweise Penicillin. Antibiotika werden bei Infektionskrankheiten gegeben.

arterieller Mitteldruck   Der Druck, mit dem das Blut durch eine Arterie fließt.

Arterien   Vom Herzen wegführende Adern, durch die sauerstoffreiches Blut in den Körper und sauerstoffarmes in die Lunge strömt.

Arteriolen   Abzweigungen der Arterien. Kleinste Adern mit sauerstoffreichem Blut.

Atrium   Synonym für Vorhof. Herzkammer, die einmal in der linken und einmal in der rechten Herzhälfte vorhanden ist.

AV-Druckdifferenz   Druckunterschied zwischen venösen und arteriellen Herzgefäßen.

Biopsie Entnahme einer Gewebeprobe aus einem lebenden Organismus für eine histologische Untersuchung.

chronische Krankheiten Sich langsam entwickelnde, langsam verlaufende, anhaltende Krankheiten. Im Gegensatz zu akuten – plötzlich auftretenden – Erkrankungen.

Computertomographie Eine Röntgenuntersuchungstechnik zur graphischen Darstellung von Weichteilen im Körper.

Digitalis Medikament zur Behandlung von Herzmuskelkrankheiten (Herzinsuffizienz).

Diuretikum Harntreibendes Medikament, das gegeben wird, wenn sich – beispielsweise bei Herz-, Lungen-, Nieren- oder Leberkrankheiten – Ödeme im Körper bilden.

Drainage Röhrchen oder Schläuche, die gelegt werden, um Wundsekrete oder andere Flüssigkeitsansammlungen aus dem Körper abzuleiten.

Echokardiogramm, Echo Eine Untersuchungstechnik, bei der man mit Hilfe von Ultraschallwellen von außen ins Herz hineinsehen kann, beispielsweise um seinen Aufbau (v. a. der Herzklappen), Größe und die Druckverhältnisse zu erforschen. Siehe auch: **Ultraschalluntersuchung**.

EEG Abkürzung für Elektroenzephalogramm. Ein Verfahren, um die bioelektrischen Aktionsströme im Gehirn graphisch darzustellen. Dazu werden dem Patienten nach einem bestimmten Schema Elektroden am Kopf befestigt, die diese Ströme an ein Aufzeichnungsgerät weiterleiten. EEGs dienen unter anderem der Diagnose von Tumoren oder Epilepsie und Migräne. Allerdings sind die Messungen bei Kindern unter zehn Jahren nur bedingt aussagekräftig. Ein Schlafentzugs-EEG kann die Aussagekraft verbessern, weil ein zusätzlicher Reiz, eine zusätzliche Erregung, die Untersuchung begleitet.

EKG Abkürzung für Elektrokardiogramm. Die elektrischen Spannungsschwankungen, die das Herz bei seiner Arbeit erzeugt, können mit Hilfe eines empfindlichen Meßgerätes als Kurve sichtbar gemacht werden. Die Kurve nennt man EKG. Sie hilft dem Arzt wesentlich, den gesundheitlichen Zustand des Herzens zu beurteilen. Die Untersuchung geschieht – wie das EEG – über am Körper befestigte Elektroden, ist schmerzlos und unschädlich.

Elektrolyte Elektrisch leitende Verbindungen; Transporterstoffe zur Aufrechterhaltung und Regulierung des Körperstoffwechsels, des Wasserhaushaltes, des Blutdrucks und der Blutgerinnung sowie der Herz- und Skelettmuskeln.

Endokard — Herzinnenhaut.

Epilepsie — Eine Sammelbezeichnung für Erkrankungen, die auf erblich, traumatisch oder organisch bedingten Schädigungen beruhen. Sie äußern sich in meist plötzlich einsetzenden Krämpfen, kurzer Bewußtlosigkeit, Schaum vor dem Mund, Zungenbiß sowie Einnässen.

Herpes-Zoster-Infektion — Eine Viruserkrankung mit Hautbläschen in der Gürtelgegend; Gürtelrose.

Herz — Ein Hohlmuskel, der im Körper wie eine Pumpe fungiert und rhythmisch das Blut mit all seinen Nähr- und Abfallstoffen durch die Adern und Organe bewegt. Es besteht aus dem Herzmuskel, der Herzinnenhaut sowie dem Herzbeutel und gliedert sich in eine linke und eine rechte Herzhälfte. Beide Hälften bestehen wiederum aus zwei Kammern, den Vorhöfen und den Hauptkammern. Zwischen den Vorhöfen und den Hauptkammern sitzt eine Klappe, die dafür sorgt, daß der Blutstrom nur in eine Richtung, nämlich hin zur Hauptkammer, fließt.
Durch die Körperschlagader, die Aorta, pumpt das Herz mit hohem Druck sauerstoffreiches Blut aus der linken Hauptkam-

mer in alle Körperteile; das sauerstoffarme Blut gelangt über den rechten Vorhof in die rechte Hauptkammer und wird dort über die Pulmonalklappe in die Lungenschlagader und in die Lungen geführt, wo es wieder mit Sauerstoff angereichert wird. Über die Lungenvenen und die linke Herzhälfte gelangt es erneut in den Körperkreislauf, also in alle Organe und Zellen. Das Herz ist ein zentrales Organ, es hält unseren Körper am Leben. Alle 60 Sekunden, insgesamt 1.440 Mal pro Tag, durchfließt das Blut unseren gesamten

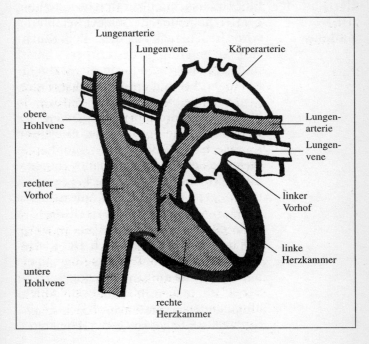

Organismus. Das Herz schlägt 40- bis 200mal pro Minute, je nach Alter und Aktivität eines Menschen. Bei Erwachsenen ist es etwa faustgroß und wiegt rund 500 Gramm, bei Kindern ist es vergleichbar mit der Größe einer Kinderfaust.

Herzgeräusch Zusätzlich zwischen den Herztönen auftretende Schallerscheinungen, die sich meist auf eine krankhafte Ursache zurückführen lassen.

Herzkatheter (HK), Katheter Eine Untersuchung zur Diagnosestellung bei Herzpatienten. Bei lokaler Betäubung wird ein Schlauch aus speziellem Kunststoff an einer Stelle des Körpers – meist in der Leistengegend – in die Blutgefäße eingeführt und unter ständiger Röntgenkontrolle bis ins Herz geschoben. So können die Kardiologen das Innere des Herzens betrachten. In den einzelnen Kammern und Gefäßen kann Blut für die Messung des Sauerstoffgehaltes entnommen werden, es kann Druck gemessen und gegebenenfalls ein Kontrastmittel injiziert werden. Die Darstellung des Herzens in einem Röntgenfilm ist möglich beziehungsweise üblich. Der Katheter gibt Aufschluß über das Ausmaß einer Herzerkrankung, besonders in Bereichen, in die Ultraschallwellen nicht hingelangen. Anatomische Details des Herzens und der Gefäße sowie deren

Lage im Brustraum müssen vor einer Herzoperation so genau wie möglich bekannt sein, um einen Vorgehensplan zu entwickeln und das Operationsrisiko zu minimieren. Der Katheter ermöglicht aber auch bestimmte therapeutische Eingriffe. Er wird in den meisten Fällen ohne Vollnarkose vorgenommen, weil diese die Herztätigkeit beeinflussen würde.

Eine Katheteruntersuchung fordert Medizinern großes Geschick ab, weil das Herz ein in mehrere Kammern unterteilter bewegter Muskel und kein statischer Hohlkörper ist.

Herzmonitor, Herzüberwachungsgerät Ein Kontrollgerät, das auf einem Bildschirm den Herzschlag anzeigt. Bei Unregelmäßigkeiten des Herzschlags – zu schnell, zu langsam – wird ein Alarmsignal ausgelöst, das die Schwestern ans Krankenbett ruft.

Herzschlag Alle 0,2 Sekunden zieht sich der Herzmuskel zusammen. Beim Zusammenziehen entsteht der erste Herzton, beim anschließenden Auseinandergehen der zweite. Diese Bewegungen erzeugen Schallwellen, die wir als Herzschlag wahrnehmen. Geräusche zwischen diesen beiden Tönen gehen meist auf krankhafte Ursachen zurück. Siehe **Herzgeräusch**.

Hypertonus Erhöhter Druck; bei einem pulmonalen Hypertonus handelt es sich um einen erhöhten Druck innerhalb des Lungenkreislaufs, dem sogenannten »kleinen Kreislauf«.

infaust	Wörtlich: ungünstig – zum Beispiel bezogen auf den Verlauf einer Krankheit.
Infusion	Siehe: Tropf.
Kanüle	Hohlnadel, zum Beispiel für Injektionsspritzen, auch für Infusionen.
Kardiologe	Herzspezialist. Arzt mit Fachausbildung bezüglich der Funktion des Herzens und seiner Erkrankungen. Kinderkardiologen haben sich auf meist angeborene Herzerkrankungen bei Kindern spezialisiert.
Kinderkardiologie	Die Abteilung innerhalb eines Krankenhauses, in der herzkranke Kinder behandelt werden, sowohl ambulant als auch stationär und operativ. In vielen Kinder- und Universitätskliniken gibt es kinderkardiologische Abteilungen.
medizinischer Sauerstoff	Speziell aufbereiteter und gereinigter Sauerstoff, der über Sauerstoffmasken eingeatmet wird.
Myokard	Der Herzmuskel.
Myokardfunktionsstörung	Fehlerhafte Funktion des Herzmuskels.

Myokard-schäden	Schäden am Herzmuskel.
Ödeme	Krankhafte Ansammlung von Wasser oder Lymphflüssigkeit im Gewebe. Tritt besonders bei Herz-, Lungen-, Leber- und Nierenerkrankungen auf.
Operations-hemd	Ein Kittel, den ein Patient vor einer Operation anzieht. Er bleibt am Rücken offen und wird lose am Halsausschnitt zugebunden.
Perfusor	Eine Pumpe, mit deren Hilfe sich bei Infusionen kleinste Mengen von Medikamenten oder Nährstoffen dosieren lassen.
Perikard	Herzbeutel.
Phonokardio-gramm	Elektroakustische Aufzeichnung von Herztönen und Geräuschen mittels eines Mikrophons und eines Verstärkers.
Psycho-pharmakon	Ein Arzneimittel, das steuernde Wirkung auf die psychischen Abläufe im Menschen hat – das dämpft, beruhigt, stimuliert.
pulmonal	Die Lunge betreffend.
Pulmonalarte-rienmittel-druck	Der – rechnerisch gemittelte – Druck, mit dem das Blut durch die Lungenarterien fließt.

Pulsoxymeter Ein Gerät, das den Sauerstoffgehalt im Blut durch die Haut hindurch messen kann.

Rechtsherz-insuffizienz Eine Schwäche des rechten Herzens.

Sauerstoffzelt Eine über dem Krankenbett montierte Plexiglashaube, in die zusätzlicher Sauerstoff hineingeleitet wird. Dadurch wird dem Patienten das Atmen erleichtert. Heute aber nicht mehr üblich, da es bereits möglich ist, Sauerstoff direkt am Krankenbett in die Atemluft zu applizieren.

Sonographie Siehe: Ultraschalluntersuchung.

Transplantation Verpflanzung eines Organs vom Spender zum Empfänger. Bei einer Herztransplantation, wie auch bei jeder andere Transplantation, muß medikamentös dafür gesorgt werden, daß der Körper das fremde Organ nicht abstößt.

Trikuspidal-klappenin-suffizienz Undichtigkeit an der Klappe zwischen der rechten Vor- und Hauptkammer des Herzens, die dazu führt, daß das Blut aus der rechten Haupt- in die Vorkammer zurückfließt.

Tropf Vorrichtung, durch die beispielsweise Medikamente oder flüssige Nahrung intravenös verabreicht werden und so direkt in den Blutkreislauf gelangen.

Ultraschall-untersuchung	Mit Hilfe von Ultraschallwellen können nach dem Echolotprinzip innere Organe von außen her untersucht werden. Die Wellen werden über ein Ultraschallgerät auf einem Monitor sichtbar gemacht. Sie sind für das menschliche Ohr nicht wahrnehmbar.
Venen	Zum Herzen hinführende Adern, durch die sauerstoffreiches Blut in die Lunge und sauerstoffarmes aus dem Körper fließt.
Ventrikel	Hauptkammer des Herzens, die einmal in der linken und einmal in der rechten Herzhälfte vorhanden ist.
Wärmebett	Ein Bett auf Rollen, dessen Matratze beheizt wird, das im Gegensatz zum Brutkasten aber offen ist.

Literatur

Broschüren zum Thema

Frömbgen S. / Sander, G.: *Reise zum Herzen* – Bericht über meine Katheteruntersuchung. 1996. Schutzgebühr 5.- DM.

Sander, G.: *Unser Herz, unser Leben*. Leben mit einem Herzfehler. 1995. Schutzgebühr 10.- DM.

Sander, G.: *Vorhang auf*. Theater für Kinder im Krankenhaus. 1996 Schutzgebühr 7.- DM.

Sticker, E.: *Martins Herzoperation*. Eine Broschüre, die Mut machen soll. 1993. Schutzgebühr 3.- DM.

Alle vier Broschüren sind zu beziehen über die:

Elterninitiative herzkranker Kinder, Köln e.V.
Telefon 02 21 / 41 51 18
Mittwochs zwischen 10.00 und 12.00 Uhr
ansonsten Anrufbeantworter

Bücher zum Lesen oder Vorlesen

Wenn ein Kind ins Krankenhaus muß

AKIK: *Katrin kommt in's Krankenhaus*. Über: Akik, Kirchstraße 34, Oberursel.

Becker / Niggemeyer: *Ich bin jetzt im Krankenhaus.* 1987. Ravensburger Verlag.
Blume, A.: *Den Umständen entsprechend optimistisch.* 1987. Rororo. Nicht mehr lieferbar, aber in Bibliotheken zu bekommen.
Boston Children's Hospital. *Kindergesundheitslexikon.* 1994. DTV.
Doktor Maus. Eine Spiel- und Sprechstunde für Kinder beim Arzt oder im Krankenhaus. 1996. Pontus Verlag.
Janosch: *Ich mach dich gesund.* Ein Kinderbuch. 1985. Diogenes Verlag.
Petermann / Noeker / Bode: *Psychologie chronischer Krankheiten im Kindes- und Jugendalter.* 1987. Psychologische Verlagsunion.
Robertson, J.: *Kinder im Krankenhaus.* 1992. E. Reinhardt Verlag.
Scherbath, E.: *Beim Arzt.* Ein Bilderbuch. 1996. Ravensburger Buchverlag.

Kinder und Jugendliche mit einem Herzfehler

Gutheil H.: *Herz- und Kreislauferkrankungen im Kindes- und Jugendalter.* 1990. Thieme.
Herzrhythmusstörungen. Ein Wörterbuch zum besseren Verständnis. Über: Sanofi Pharma GmbH München.
Lewin, A. G.: *Herzfehler bei Kindern.* 1994. Spektrum Akademischer Verlag.
Mayer, Chr.: *Der angeborene Herzfehler.* 1991. Birkhäuser Verlag.
Physiologische Stimulation mit Herzschrittmachern. 1982. Thieme Verlag.

Trauer

Allende, I.: *Paula*. 1996. Suhrkamp.
Basler / Schins: *Warum gerade mein Bruder?* Trauer um Geschwister. 1992. Rowohlt.
Dittrich, H.: *Vom Umgang mit der Trauer*. 1988. Econ.
Druon, M.: *Tistou mit dem grünen Daumen*. Ein Jugendbuch. 1972. DTV Junior.
Goldmann-Posch, U.: *Wenn Mütter trauern*. 1988. Kindler.
Ide, H.: *Wenn Kinder sich das Leben nehmen*. Trauer, Klage und die Zeit danach. 1992. Kreuz Verlag.
Kast, V.: *Trauern*. 1982/1988. Kreuz Verlag.
Krebber, I.: *Wer kennt meine Trauer*. 1994. Herder.
Lindgren, A.: *Der Drache mit den roten Augen*. Ein Kinderbuch. 1986. Oetinger.
Lindgren, A.: *Die Gebrüder Löwenherz*. Ein Jugendbuch. 1973. Oetinger.
Lohtrop, H.: *Gute Hoffnung – jähes Ende*. Ein Begleitbuch für Eltern, die ihr Baby verlieren, und alle, die sie unterstützen wollen. 1991. Kösel.
MacLachlan, P.: *Schere, Stein, Papier – Sophies Geschichte*. 1993. Hanser.
Passoth / Dille / v. Walther: *Nimmt das denn nie ein Ende?* 1992. G. Mohn Verlag.
Schulz, H. J.: *Trennung*. 1991. DTV.
Student, J.-Ch.: *Im Himmel welken keine Blumen*. 1992. Herder.
Worden, G.: *Beratung und Therapie in Trauerfällen*. 1982/1987. Verlag Hans Huber.

Kinder begegnen dem Tod

Bach, S.: *Life has its own span*. 1990. Daimon.
Barbara – Ein Mädchen nimmt Abschied. 1990. Droemersche Verlagsanstalt.
Brocher, T.: *Wenn Kinder trauern*. 1980/1992. Rororo.

Becker / Niggemeyer: *Ich will etwas vom Tod wissen*. Ein Photobilderbuch für Kinder. 1979. Ravensburger.
Kübler-Ross, E.: *Kinder und Tod*. 1984/1990. Kreuz Verlag.
Leist, M.: *Kinder begegnen dem Tod*. 1979. G. Mohn Verlag.
Mebs, G.: *Birgit*. Ein Jugendbuch. 1986. DTV Junior.
Oyen / Kardholm: *Abschied von Rune*. Ein Kinderbuch. 1987. Ellermann Verlag.
Schins, M.-Th.: *Es geschah an einem Sonntag*. 1988/1995. Rowohlt.
Tränen im Regenbogen. 1989/1991. Attempo, Tübingen.
Zachert, Ch. und I.: *Wir treffen uns wieder in meinem Paradies*. 1995. Bastei-Lübbe.

Sterben

Kübler-Ross, E.: *Verstehen, was Sterbende sagen wollen*. 1981/1990. Kreuz Verlag.
Kübler-Ross, E.: *Über den Tod und das Leben danach*. 1989. Verlag Die Silberschnur.
Lückel, K.: *Begegnung mit Sterbenden*. 1981. Kaiser Taschenbücher.
Tausch / Tausch: *Sanftes Sterben*. 1985/1990. Rowohlt.

Kontaktadressen

Bundesverband Herzkranke Kinder e. V.
Robenstraße 20-22
52070 Aachen
Telefon 02 41/91 23 32
Fax 02 41/91 23 33

- Informations- und Öffentlichkeitsarbeit, Vermittlung von Kontakten, Koordination.

JEMAH – Jugendliche und Erwachsene mit angeborenem Herzfehler
Erlengrund 20c
31275 Lehrte
Telefon 0 51 32/9 32 84
Fax 0 51 32/9 31 15

- Beratung und Hilfe in praktischen Fragen, Vermittlung von Kontakten, Fortbildung.

Kinderherzstiftung
in: Deutsche Herzstiftung
Vogtstraße 50
60322 Frankfurt am Main
Telefon 0 69/95 51 28-1 23 oder -1 45
Fax 0 69/95 51 28-2 23

- Informationen, praktische Hilfe, Erfahrungsaustausch, Sprechstunde, Kontaktbörse.

AFS – Arbeitsgemeinschaft freier Stillgruppen
Bundesverband e. V.
Gertraudgasse 4
97070 Würzburg
Telefon 09 31/57 34 93
Fax 09 31/57 34 94

• Information und Beratung.

Arbeitsgemeinschaft KINDERrehabilitation
Cäcilienstraße 3
55543 Bad Kreuznach
Telefon 06 71/8 35 51 67
Fax 06 71/3 58 84

• Beratung für Kinder und deren Eltern

AKIK – Aktionskomitee Kind im Krankenhaus
Kirchstraße 34
61440 Oberursel
Telefon und Fax 0 61 72/30 36 00

• Engagement für kindgerechte Versorgung im Krankenhaus.

Bundeszentrale für gesundheitliche Aufklärung
Ostmerheimer Straße 220
51109 Köln
Telefon 02 21/8 99 20
Fax 02 21/8 99 23 00

• Informationen und Hilfe zur Selbsthilfe.

Kindernetz e. V.
- Für kranke und behinderte Kinder und Jugendliche
in der Gesellschaft
Hanauer Straße 15
63739 Aschaffenburg
Telefon 0 60 21/1 20 30 oder 01 80/5 21 37 39
Fax 0 60 21/1 24 46

- Datenbank.

**EDSA – Europäische Down Syndrom Assoziation
Deutschland e. V.**
Eifgenweg 1a
51061 Köln
Telefon und Fax 02 21/6 00 20 30

- Netzwerk, Fortbildung, Publikationen.

**Selbsthilfegruppe für Menschen mit Down-Syndrom und
ihre Freunde e. V.**
Hirschenau 10
90607 Rückersdorf
Telefon 09 11/5 70 07 37
Fax 09 11/9 50 29 06

- Aufklärung, Austausch, Kontakte.

Bundesverband Williams-Beuren-Syndrom
Bornkamp 5a
23795 Fahrenkrug
Telefon 0 45 51/64 93
Fax 0 45 51/9 39 67

- Forschung, Betreuung, Kontakte,
juristische Hilfe, eigene Publikationen.

Marfan Hilfe Deutschland
Marthastraße 10
51069 Köln
Telefon und Fax 02 21/6 80 56 83

- Aufklärung, Betreuung, Beratung.

BDO – Bundesverband der Organtransplantierten e. V.
Unter den Ulmen 98
47137 Duisburg
Telefon 02 03/44 20 10
Fax 02 03/44 21 72

- Betreuung, Kontakte.

Verwaiste Eltern in Deutschland – Bundesstelle
Kontakt- und Informationsstelle in der Evangelischen
Akademie Nordelbien
Esplanade 15
20354 Hamburg
Telefon 0 40/35 50 56 44
Fax 0 40/35 50 56 16

- Beratung, Information, Fortbildung, Trauerbegleitung.

Das fröhliche Krankenzimmer e. V.
Eine Aktion des Deutschen Ärztinnenbund e. V.
c/o Kinderklinik der Universität München
Lindwurmstraße 4
80337 München
Telefon 0 89/51 60-27 28
Fax 0 89/61 50 02 15

- Literaturempfehlungen, Krankenhausbüchereien, Information.

Bundesverband für Körper- und Mehrfachbehinderte e. V.
Brehmstraße 5-7
40239 Düsseldorf
Telefon 02 11/6 40 04-0
Fax 02 11/6 40 04-20

- Beratung, Interessenvertretung, Koordination von Einzelinitiativen, rechtliche Beratung, Netzwerk.

Europäisches Forschungs- und Dokumentationszentrum für Krankenpädagogik
c/o Fachhochschule Köln FB-SP
Mainzer Straße 5
50678 Köln
Telefon 02 21/82 75-33 44
Fax 02 21/82 75-33 49

- Forschung, Datenbank, Publikationen.

Verein Hilfe für das Herzkranke Kind
Universitätskinderklinik Graz
Auenbruggerplatz
A-8036 Graz
Telefon 00 43 = (0)3 16/3 85-26 66
Fax 00 43 = (0)3 16/3 85-36 75

- Beratung, Gesprächsrunden, Vorträge, Öffentlichkeitsarbeit, finanzielle Unterstützung.

Elternvereinigung für das herzkranke Kind
Postfach
CH-8104 Weiningen
Telefon 00 41 = (0)1/7 50 16 49

- Hilfe zur Selbsthilfe, Gruppengespräche, Fortbildung, Öffentlichkeitsarbeit, Information, Elternbetreuung

Kliniken

Herz-Kreislauf-Reha-Kliniken für Kinder und Jugendliche

Kinderkrankenhaus Seehospiz »Kaiserin Friedrich«
Klinik für Kinder- und Jugendmedizin, Nordseeheilbad
Norderney
Benekestraße 27
26548 Norderney
Telefon 0 49 32/89 91
Fax 0 49 32/8 99-2 06

- Für akut und chronisch kranke Patienten,
Schwerpunkt: Langzeitbehandlung von Atemwegs- und
Hauterkrankungen, auch Herz-Kreislauf-Krankheiten

Spessart-Klinik Bad Orb
Reha-Klinik für Kinder und Jugendliche
Würzburger Straße 7-11
63619 Bad Orb
Telefon 0 60 52/8 74 20
Fax 0 60 52/8 74 00

- Gesamtbereich Kinderkardiologie.

Kurklinik Am Hochwald für Kinder und Jugendliche
LVA Rheinland-Pfalz
Lindenstraße 44-46
55758 Bruchweiler
Telefon 0 67 86/12-0
Fax 0 67 86/1 21 99

- Für alle chronischen Krankheiten,
Schwerpunkt: Herz-Kreislauf-Krankheiten.

Fachklinik Gaißach
Klinik für chronische Erkrankung im Kindes- und Jugendalter
Dorf 1
83674 Gaißach
Telefon 0 80 41/79 80-2 56
Fax 0 80 41/79 82 22

- Für alle chronischen Krankheiten,
auch Herz-Kreislauf-Krankheiten.

Nachsorgeklinik Tannheim
Gemeindewaldstraße 75
78052 V. S. Tannheim
Telefon 0 77 05/92 00

- Krebserkrankungen, Herzerkrankungen und Mucoviszidose.

Elternunterkunft an Kliniken

kann erfragt werden über:

Ronald-Mc-Donald Kinderhilfe
Max Lebsche Platz 15
81377 München
Telefon 0 89/74 00 66-0
Fax 0 89/74 00 66-74

Bundesverband Herzkranke Kinder e. V.
Robenstraße 20-22
52070 Aachen
Telefon 02 41/91 23 32
Fax 02 41/91 23 33

Detaillierte und ständig aktualisierte Auskünfte zur Arbeit der einzelnen Initiativen, zu Ansprechpartnern, Sprech- und Öffnungszeiten sowie den Reha-Kliniken können Sie ebenfalls über den **Bundesverband Herzkranke Kinder e. V.** erfragen.

Im Sommer 1984 fliegt Betty Mahmoody zusammen mit ihrer kleinen Tochter und ihrem persischen Ehemann zu einem zweiwöchigen Ferienaufenthalt in den Iran. Bereits nach kurzer Zeit muß sie feststellen, daß ihr Mann sich immer mehr verändert. Er schlägt sie und das Kind und sperrt sie ein. Der Urlaub wird auf unbestimmte Zeit verlängert, und bald gibt es keine Hoffnung mehr auf Rückkehr in die USA, es sei denn, sie ließe ihre Tochter zurück. Es gelingt Betty, Kontakt zur Schweizer Botschaft aufzunehmen; dort rät man ihr, das Land ohne ihre Tochter zu verlassen. Das aber will sie unter keinen Umständen ...

Ein mitreißendes Buch, das zugleich die Probleme deutlich macht, die bei Partnern aus verschiedenen Kulturkreisen auftreten können.

ISBN 3-404-25590-9

Isabell ist gerade 15 Jahre alt, als sie die grausame Diagnose erfährt, die für sie das Todesurteil bedeutet: Krebs. Ihr Leben ändert sich radikal und der Wettlauf mit dem Schicksal beginnt. Mit beispielloser Energie, mit Mut, Kraft und Liebe kämpfen ihre Familie und Freunde um ihr Leben.

Durch die Krankheit reift Isabell zu einer außergewöhnlichen Persönlichkeit heran, wächst über sich hinaus und hat trotz des Leids, das sie immer wieder erfahren muß, nicht zuletzt durch ihren Glauben genug Kraft, ihr Leben positiv zu sehen, und die Hoffnung, daß sie diese schwere Prüfung überstehen wird.

Mit zahlreichen Abbildungen

Ergänzte und erweiterte Ausgabe

ISBN 3-404-25595-X

Als die zweijährige Ursula Burkowski und ihre Geschwister im Winter 1953 von ihrem Großvater gefunden werden, ist ihre Mutter schon eine Woche verschwunden. Sie hat sich aus Ostberlin in den Westen abgesetzt. Die Kinder sind halb verhungert, die Haare der Jüngsten an den Gitterstäben des Kinderbettchens festgefroren.

Ursula wird in das Kinderheim Königsheide eingewiesen, eine Vorzeigeanstalt der DDR. Hier erfährt sie die Einsamkeit der Gruppenerziehung: Stubenappelle und Stubenarrest, Politdrill und Fähnchenschwenken bei Staatsfeiern, homosexuelle Praktiken eines Erziehers und die Schwangerschaft einer dreizehnjährigen Freundin. Sie lernt früh, daß von Erwachsenen nicht viel zu erwarten ist. Und sie lernt sich zu wehren ...

ISBN 3-404-25589-5

Michel ist 21 Jahre alt und hat gerade sein Diplom in Biologie gemacht, als er sich entschließt, der Welt zu entsagen und Mönch zu werden. Sein Leben als Bruder Irénée dauert zwanzig Jahre.
In diesem Buch läßt er den Leser am streng reglementierten Leben hinter Klostermauern teilnehmen. Er beschreibt den Alltag der Mönche, wie sie in der Stille des Schweigegelübdes leben, ihre Einsamkeit, ihren Umgang mit der Sexualität. Als Michel versucht, Reformbeschlüsse in seinem Orden druchzusetzen, muß er erkennen, daß dessen mittelalterliche Strukturen undurchdringlich sind. Schließlich wird er der Kirche zu unbequem ...

ISBN 3-404-25588-7

ERFAHRUNGEN

Elke Sauer

Ist das mein Kind?

Michael ist ein Wunschkind und das Ein und Alles seiner Eltern. Doch trotz aller Liebe, die sie ihm entgegenbringen, ist und bleibt Michael ein Problemkind. Aus unbedeutenden Jungenstreichen werden kleine Diebstähle, schließlich scheint der Abstieg ins kriminelle Milieu nicht mehr aufzuhalten ...

BASTEI LÜBBE

In diesem Buch erzählt eine Mutter die Geschichte ihres Sohnes: ein in einer heilen Familie aufgewachsenes Kind, dem es weder an Liebe noch an Zuwendung fehlte. Um so unbegreiflicher ist für die Mutter daher die Entwicklung, die ihr Sohn nimmt.
Aus harmlosen Kinderstreichen werden kleine Delikte wie Schwarzfahren und Zechprellerei. Michael bricht die Schule und seine Bäckerlehre ab, desertiert von der Bundeswehr, verbüßt mehrere Haftstrafen und macht Erfahrungen mit Drogen. Niemals übernimmt er die Verantwortung für seine Taten, oft schafft er es, sich mit raffinierten Lügengeschichten aus der Affäre zu ziehen. Das Leben mit ihrem Sohn ist für die Eltern oft genug ein Tanz am Rande des Abgrunds. Trotzdem wird seine Mutter nie aufhören, ihn zu lieben, auch wenn sie sich manchmal fragen muß: Ist das mein Kind?

ISBN 3-404-25596-8